Candace Bushnell
Am Bett vorbei ist voll daneben

Für Peter Stevenson und Snippy,
der einmal seinen Teddybär biß –
und für alle meine Freunde

Candace Bushnell

Am Bett vorbei ist voll daneben

Roman

Aus dem Amerikanischen
von Annette Hahn

Europaverlag München-Wien

Die Deutsche Bibliothek – CIP-Einheitsaufnahme

Bushnell, Candace:
Am Bett vorbei ist voll daneben: Roman / Candace Bushnell.
München ; Wien : Europaverl., 1997
ISBN 3-203-75528-9

Originalausgabe
Sex and the City
The Atlantic Monthly Press,
New York

Lektorat: Cordelia Borchardt

Umschlaggestaltung: Wustmann und Ziegenfeuter, Dortmund

Herstellung: Friedrich Pustet, Regensburg
Printed in Germany
ISBN 3-203-75528-9

1

Die Umerziehung des Herzens

Liebe in Manhattan? Träumen Sie weiter …

Hier ist eine Valentinstagsgeschichte. Machen Sie sich auf alles gefaßt.

Eine englische Journalistin kam nach New York. Sie war attraktiv und intelligent und landete sehr bald bei einem Vertreter dieser bekannten Spezies ›begehrter Junggeselle in New York‹. Tim war zweiundvierzig, Investment Banker und verdiente etwa fünf Millionen Dollar pro Jahr. Zwei Wochen lang küßten sie sich, hielten Händchen – und dann, an einem warmen Herbsttag, zeigte er ihr das Haus, das er in den Hamptons baute, Long Islands Nobelgegend für Wochenendhäuser des New Yorker Jetsets. Sie gingen mit dem Architekten die Grundrisse durch. »Ich war drauf und dran, dem Architekten zu sagen, daß er das Geländer im ersten Stock verblenden soll, damit die Kinder nicht durchfallen«, erzählte die Journalistin. »Ich war überzeugt, daß Tim mir einen Heiratsantrag machen würde.« Am Sonntagabend setzte er sie an ihrer Wohnung ab und erinnerte sie daran, daß sie am Dienstagabend essen gehen wollten. Am Dienstag rief er sie an und sagte, er müsse die Verabredung aufschieben. Als sie zwei Wochen lang nichts mehr von ihm hörte, rief sie bei ihm an und sagte: »Das ist aber ein sehr langer Aufschub.« Er sagte, er würde sie gegen Ende der Woche nochmal anrufen.

Natürlich hat er nie mehr angerufen. Aber was mich daran wunderte, war, daß sie nicht verstehen konnte, was passiert war. In England, so erklärte sie, hätte der gemeinsame Besuch beim Architekten etwas bedeutet. Da kapierte ich: Natürlich, sie kommt aus London. Niemand hat ihr vom Ende der Liebe in Manhattan erzählt. Dann dachte ich: Sie wird's schon noch lernen.

Willkommen im Zeitalter der Un-Unschuld. Die glitzernden Lichter von Manhattan, die die Kulisse zu Edith Whartons busenbebenden Liebesspektakeln bildeten, leuchten noch immer – aber die Bühne ist leer. Niemand frühstückt mehr bei Tiffany, und niemand trifft mehr die große Liebe seines/ihres Lebens – statt dessen frühstücken wir morgens um sieben und versuchen, unsere Liebesaffären so schnell wie möglich wieder zu vergessen. Wie sind wir nur in diesen Schlamassel hineingeraten?

Truman Capote hat unser Dilemma der Neunziger – das Dilemma ›Liebe vs. Arrangement‹ – nur allzu gut verstanden. In *Frühstück bei Tiffany* führten Holly Golightly und Paul Varjak ein Sklavenleben – er ließ sich von einer Frau aushalten, sie sich von diversen Männern –, aber am Ende befreiten sie sich und wählten die Liebe anstatt des Geldes. So was passiert in Manhattan heutzutage kaum noch. Wir haben uns alle zu Sklaven gemacht – Sklaven unserer Jobs, unserer Wohnungen, und manche von uns sind Sklaven der Hackordnung bei *Mortimer's* oder dem *Royalton*, der Strandpromenade in den Hamptons, der ersten-Reihe-Tickets im *Madison Square Garden* –, und es gefällt uns so. Selbstschutz und das Treffen von Arrangements sind die höchsten Ziele. Amor ist ins Abseits geraten.

Wann haben Sie das letzte Mal jemanden »Ich liebe dich!« sagen hören, ohne das unvermeidliche (wenn auch unausgesprochene) »wie einen guten Freund« dranzuhängen? Wann haben Sie das letzte Mal zwei sich hingerissen anstarrende Menschen gesehen, ohne zu denken: Jaja, schon gut? Wann haben Sie das letzte Mal jemanden verkünden hören: »Ich bin wirklich unsterblich verliebt«, ohne zu denken: Warte nur bis Montagmorgen? Und was war der Kinohit des letzten Jahres? *Enthüllung* – zehn oder fünfzehn Millionen Kinobesucher bezahlten Eintritt, um sich unerwünschten, gefühllosen Sex zwischen zwei Erotomanen in einer Aktiengesellschaft anzuschauen – kaum das Bild, das wir vor Augen haben, wenn wir an Liebe denken, aber ziemlich genau das Bild der modernen Beziehung in Manhattan.

Sex gibt's in Manhattan immer noch reichlich, aber eben die Art von Sex, die zu Freundschaft und geschäftlichen Arrangements führt und nicht zu einer Liebesgeschichte. Heutzutage hat man Freunde und Kollegen, aber keine Geliebten – selbst dann nicht, wenn man mit ihnen geschlafen hat.

Zurück zur englischen Journalistin: Nach sechs Monaten, einigen ›Beziehungen‹ und einer kurzen Affäre mit einem Mann, der sie immer von außerhalb der Stadt anrief, um ihr zu sagen, daß er sich melden würde, sobald er wieder in der Stadt sei (es aber nie tat), wurde sie schlauer. »Beziehungen in New York drehen sich um Loslösung«, meinte sie. »Aber wie soll man sich dann binden, wenn man es mal will?«

Man verläßt die Stadt, Schätzchen.

Liebe in der *Bowery Bar*, Teil I

Freitagnacht in der *Bowery Bar*. Draußen schneit's – drinnen summt's und brummt's. Da ist die Schauspielerin aus Los Angeles, die so herrlich deplaziert aussieht mit ihrer grauen Vinyljacke, dem Minirock und dem goldbehängten, allzu braungebrannten Begleiter. Da ist der Schauspieler, Sänger und Partylöwe Donovan Leitch in grüner Daunenjacke und beiger Zottelmütze mit Ohrenklappen. Da ist Francis Ford Coppola an einem Tisch mit seiner Frau. Ein Stuhl an seinem Tisch ist nicht besetzt. Er ist nicht nur nicht besetzt: Er ist verlockend, versuchend, höhnisch, provozierend nicht besetzt. Er ist so sehr nicht besetzt, daß er besetzter ist als jeder andere Stuhl da drin. Und dann, gerade als die Unbesetztheit des Stuhles eine Szene auszulösen droht, läßt Donovan Leitch sich zu einem Pläuschchen nieder. Augenblicklich ist jeder im Raum eifersüchtig. Und stocksauer. Die Energie des Raumes gerät heftig ins Schlingern. Das ist Romantik in New York.

Der glücklich verheiratete Mann

»Liebe heißt, sich auf einen anderen Menschen einzustellen, aber was ist, wenn dieser Mensch plötzlich eine Belastung wird?« meinte ein Freund, einer der wenigen Menschen, die ich kenne, die seit zwölf Jahren glücklich verheiratet sind. »Und je mehr Abstand du hast, um zurückzublicken, desto mehr erweist sich im nachhinein, daß du recht hattest. Dann ziehst du dich immer weiter aus dieser Beziehung zurück, bis etwas Einschneidendes passiert und dich ganz herausreißt – etwa der Tod deiner Eltern.

Die Menschen in New York bauen eine Fassade auf, die du nicht durchbrechen kannst«, fuhr er fort. »Ich bin so froh, daß sich bei mir alles schon frühzeitig geklärt hat, weil es hier so leicht ist, keine Beziehung zu haben – es wird fast unmöglich, wieder einzusteigen.«

Die (halbwegs) glücklich verheiratete Frau

Eine verheiratete Freundin rief mich an. »Ich weiß nicht, wie in dieser Stadt irgend jemand eine Beziehung aufrechterhalten kann. Es ist wirklich hart. All die Verlockungen. Ausgehen. Trinken. Drogen. Andere Leute. Du willst deinen Spaß. Und wenn du zu zweit bist, was machst du da? In deiner popligen kleinen Wohnung hocken und dich gegenseitig anstieren? Wenn du allein bist, ist es einfacher«, sagte sie, ein wenig sehnsüchtig. »Du kannst tun, was du willst. Du mußt nicht nach Hause gehen.«

Der Junggeselle vom *Coco Pazzo*

Vor einigen Jahren, als mein Freund Duncan Capote einer der begehrtesten Junggesellen von New York war, ging er mit jeder Frau in der Stadt aus. Damals waren wir noch so romantisch zu glauben, daß eine der Frauen ihn kriegen könnte. Eines Tages muß er sich ja mal verlieben, dachten wir. Und wenn es Duncan passiert, dann mit einer Frau, die hübsch und klug und erfolgreich ist. Doch die schönen und klugen und erfolgreichen Frauen kamen und gingen. Und er war immer noch nicht verliebt.

Wir hatten uns geirrt. Heute sitzt Capote beim Dinner im *Coco Pazzo* und sagt, er sei nicht zu haben. Er wolle keine Beziehung. Will es nicht einmal versuchen. Hat kein Interesse an romantischer Bindung. Will nichts über die Neurosen in anderer Leute Köpfe hören. Und er erzählt den Frauen, daß er ihr guter Freund werden will und daß sie Sex mit ihm haben können – daß dies aber alles sei, für jetzt und immerdar.

Und es geht ihm gut dabei. Es macht ihn nicht einmal mehr traurig, so wie früher.

Liebe in der *Bowery Bar*, Teil II

An meinem Tisch in der *Bowery Bar* sitzen: Parker, 32, ein Schriftsteller, der über Beziehungen schreibt, die unvermeidlich schiefgehen; sein fester Freund Roger; Skipper Johnson, ein Anwalt in der Entertainment-Branche.

Skipper ist fünfundzwanzig und der personifizierte, von der *Generation X* gepredigte Unglaube an die Liebe. »Ich glaube einfach nicht, daß ich einmal den richtigen Menschen kennenlerne und heirate«, sagte er. »Beziehungen sind zu intensiv. Wenn du an die Liebe glaubst, wirst du nur enttäuscht. Du kannst einfach niemandem mehr trauen. Die Leute heutzutage sind so schlecht.«

»Aber Liebe ist der einzige Hoffnungsschimmer«, protestierte Parker. »Du hoffst, daß sie dich vor dem Zynismus rettet.«

Skipper wollte nichts davon hören. »Die Welt ist viel abgefuckter als von fünfundzwanzig Jahren. Mir stinkt es, daß ich in diese Generation hineingeboren wurde, wo mir all diese Dinge passieren können. Geld, Aids und Beziehungen, das hängt doch alles zusammen. Die meisten Menschen in meinem Alter glauben nicht, daß sie einen sicheren Job haben. Wenn du Angst vor der finanziellen Zukunft hast, willst du dich nicht binden.«

Ich konnte seinen Zynismus verstehen. Kurz zuvor hatte ich selbst verkündet, ich wolle keine Beziehung, weil man am Ende – wenn man nicht zufällig heiratet – mit leeren Händen dasteht.

Skipper nahm einen Schluck von seinem Drink. »Ich habe keine Alternativen«, rief er. »Ich will keine oberflächliche Beziehung, also habe ich gar keine. Ich habe keinen Sex und keine Romantik. Wer braucht das schon? Wer braucht all diese lauernden Probleme wie Krankheit oder Schwangerschaft? Ich habe keine Probleme. Keine Angst vor Krankheiten, Psychopathen oder hallenden Schritten in dunklen Gassen. Warum soll man nicht einfach mit Freunden zusammensein und gute Gespräche führen?«

»Du bist bescheuert«, sagte Parker. »Es geht nicht um Geld. Vielleicht können wir uns gegenseitig nicht mit Geld helfen, aber vielleicht können wir einander bei etwas anderem helfen. Gefühle kosten nichts. Du hast jemanden, der zu Hause auf dich wartet. Du hast jemanden in deinem Leben.«

Ich hatte diese Theorie, daß man Liebe und Romantik in New York nur noch in der Schwulengemeinschaft findet – daß Schwule ihre Extravaganz und Leidenschaft ausleben, während die heterosexuelle Liebe sich ins stille Kämmerlein zurückgezogen hat. Ich hatte diese Theorie auch deshalb, weil ich kürzlich so viel über diesen Multimillionär gelesen und gehört hatte, der seine Frau wegen eines jüngeren Mannes verlassen hatte – und seinen jungen Galan dann ganz dreist in Manhattans Nobelrestaurants ausführte, direkt vor den Augen der Klatschkolumnisten. Da, so dachte ich, ist ein wahrer Liebender.

Parker war ein weiterer Beweis meiner Theorie. Ganz am Anfang zum Beispiel, als er und Roger sich kennenlernten, wurde Parker krank. Roger kam in sein Haus, bekochte und kümmerte sich um ihn. Mit einem Heterosexuellen wäre sowas nicht möglich. Wenn ein Hetero krank würde und gerade eine Frau kennengelernt hätte und sie sich dann um ihn kümmern wollte, würde er ausflippen – er würde denken, daß sie versucht, sich in sein Leben hineinzumogeln. Und die Tür wäre für immer zu.

»Liebe ist gefährlich«, sagte Skipper.

»Wenn du weißt, daß sie gefährlich ist, schätzt du sie um so höher, und du strengst dich mehr an, um sie zu halten«, erwiderte Parker.

»Aber wir können Beziehungen nicht kontrollieren«, meinte Skipper.

»Du spinnst doch«, sagte Parker.

Nun wandte sich Roger an Skipper: »Und was ist mit altmodischen Romantikern?«

Meine Freundin Carrie griff das Thema auf. Mit dieser Spezies kannte sie sich aus. »Immer, wenn ein Mann mir sagt, er sei romantisch veranlagt, möchte ich schreien«, sagte sie. »Es bedeutet nur, daß ein Mann eine romantische Vorstellung von dir hat, und sobald du real wirst und aufhörst, seine Phantasien zu füttern, hat er keine Lust mehr. Das macht Romantiker so gefährlich. Bleib bloß weg von denen.«

In diesem Moment trat mit beängstigendem Timing einer jener Romantiker an unseren Tisch.

Gummi-Kultur

»Das Kondom war der Tod der Romantik, aber es wird damit einfacher, zu bumsen«, meinte ein Freund. »Mit einem Kondom ist es irgendwie so, daß der Sex für die Frauen nicht richtig zählt. Es gibt keinen direkten Hautkontakt. Also gehen sie eher mit dir ins Bett.«

Liebe in der Bowery Bar, Teil III

Barkley, 25, war Künstler. Barkley und meine Freundin Carrie ›trafen sich‹ seit einer Woche, was bedeutete, daß sie ausgingen, sich küßten und einander tief in die Augen sahen, und es war schön. Bei all den Fünfunddreißigjährigen, die vor beißendem

Zynismus nur so strotzten, hatte Carrie gedacht, sie könnte es mal mit einem Jüngeren versuchen, einem, der noch nicht lange genug in New York war, um schon gänzlich erstarrt zu sein.

Barkley hatte Carrie gesagt, er sei ein Romantiker, »weil ich so empfinde«, und er hatte auch gesagt, er wolle Parkers Roman in ein Drehbuch umarbeiten. Carrie hatte angeboten, sie miteinander bekannt zu machen, und deshalb kam Barkley an jenem Abend in die *Bowery Bar.*

Doch als er auftauchte, sahen er und Carrie einander an und fühlten … nichts. Vielleicht weil er das Unvermeidliche vorausgeahnt hatte, hatte Barkley eine ›Verabredung‹ dabei, ein seltsames Mädchen mit Glitzer im Gesicht.

Dennoch, als Barkley sich hinsetzte, sagte er: »Ich glaube fest an die Liebe. Ich wäre ziemlich deprimiert, wenn ich nicht daran glauben würde. Der Mensch ist irgendwie eine Hälfte. Die Liebe gibt allem mehr Sinn.«

»Dann nimmt sie dir jemand weg und du stehst da wie der Arsch«, meinte Skipper.

»Aber du erschaffst dir doch deine eigene Welt«, sagte Barkley.

Skipper verbreitete sich über seine persönlichen Lebensziele. »In Montana leben, mit einer Satellitenschüssel, einem Faxgerät und einem Range Rover – dann bist du sicher«, sagte er.

»Vielleicht ist das falsch, was du willst«, meinte Parker. »Vielleicht macht dich das, was du willst, unglücklich.«

»Ich will Schönheit. Ich muß mit einer schönen Frau zusammen sein. Ich kann nicht anders«, erklärte Barkley. »Deshalb sind viele der Mädchen, bei denen ich schließlich lande, dumm.«

Skipper und Barkley holten ihre Handys raus. »Deins ist zu groß«, sagte Barkley.

Später gingen Carrie und Barkley in den *Tunnel,* guckten sich all die hübschen jungen Leute an, rauchten Zigaretten und kippten Drinks. Barkley machte sich sehr bald mit dem Glitzer-Mädchen davon, und Carrie hielt sich an Barkleys besten Freund Jack. Sie tanzten und dann glitschten sie wie Verrückte durch den

Schnee und versuchten, ein Taxi zu kriegen. Carrie konnte nicht einmal mehr auf ihre Armbanduhr sehen.

Am Nachmittag rief Barkley sie an. »Was liegt an, Süße?«

»Weiß ich nicht. Du hast doch angerufen.«

»Ich hab dir gesagt, daß ich keine feste Freundin will. Das hast du dir selbst eingebrockt. Du wußtest, wie ich bin.«

»Ja, genau«, wollte Carrie sagen, »ich wußte, daß du ein oberflächlicher mieser Schürzenjäger bist, und deshalb wollte ich mit dir ausgehen.«

Aber sie schwieg.

»Ich habe nicht mit ihr geschlafen. Ich hab sie nicht mal geküßt«, sagte Barkley. »Sie bedeutet mir nichts. Ich werd sie nie wieder sehen, wenn du das willst.«

»Weißt du, das ist mir wirklich scheißegal.« Und das Erschreckende daran war, daß es stimmte.

Dann verbrachten sie die nächsten vier Stunden damit, über Barkleys Gemälde zu sprechen. »Das könnte ich den ganzen Tag lang machen, jeden Tag«, sagte Barkley. »Das ist so viel besser als Sex.«

Der Anti-Heuchler

»Das einzige, was einem bleibt, ist die Arbeit«, meinte Robert, 42, Zeitschriftenredakteur. »Man hat so viel zu tun – wer hat da noch Zeit für Romantik?«

Robert erzählte eine Geschichte: wie er vor kurzem etwas mit einer Frau hatte, die er wirklich mochte, aber nach anderthalb Monaten wurde klar, daß es nicht funktionierte. »Sie hat all diese kleinen Tests mit mir gemacht. Ich sollte sie zum Beispiel am Mittwoch anrufen, um mich für Freitagabend mit ihr zu verabreden. Aber am Mittwoch habe ich vielleicht das Gefühl, ich muß mich umbringen, und Gott allein weiß, wie ich mich dann am Freitag fühlen werde. Sie wollte mit jemandem zusammen sein, der verrückt nach ihr ist. Ich kann das verstehen. Aber ich kann nicht irgendwas vorspielen, das ich nicht empfinde.

Natürlich sind wir beide noch gute Freunde«, fügte er danach hinzu. »Wir sehen uns die ganze Zeit. Wir haben bloß keinen Sex mehr.«

Narziß im *Four Seasons*

Eines Sonntagabends ging ich zu einer Wohltätigkeitsveranstaltung im *Four Seasons.* Das Thema war ›Ode an die Liebe‹. Jeder Tisch war nach einem berühmten Pärchen benannt – etwa die Televangelisten Tammy Faye und Jim Bakker, Narziß und er selbst, Katharina die Große und ihr Pferd, Michael Jackson and Friends. Der republikanische Senator Al D'Amato saß am Bill und Hillary-Tisch. Auf jedem Tisch stand ein Tafelaufsatz mit entsprechenden Objekten – auf dem Tammy Faye Bakker-Tisch beispielsweise falsche Wimpern, blauer Lidschatten und Kerzen in Lippenstiftform. Auf dem Michael Jackson-Tisch stand ein ausgestopfter Gorilla und ›Porzellanteint‹-Gesichtscreme.

Fernsehmagnat Bob Pittman war auch da. »Die Liebe lebt – das Rauchen ist gestorben«, sagte Bob grinsend. Seine Frau Sandy stand neben ihm, und ich stand hinter der Zimmerbegrünung, um heimlich eine Zigarette zu rauchen. Sandy sagte, sie wolle einen Berg in Neuguinea besteigen und würde für einige Wochen weg sein.

Ich fuhr allein nach Hause, aber kurz bevor ich ging, drückte mir jemand den Unterkieferknochen des Pferdes vom Katharina die Große-Tisch in die Hand.

Liebe in der *Bowery Bar,* Epilog

Donovan Leitch erhob sich von Francis Ford Coppolas Tisch und kam zu uns. »O nein«, sagte er, »ich bin fest davon überzeugt, daß Liebe über alles siegt. Manchmal mußt du ihr nur etwas Raum geben.« Und das ist genau das, was in Manhattan fehlt.

Ach, und übrigens: Bob und Sandy lassen sich scheiden.

2

Swinging Sex?
Träumen Sie weiter …

Alles fing an, wie so was immer anfängt: ziemlich harmlos. Ich saß in meiner Wohnung bei einem kulinarisch korrekten Mittagessen – Cracker und Sardinen –, als mich ein Bekannter anrief. Ein Freund von ihm war vor kurzem im *Le Trapeze* gewesen, einem Sexclub nur für Paare, und ganz von den Socken. Absolut hingerissen. Nackte Menschen räkelten sich beischlafend vor seinen Augen. Anders als in S&M-Clubs, wo kein richtiger Sex stattfindet, war hier der Larry los. Die Freundin von diesem Typen hatte wohl Panik bekommen – als allerdings eine nackte Frau sie zufällig streifte, »gefiel ihr das irgendwie«. Sagte der Typ jedenfalls.

Tatsächlich war er so begeistert von diesem Etablissement, daß er nicht wollte, daß ich darüber schreibe, weil er Angst hatte, es würde dann, wie die meisten passablen Lokale in New York, von der Publicity ruiniert werden.

Ich fing an, mir alle möglichen Sachen vorzustellen: Schöne junge Paare mit durchtrainierten Körpern. Schüchterne Berührungen. Mädchen mit langem, gewelltem Haar und Kränzen aus Weinblättern. Jungen mit perfekten weißen Zähnen und Lendenschurzen aus Weinblättern. Ich in einem superkurzen schulterfreien Kleid aus Weinblättern. Wir würden bekleidet hineingehen und erleuchtet wieder herauskommen.

Der Anrufbeantworter des Clubs ließ mich polternd auf den Boden der Realität zurückfallen.

»Im *Le Trapeze* gibt es keine Fremden, nur Freunde, denen man noch nicht begegnet ist«, säuselte eine Stimme undefinierbaren Geschlechts und fügte hinzu, es gäbe »eine Saftbar sowie ein heißkaltes Büfett« – Dinge, die ich weder mit Sex noch mit Nacktheit in Verbindung bringe. Zur Feier des Thanksgiving fände am 19. November eine ›Orientalische Nacht‹ statt. Das klang interessant, wobei sich später allerdings herausstellte, daß es sich dabei nicht um orientalische Gäste, sondern um orientalisches Essen handelte.

An diesem Punkt hätte ich die ganze Sache vergessen sollen. Ich hätte nicht auf die angsteinflößend geile Sallie Tisdale hören sollen, die in ihrem Yuppie-Porno-Buch *Talk Dirty to Me* von öffentlichem Gruppensex schwärmt: »Dies ist ein Tabu im wahrsten Sinne des Wortes … Wenn sie in Sexclubs tatsächlich das tun, was sie propagieren, wird etwas zusammenbrechen. Ja, ein Einsturz der Grenzen des Tabus ist zu befürchten … Die Mitte wird dezentriert.« Ich hätte mich fragen sollen, wo da der Spaß bleibt.

Aber ich mußte es mit eigenen Augen sehen. Und so standen an einem Mittwoch vor nicht allzu langer Zeit zwei Termine in meinem Kalender: 21:00 Uhr – Dinner mit Modeschöpfer Karl Lagerfeld, *Bowery Bar*; 23:30 Uhr – *Le Trapeze* Sexclub, East 27th Street.

Unordentliche Frauen; Kniestrümpfe

Alle, so scheint es, reden gern über Sex, und das Karl Lagerfeld-Dinner mit seinen unzähligen Glamour-Models und spesenverbuchten Moderedakteuren war da keine Ausnahme. Um es genau zu sagen: unser Tischende geriet dabei fast in Ekstase. Eine umwerfende junge Frau mit dunklen Locken und jenem ›alles schon erlebt‹-Gehabe, das nur Zwanzigjährige an den Tag legen können, behauptete, ihre Zeit gern in Oben-ohne-Bars zu verbringen – aber nur in »richtig schäbigen wie *Billy's Topless*«, weil die Mädchen da »echt« seien.

Dann waren sich alle einig, daß kleine Brüste besser sind als falsche, und es wurde eine Umfrage gestartet: Wer von den Männern am Tisch war tatsächlich schon mit einer Frau mit Silikonimplantaten zusammen gewesen? Keiner gab es zu, aber einer der Männer, ein Künstler Mitte Dreißig, stritt es nicht heftig genug ab. »Du hast schon mal!« beschuldigte ihn also ein anderer Mann, ein sehr erfolgreicher Hotelier mit Puttengesicht. »Und das schlimmste ist: … Es hat … dir … gefallen.«

»Nein, hat es nicht«, protestierte der Künstler. »Aber es hat mir auch nichts ausgemacht.«

Glücklicherweise kam da gerade der erste Gang, und alle schenkten sich die Weingläser voll.

Nächste Runde: Sind unordentliche Frauen besser im Bett? Der Hotelier hatte eine Theorie. »Wenn du zu einer Frau in die Wohnung kommst, und alles ist aufgeräumt, dann weißt du, daß sie nicht den ganzen Tag über im Bett herumfläzen und chinesisches Essen kommen lassen wird. Sie wird dich auffordern, aufzustehen und Toast am Küchentisch zu essen.«

Ich war nicht ganz sicher, was ich dazu sagen sollte, weil ich buchstäblich der unordentlichste Mensch der Welt bin. Und vermutlich liegen in diesem Moment einige alte Schachteln *General Tso's Chicken Spezial* unter meinem Bett. Leider habe ich den Inhalt immer ganz allein verspeist. Soviel zu dieser Theorie.

Die Steaks kamen. »Was mich wirklich verrückt macht«, sagte der Künstler, »ist, wenn ich eine Frau mit Schottenrock und Kniestrümpfen sehe. Dann kann ich den ganzen Tag nicht mehr arbeiten.«

»Nein«, entgegnete der Hotelier, »das schlimmste ist, wenn du einer Frau auf der Straße hinterhergehst, und sie dreht sich um und ist genauso schön, wie du es dir vorgestellt hattest. Das steht für alles, was du in deinem Leben nie bekommen wirst.«

Der Künstler lehnte sich vor. »Ich hab mal fünf Jahre lang nicht gearbeitet wegen einer Frau«, verkündete er.

Stille. Das konnte niemand überbieten.

Die Mousse au Chocolat kam und mit ihr mein Begleiter für das *Le Trapeze*. Da sie dort nur Paare einlassen – also einen Mann und eine Frau –, hatte ich meinen neuesten Exfreund Sam, einen

Investment Banker, gebeten mitzukommen. Sam war eine gute Wahl, weil er erstens der einzige Mann war, den ich dazu überreden konnte, und weil er zweitens mit solchen Sachen schon Erfahrung hatte: Vor einer Million Jahren war er mal im *Plato's Retreat* gewesen. Eine fremde Frau war auf ihn zugegangen und hatte sein Ding rausgeholt. Seine Freundin, deren Idee das alles gewesen war, lief schreiend aus dem Club.

Das Gespräch wandte sich dem Unvermeidlichen zu: Was für Leute gehen in einen Sexclub? Ich schien die einzige zu sein, die keine Ahnung hatte. Obwohl keiner der anderen je einen Sexclub besucht hatte, versicherten mir alle am Tisch, daß es normalerweise »Verlierertypen aus New Jersey« seien. Jemand sagte, der Besuch eines Sexclubs sei nichts, das man einfach so tun könne – weil man dafür ja keine gute Ausrede hätte, wie etwa berufliche Gründe. Bei diesem Gerede fühlte ich mich nicht gerade wohler. Ich bat den Ober, mir einen Tequila zu bringen.

Sam und ich erhoben uns. Ein Journalist, der fürs Ressort ›Modernes Leben‹ schreibt, gab uns einen letzten Rat. »Es wird ziemlich widerlich«, warnte er, obwohl er nie in so einem Club gewesen war. »Es sei denn, ihr übernehmt die Kontrolle. Ihr müßt diesen Ort beherrschen. Ihr müßt es zum Ereignis machen.«

Die Nacht der lebenden Sex-Toten

Das *Le Trapeze* befand sich in einem weißen, mit Graffiti bekritzelten Haus. Der Eingang war diskret, mit einem rundgehämmerten Metallgeländer – eine billige Version des Eingangs vom *Royalton Hotel*. Als wir hineingingen, kam gerade ein Pärchen heraus, und kaum daß die Frau uns erblickte, versteckte sie ihr Gesicht hinter dem Mantelkragen.

»Macht es Spaß?« erkundigte ich mich.

Sie sah mich entsetzt an und rannte zum nächsten Taxi.

In einer kleinen Kabine saß ein dunkelhaariger junger Mann mit gestreiftem Rugby-Shirt. Er war wohl so um die achtzehn. Er sah uns nicht an.

»Müssen wir hier bezahlen?«

»Fünfundachtzig Dollar pro Paar.«

»Nehmen Sie Kreditkarten?«

»Nur Cash.«

»Kann ich eine Quittung kriegen?«

»Nein.«

Wir mußten Kärtchen unterschreiben, daß wir uns an die Regeln des Safer Sex halten würden. Wir erhielten vorübergehende Mitgliedsausweise, auf denen stand, daß Prostitution, Fotoapparate sowie Aufnahmegeräte verboten seien.

Während ich nun dampfendheißen Sex erwartete, sahen wir als erstes dampfendheiße Tische – d. h. das besagte heißkalte Büfett. Niemand aß, und über dem Büfett hing ein Schild ›*Essen nur mit bedecktem Unterleib*‹. Dann erblickten wir den Manager, Bob, einen bierbäuchigen, bärtigen Mann in Karohemd und Jeans, der aussah, als gehöre er in eine Zoohandlung in Vermont. Bob erzählte uns, der Club hätte sich fünfzehn Jahre gehalten – aufgrund seiner ›Diskretion‹. »Außerdem«, fuhr er fort, »heißt nein hier nein.« Er sagte, wir sollten uns nichts dabei denken, nur Voyeur zu spielen, da die meisten Leute so anfangen würden.

Und was sahen wir? Nun, da war ein großer Raum mit einer riesigen Luftmatratze, auf der einige beleibte Pärchen es tapfer trieben; da stand ein ›Sexstuhl‹ (nicht besetzt), der aussah wie eine Spinne; da saß eine rundliche Frau im Bademantel neben einem Jacuzzi und rauchte; da hockten einige Pärchen mit glasigen Augen (*Die Nacht der lebenden Sex-Toten*, dachte ich); und da waren viele Männer, die anscheinend Schwierigkeiten hatten, ihren Teil der Abmachung durchzustehen. Aber vor allem waren da diese gottverdammten dampfenden Büfettische (womit? Mini-Hot-Dogs?), und leider, leider ist das so ziemlich alles, was Sie wissen müssen.

Le Trapeze war, wie die Franzosen sagen, Le Flop.

Um ein Uhr leerte sich der Club. Eine Frau in einem Bademantel erzählte uns, sie sei aus Nassau County, und meinte, wir sollten Samstagabend wiederkommen. »Samstags«, sagte die Frau, »ist ein Smörgasbord.« Ich fragte nicht, ob das auf die Gäste bezogen war – ich befürchtete, sie meinte das Büfett.

Sexgespräche bei *Mortimer's*

Ein paar Tage später traf ich mich zum Mittagessen mit ein paar Freundinnen bei *Mortimer's.* Wieder einmal kam das Gespräch auf Sex und meine Erfahrungen mit dem Sexclub.

»Und? War es nicht toll?« fragte Charlotte, die englische Journalistin. »Ich würde nur zu gern mal in so einen Club gehen. Hat es dich angemacht, all die Leute beim Sex zu beobachten?«

»Nö«, sagte ich und schob mir ein Maistörtchen mit Lachseier-Dekoration in den Mund.

»Warum nicht?«

»Eigentlich konnte man kaum was sehen«, erklärte ich.

»Und die Männer?«

»Das war das schlimmste«, sagte ich. »Die Hälfte sah aus wie Psychiater. Ich werde nie wieder zur Therapie gehen können, ohne mir einen bärtigen Fettwanst vorzustellen, der nackt und mit glasigen Augen auf einem Teppich liegt und stundenlang einen geblasen kriegt. Und dann immer noch nicht kommen kann.«

Ja, so bestätigte ich Charlotte, wir zogen uns aus – aber wir schlangen uns Handtücher um. Nein, wir hatten keinen Sex. Nein, es hat mich nicht angetörnt, auch nicht, als eine große, attraktive, dunkelhaarige Frau Mitte Dreißig das Spielzimmer betrat und ziemlichen Aufruhr verursachte. Sie stellte ihr Hinterteil zur Schau wie ein Affe, und binnen weniger Minuten war sie in einem Gewirr aus Armen und Beinen verschwunden. Es hätte erregend sein sollen, aber ich konnte nur an diese Naturfilme von *National Geographic* mit sich paarenden Affen denken.

Die Wahrheit ist, daß Exhibitionismus und Voyeurismus eben nicht jedermanns Lieblingssache sind. S&M übrigens auch nicht, auch wenn Sie das vielleicht kürzlich irgendwo gelesen haben.

Das Problem, zumindest in solchen Clubs, liegt letztendlich immer beim Publikum. Da sind die Schauspielerinnen, die nie eine Rolle kriegen; die erfolglosen Opernsänger, Maler und Schriftsteller; die Männer aus dem unteren Management, die es nie ins Mittelfeld schaffen werden. Leute, die dich in einer normalen Kneipe mit Geschichten über ihre Ex-Ehegatten und Verdauungsprobleme vollabern würden. Es sind Leute, die es innerhalb des Systems nicht packen. Sie stehen am Rand, sowohl im Leben als auch sexuell. Es sind nicht unbedingt die Leute, mit denen man seine intimsten Phantasien teilen möchte.

Na ja, die Leute im *Le Trapeze* waren auch nicht allesamt blasse, pummelige Sex-Zombies. Bevor wir den Club verließen, trafen Sam und ich die aufsehenerregende große Frau und ihren Begleiter in der Umkleide. Der Mann hatte ein scharfgeschnittenes, typisch amerikanisches Gesicht und war sehr redselig: Er komme aus Manhattan, sagte er, und habe vor kurzem eine eigene Firma gegründet. Er und die Frau seien Kollegen gewesen. Als die Frau ein strenges gelbes Kostüm anzog, lächelte der Mann und sagte: »Sie hat heute ihre Phantasien ausgelebt.« Die Frau funkelte ihn wütend an und stolzierte aus der Umkleide.

Einige Tage später rief Sam mich an, und ich schrie los. Ob die ganze Sache denn nicht meine Idee gewesen wäre, fragte er.

Ob ich was gelernt hätte, fragte er dann.

Und ich sagte ja, das hätte ich. Ich sagte, ich hätte gelernt, daß, wenn es um Sex geht, es nirgends besser sei als daheim.

Aber das wußtest du schon, oder? Oder? Sam?

3

Wir liebten einen Wiederholungs-ausgeher

Eines Nachmittags vor nicht allzu langer Zeit trafen sich sieben Frauen in Manhattan bei Wein, Käse und Zigaretten, um angeregt über eine Sache zu diskutieren, die sie alle gemein hatten: einen Mann. Genauer gesagt, einen ›begehrten Junggesellen von Manhattan‹, einen Mann, den wir mal ›Tom Peri‹ nennen wollen.

Tom Peri ist dreiundvierzig Jahre alt, einsachtundsiebzig groß und hat kurzgelocktes, dunkles Haar. Seine äußere Erscheinung hat nichts Besonderes, abgesehen von einer Vorliebe für schwarze Armani-Anzüge vor ein paar Jahren, zu denen er verrückte Hosenträger darbot. Er stammt aus einer wohlhabenden Banker-Familie und ist in der Fifth Avenue und in Bedford, New York, aufgewachsen. Er wohnt in einem Hochhaus an der Fifth Avenue.

Im Verlauf der letzten fünfzehn Jahre ist Peri, der fast immer nur beim Nachnamen genannt wird, in New York so etwas wie eine Legende geworden. Er ist nicht unbedingt ein Frauenheld, denn er versucht ständig, zu heiraten. Peri ist vielmehr einer der perfektesten Wiederholungsverabreder der Stadt, der sich in bis zu zwölf ›Beziehungen‹ pro Jahr stürzt. Aber nach zwei Tagen oder zwei Monaten geschieht das Unvermeidliche. Irgend etwas geht schief, und »ich werde rausgeschmissen«, sagt er.

Für einen bestimmten Typ Frau – um die Dreißig, ehrgeizig, gesellschaftlich etabliert – ist das Ausgehen mit oder Umgehen von Peri geradezu ein rituelles Initiationserlebnis geworden, so etwas wie eine Kombination aus ›meine erste Fahrt in einer Limousine‹ und ›mein erster Raubüberfall‹.

Selbst im Vergleich zu den stadtbekannten Frauenhelden sticht Peri hervor. Zunächst einmal scheint er die weitaus schlechteren Karten in der Hand zu haben. Er hat weder das klassisch-elegante Aussehen eines europäischen Import-Adligen noch die lockersitzende Brieftasche eines Mort Zuckerman.

Ich wollte wissen: Was ist an Peri dran?

Jede der Frauen, mit denen ich mich in Verbindung setzte, hatte sich irgendwann einmal auf ihn eingelassen – entweder intim oder als Objekt seiner brennenden Begierde –, und jede sagte, sie habe ihn rausgeschmissen. Keine lehnte meine Bitte ab, zu einer Gesprächsrunde über das Thema Peri zusammenzukommen. Vielleicht hatten alle diese Frauen ein ungelöstes Problem mit Peri. Vielleicht wünschten sie, daß er zurückkäme. Vielleicht wünschten sie, er wäre tot.

»Wie Daryl van Horne«

Wir trafen uns bei Sarah, einer Filmemacherin, die einmal Model gewesen war, »bis ich den Scheiß satt hatte und zwanzig Pfund zunahm«. Sie trug ein dunkles Nadelstreifenkostüm. »Wenn man sich die Liste der Typen anguckt, mit denen man zusammen war, dann paßt Peri da überhaupt nicht rein«, sagte sie. »Man denkt: Was war das bloß?«

Doch noch ehe wir zu den schlüpfrigen Details kommen konnten, machten wir eine erschreckende Entdeckung. Keine der Frauen hatte in den letzten Monaten was von Peri gehört, aber ausgerechnet an jenem Morgen hatte er vier von ihnen angerufen.

»Ich denke nicht, daß er etwas weiß, ich glaube, das war nur Zufall«, sagte Magda. Magda ist schon seit Jahren mit Peri befreundet – tatsächlich sind die meisten ihrer Freundinnen frühere Affären von Peri, die sie durch ihn kennenlernte.

»Er weiß alles über uns«, sagte eine andere. »Er ist wie dieser Daryl van Horne in *Die Hexen von Eastwick.*«

»›Daryl van Hörner‹ hätte besser gepaßt«, sagte eine andere. Wir machten den Wein auf.

»Mit Peri ist das so«, begann Sarah. »Der Grund, warum er so verführerisch ist – wenn du ihn das erste Mal triffst, ist er redegewandt und witzig, und er ist immer verfügbar, weil er nicht arbeitet. Was ist schöner, als wenn ein Typ sagt: ›Wir treffen uns zum Mittagessen‹, und du gehst wieder zur Arbeit, und er sagt: ›Wir treffen uns um sechs zum Cocktail‹? Wann seid ihr das letzte Mal mit einem Typen ausgegangen, der euch tatsächlich dreimal am Tag sehen wollte?«

»›Cocktail‹ ist ein so emotionsgeladenes Wort«, meinte Magda. »Das klingt so nach Katherine Hepburn und Cary Grant.«

Jackie, eine Zeitschriftenredakteurin, sagte: »Als ich ihn kennenlernte, gingen wir sofort zusammen aus – fünf Abende die Woche. Er läßt einen nicht in Ruhe.«

»Er ist gerissen, denn am Telefon, da hat er's echt drauf«, sagte Sarah. »Und als Frau denkst du: Er muß wirklich verrückt nach dir sein, weil er dich zehnmal am Tag anruft. Und dann fängst du an, darüber hinwegzusehen, daß er eigentlich ein komischer kleiner Kauz ist.«

»Dann fallen dir auf einmal seine Hosenträger auf, und du denkst: mein Gott!« sagte Maeve, eine Dichterin und halbe Irin.

»Dann merkst du allmählich, daß er gar nicht lustig ist«, sagte Sarah. »Er hat gute Witze auf Lager, aber wenn du sie eine Million Mal gehört hast, fangen sie an zu nerven. Wie beim Looping. Er überschlägt sich ständig.«

»Mir hat er erzählt, ich wäre die einzige Frau, mit der er je ausgegangen ist, die seine Witze verstanden hat«, sagte Maeve. »Und ich fand sie gar nicht mal lustig.«

»Und dann siehst du seine Wohnung. Diese endlos vielen Türsteher – was soll das?«

»Du fragst dich, warum er nicht all seine Möbel rausschmeißt und statt dessen in einen Designerladen geht.«

»Einmal hat er mir diese Serviettenringe gezeigt, die er gerade gekauft hatte. In Form von Handschellen. Und das war seine Art, Frauen zu verführen – mit Serviettenringen.«

Erste Verabredung: *Bilboquet*

Also, wie fängt alles an?

Jackies Geschichte war typisch. »Ich wartete auf einen Tisch im *Blue Ribbon*«, erzählte sie. »Er kam auf mich zu und fing an zu reden. Er war total witzig. Ich dachte: Omeingott, es funkt tatsächlich! Aber wahrscheinlich werde ich nie wieder was von ihm hören.« Alle nickten. Hatten wir das etwa nicht auch erlebt?

»Am nächsten Morgen rief er so um acht rum an«, fuhr Jackie fort. »›Wollen Sie mit mir Mittagessen gehen?‹ fragte er. Am nächsten Tag geht er mit dir zum Mittagessen ins *Bilboquet*.«

Sapphire, blond, geschieden, alleinerziehend, lachte. »Mich hat er erst am zweiten Tag ins *Bilboquet* ausgeführt.«

»Während du ihn immer noch für witzig und clever hältst, bittet er dich, übers Wochenende mit ihm zu verreisen«, sagte Jackie.

»So ungefähr am zehnten Tag bat er mich, seine Frau zu werden«, erzählte Sarah. »Das ging ziemlich schnell, selbst für ihn.«

»Er hat mich zum Essen bei seinen Eltern eingeladen, so etwa am dritten Abend«, sagte Britta, eine große und schlanke Brünette, die in einem Fotolabor arbeitet und mittlerweile glücklich verheiratet ist. »Da waren nur ich und seine Eltern und der Butler. Am nächsten Tag, das weiß ich noch, saß ich auf seinem Bett, und er zeigte mir Filme von sich als Kind. Er bat mich, ihn zu heiraten. Er sagte: ›Siehst du, ich kann auch ernsthaft sein.‹ Und dann bestellte er chinesisches Essen per Heimservice. Ich dachte: Dich heiraten? Hast du was geraucht oder so?«

Ramona seufzte. »Andererseits … Ich hatte mich gerade von jemandem getrennt und war ziemlich schlecht drauf. Peri war immer für mich da.«

Ein Muster schälte sich heraus. Die Frauen, die mit Peri ausgegangen waren, hatten alle gerade ihre Ehemänner oder langjährigen Freunde verlassen, als Peri sie fand. Oder fanden sie ihn?

»Er ist ein Krisenmann«, sagte Sarah bestimmt. »So ungefähr: ›Entschuldigen Sie, geht's Ihnen schlecht? Dann werden wir doch intim!‹«

»Er ist die emotionale *Mayflower*«, sagte Maeve. »Er bringt Frauen von A nach B. Du kommst am Plymouth Rock an und fühlst dich viel, viel besser.«

Sein Einfühlungsvermögen war ein wichtiges Kriterium. Die Phrase ›Er ist eben wie eine Frau‹ kam immer wieder. »Er liest mehr Modemagazine als die meisten Frauen«, sagte Sapphire, »und er ist viel eher bereit, für deine Sache zu fechten als für seine eigene.«

»Er hat extrem viel Selbstvertrauen«, fuhr Maeve fort. »Ich glaube, es ist ein Fehler, wenn Männer sich als hilflose Idioten darstellen, die nicht mal ihre Socken finden können. Peri sagt: ›Ich bin ganz und gar sicher. Stütz dich auf mich.‹ Und du denkst: Was für eine Erleichterung! Wirklich, das ist alles, was Frauen wollen. Die meisten Männer verstehen das nicht. Oder zumindest ist Peri clever genug, so zu tun als ob.«

Und dann der Sex. »Er ist absolut göttlich im Bett«, sagte Sarah.

»Er kann unglaublich toll schmusen«, sagte Sapphire.

»Du findest, er ist göttlich?« fragte Jackie nach. »Ich fand ihn tödlich. Können wir bitte über sein Haar reden?«

Nichtsdestotrotz schien Peri offensichtlich die zwei Dinge zu verkörpern, die die Frauen sich angeblich am meisten wünschen – ein Typ, der reden kann und so verständnisvoll ist wie eine Frau, der im Bett aber weiß, was ein richtiger Mann zu tun hat. Was also ging schief?

Peri: Die Größe (38) ist wichtig

»Es ist so«, sagte Maeve. »Solange du neurotisch und verrückt bist, ist er großartig. Aber sobald er all deine Probleme gelöst hat, wird er zum Problem.«

»Er kann unglaublich gemein werden«, sagte eine. Die anderen nickten.

»Einmal«, erzählte Jackie, »als ich sagte, ich hätte Größe achtunddreißig, meinte Peri: ›Du hast auf gar keinen Fall achtunddreißig. Du hast zweiundvierzig – mindestens. Ich weiß, wie achtunddreißig aussieht, und glaub mir, du hast nicht achtunddreißig.‹«

»Mir hat er immer gesagt, ich soll fünfzehn Pfund abnehmen«, verriet Sarah. »Als ich mit ihm ging, war ich so dünn wie schon seit Jahren nicht mehr.«

»Ich glaube, wenn Männer Frauen sagen, daß sie abnehmen sollen, dann soll das von ihrer eigenen mangelnden Größe an einer bestimmten Stelle ablenken«, kommentierte eine der Frauen trocken.

Maeve erinnerte sich an einen Skiausflug nach Sun Valley. »Peri machte alles richtig. Er kaufte die Tickets, buchte das Apartment. Es sollte ganz toll werden.« Aber dann fingen sie in der Limousine zum Flughafen zu streiten an – sie wollten beide auf derselben Seite sitzen. Als sie schließlich im Flugzeug waren, mußte die Stewardess sie auseinandersetzen. (»Da stritten wir darüber, wer von uns mehr von der Lüftung abbekam«, sagte Maeve.) Dann stritten sie sich auf der Piste. Am zweiten Tag packte Maeve ihre Koffer. »Er sagte: ›Ha-ha-ha, da ist ein Schneesturm, du kannst jetzt nicht weg‹«, erinnerte sich Maeve. »Und ich sagte: ›Ha-ha-ha, ich nehme den Bus.‹«

Einen Monat später kehrte Maeve zu ihrem Mann zurück. Ihre Situation war nicht ungewöhnlich – viele der Frauen gaben Peri schließlich den Laufpaß, um zu den Männern zurückzukehren, von denen sie sich getrennt hatten.

Aber das bedeutete nicht, daß Peri sie in Ruhe ließ. »Es kamen Faxe, Briefe und Hunderte von Telefonanrufen«, sagte Sapphire. »Es war gräßlich. Er hat eben ein großes Herz, und eines Tages wird er mal ein toller Typ sein.«

»Ich hab all seine Briefe behalten«, gestand Sarah. »Sie waren so rührend. Man konnte die Spuren seiner Tränen auf den Briefbögen geradezu sehen.« Sie ging aus dem Zimmer und kehrte Sekunden später mit einem Brief in der Hand zurück. Sie las laut vor: »Du schuldest mir keine Liebe, aber ich hoffe, daß du den

Mut hast, einen Schritt zu tun und die meine zu umarmen. Ich schicke dir keine Blumen, weil ich deine Liebe nicht mit Objekten schmälern oder erniedrigen möchte, die nicht ich erschaffen habe.« Sarah lächelte.

»Wir heiraten«

Nach Peri, so erklärten die Frauen, war es ihnen allesamt gut ergangen. Jackie sagte, sie sei jetzt mit ihrem Fitnesstrainer liiert; Magda hatte ihren ersten Roman veröffentlicht; Ramona war verheiratet und schwanger; Maeve hatte ein Café eröffnet; Sapphire hatte eine alte Liebe wiederentdeckt; Sarah sagte, sie sei vollauf mit einem siebenundzwanzigjährigen Bettgespielen beschäftigt.

Was Peri angeht, so ist er vor kurzem auf der Suche nach neuen möglichen Ehepartnerinnen ins Ausland gezogen. Eine der Frauen hatte gehört, daß er von einer Engländerin rausgeworfen wurde, die eigentlich einen Grafen hatte heiraten wollen. »Er sucht sich immer die Falschen«, sagte Sapphire.

Vor sechs Monaten kam Peri zu Besuch und ging mit Sarah essen. »Er nahm meine Hand«, erzählte sie, »und sagte zu seinem Freund: ›Sie ist die einzige Frau, die ich je geliebt habe.‹ Um der alten Zeiten willen ging ich auf einen Drink mit in seine Wohnung, und er bat mich so ernsthaft, seine Frau zu werden, daß ich es nicht fassen konnte. Ich dachte, er lügt. Also beschloß ich, ihn zu quälen.

Er sagte: ›Ich will nicht, daß du andere Männer triffst, und ich werde keine anderen Frauen treffen.‹

Ich sagte: ›Okay‹, und dachte: Wie soll das funktionieren? Er lebt in Europa, und ich lebe in New York. Aber am nächsten Morgen rief er mich an und sagte: ›Dir ist doch klar, daß du jetzt meine feste Freundin bist.‹

Ich sagte: ›Okay, Peri, das ist cool.‹«

Er flog nach Europa zurück, und Sarah sagte, sie habe die ganze Sache vergessen. Eines Morgens lag sie mit ihrem neuen Freund im Bett, und das Telefon klingelte. Es war Peri. Während

Sarah mit ihm sprach, fragte ihr Freund: »Willst du auch Kaffee?« Peri drehte durch.

»Wer ist da?« wollte er wissen.

»Ein Freund«, sagte Sarah.

»Um zehn Uhr morgens? Schläfst du etwa mit einem anderen? Wir wollen heiraten, und du schläfst mit einem anderen?« Er hängte ein, aber eine Woche später rief er wieder an.

»Bist du bereit?« fragte er.

»Wofür?« fragte Sarah.

»Wir heiraten doch, oder? Du gehst doch nicht mehr mit dem anderen, oder?«

»Hör zu, Peri, ich sehe keinen Ring an meinem Finger«, sagte Sarah. »Warum schickst du nicht einen Boten rüber zu *Harry Winston's*, um etwas auszusuchen, und dann reden wir weiter.«

Peri rief nie bei *Harry Winston's* an, und auch bei Sarah meldete er sich einige Monate nicht mehr. Sie sagte, sie habe ihn irgendwie vermißt. »Ich mag ihn sehr«, sagte sie. »Ich habe Mitleid mit ihm, weil er total verkorkst ist.«

Draußen wurde es dunkel, aber niemand wollte gehen. Sie saßen alle da und waren ganz hingerissen von dem Gedanken an einen Mann wie Tom Peri – nur eben nicht Tom Peri.

4

Ehen in Manhattan nie geheiratete Frauen, toxische Junggesellen

Neulich beim Lunch. Giftzahniges Getratsche mit einem Mann, den ich gerade erst kennengelernt hatte. Wir sprachen über gemeinsame Bekannte, ein Ehepaar. Er kannte den Mann, ich die Frau. Dem Mann war ich nie begegnet, und die Frau hatte ich seit Jahren schon nicht mehr gesehen (außer bei gelegentlichen Zufallstreffen auf der Straße), aber wie immer wußte ich alles über die beiden.

»Es wird böse enden«, sagte ich. »Er war naiv. Ein Landei. Er kam aus Boston und wußte nichts über sie, und sie hat die Gelegenheit beim Schopf gepackt. Sie hatte schon mit so vielen Männern in New York geschlafen, daß sie einen schlechten Ruf hatte. Kein Typ in New York hätte sie geheiratet.«

Ich machte mich über mein gegrilltes Hähnchen her und kam so richtig in Fahrt. »Frauen in New York wissen Bescheid. Sie wissen, wann sie heiraten müssen, und dann tun sie es. Vielleicht haben sie mit zu vielen Typen geschlafen, oder sie wissen, daß sie karrieremäßig nicht mehr weiterkommen, oder vielleicht wollen sie wirklich Kinder. Bis dahin schieben sie es so lange raus, wie sie nur können. Und dann gibt's diesen Moment, und wenn sie den nicht wahrnehmen …« Ich zuckte mit den Schultern. »Das war's. So wie die Chancen stehen, werden sie dann nie mehr heiraten.«

Der andere Kerl an unserem Tisch, Angestellter eines Großkonzerns und Typ ›liebevoller Vater‹ aus Winchester, betrachtete uns voller Entsetzen. »Aber was ist mit der Liebe?« wollte er wissen.

Ich sah ihn mitleidsvoll an. »Träumen Sie weiter.«

Wenn es darum geht, einen Ehepartner zu finden, hat New York seine eigenen und besonders grausamen Paarungsrituale, die so kompliziert und gekünstelt sind wie in Edith Whartons Romanen. Jeder kennt die Regeln – aber niemand will darüber sprechen. Die Folge davon ist, daß sich in New York ein bestimmter Typus alleinstehender Frauen entwickelt hat – klug, attraktiv, erfolgreich und … noch nie verheiratet. Sie sind zwischen Ende dreißig und Anfang vierzig und werden, falls empirisches Wissen überhaupt zu etwas nütze ist, nie mehr heiraten.

Hier geht es nicht um Statistik. Oder Ausnahmen. Wir alle kennen den erfolgreichen Bühnenautor, der die schöne und um einige Jahre ältere Modedesignerin heiratete. Aber wenn man reich, schön und erfolgreich ist und ›jeden kennt‹, dann gelten die normalen Regeln nicht.

Aber was ist los, wenn du vierzig bist und hübsch und Fernsehproduzentin oder Eignerin eines PR-Unternehmens, aber immer noch in einem Ein-Zimmer-Apartment wohnst und auf einer ausklappbaren Couch schläfst – sozusagen als Mary Tyler Moore der Neunziger? Nur daß du im Gegensatz zu Mary Tyler Moore mit all diesen Typen ins Bett gegangen bist anstatt sie brav um null Uhr zwei hinauszubitten. Was passiert mit solchen Frauen?

Es gibt Tausende, vermutlich Zigtausende dieser Frauen in der Stadt. Wir alle kennen welche, und wir sind uns alle einig, daß sie toll sind. Sie gehen auf Reisen, zahlen Steuern und geben 400 Dollar für ein Paar Manolo Blahnik-Schnürsandalen aus.

»Es ist nicht so, daß mit diesen Frauen etwas nicht stimmt«, meinte Jerry, 39, Anwalt in der Entertainment-Branche und zufällig mit einer dieser smarten Frauen verheiratet, drei Jahre älter als er. »Sie sind nicht verrückt oder neurotisch. Sie sind nicht wie aus *Eine verhängnisvolle Affäre.*« Jerry hielt kurz inne. »Warum kenne ich so viele tolle Frauen, die nicht verheiratet sind, und so wenige tolle Männer? Seien wir mal ehrlich: die unverheirateten Männer in New York sind Saftsäcke.«

Die M&Ms

»Jetzt paß auf«, meinte Jerry. »Frauen in New York haben altersmäßig nur eine begrenzte Zeitspanne, um zu heiraten. Irgendwann zwischen sechsundzwanzig und fünfunddreißig. Oder vielleicht sechsunddreißig.« Wir wurden uns einig, daß, wenn eine Frau schon mal verheiratet war, sie immer wieder heiraten kann; man muß eben wissen, wie man dieses Arrangement trifft.

»Aber dann plötzlich, wenn die Frauen siebendunddreißig werden oder achtunddreißig, dann ist da all dieses ... Drumherum«, sagte er. »Ballast. Sie sind schon zu lange da draußen. Ihre Vergangenheit arbeitet gegen sie. Wenn ich Single wäre und herausfände, daß eine Frau bereits mit diesem Stadtplaner Mort Zuckerman oder Verlegerstar ›Marvin‹ zusammen war – den M&Ms – vergiß es! Wer will schon der zwanzigste in dieser Reihe sein? Und wenn sie dann noch irgendwas anderes hervorkramen, etwa uneheliche Kinder oder einen Entzug – dann haben wir ein echtes Problem.«

Jerry erzählte eine Geschichte: Letzten Sommer war er zu einem kleinen Dinner in den Hamptons eingeladen. Die Gäste waren aus der Film- und Fernsehbranche. Er und seine Frau versuchten, ein vierzigjähriges Ex-Model mit einem Typen zu verkuppeln, der gerade geschieden war. Die beiden unterhielten sich, und auf einmal ging es um Mort Zuckerman, dann um Marvin, und plötzlich sahen Jerry und seine Frau, wie der Kerl die Kurve kratzte.

»Es gibt eine Liste toxischer Junggesellen in New York«, meinte Jerry, »und die sind wirklich tödlich.«

Später am Tag erzähle ich Anna die Geschichte. Sie ist sechsunddreißig und hat die Angewohnheit, grundsätzlich anderer Meinung zu sein als Männer. Alle Typen wollen mit ihr schlafen, aber sie wirft ihnen ständig vor, sie seien zu oberflächlich. Sie war mit den M&Ms aus, und sie kennt Jerry. Als ich ihr die Geschichte erzähle, schreit sie auf. »Jerry ist bloß eifersüchtig. Er würde gern so sein wie die, nur hat er weder das Geld noch die Power dazu. Bohr ein bißchen nach, und jeder Kerl in New York will Mort Zuckerman sein.«

George, 37, Investment Banker, ist auch einer, für den die toxischen Junggesellen ein Problem darstellen. »Diese Typen – der Schönheitschirurg, der Herausgeber der *Times,* der abgefahrene Kerl, der diese In-Vitro-Kliniken besitzt –, sie alle bedienen sich aus demselben Pool an Frauen, und es kommt nie etwas dabei heraus«, sagte er. »Wenn ich eine Frau kennenlernen würde, die mit diesen Typen zusammen war, würde mir das nicht gefallen.«

Kinder – oder Reizwäsche?

»Wenn du eine Diane Sawyer bist, diese Nachrichtentante, kannst du natürlich jederzeit heiraten«, meinte George. »Aber selbst den Klassefrauen aus der ersten Garnitur können die Felle davonschwimmen. Das Problem in New York ist, daß die Leute sich in immer kleinere Gruppen aufspalten. Du hast es mit einer Menge Menschen zu tun, die höchst privilegiert sind und unglaublich hohe Ansprüche stellen.

Und dann sind da noch all deine Freunde. Sieh *dich* an«, fuhr George fort. »Die Typen, mit denen du zusammen warst, waren alle in Ordnung, aber wir haben trotzdem immer über sie gelästert.«

Das stimmte. Meine Männer sind alle wundervoll gewesen, jeder auf seine Art, aber meine Freunde entdeckten an jedem irgendwelche Fehler und warfen mir schonungslos vor, daß ich mich mit den von ihnen diagnostizierten, meiner Meinung nach jedoch entschuldbaren Macken abfand. Mittlerweile war ich allein, und alle meine Freunde waren zufrieden.

Zwei Tage später traf ich George auf einer Party. »Letztendlich dreht sich alles um Kinder«, sagte er. »Wenn du heiratest, dann um Kinder zu kriegen, und du willst keine Frau, die älter ist als fünfunddreißig, weil du sonst die Kinder gleich kriegen mußt, und dann geht es um nichts anderes mehr.«

Ich beschloß, Peter zu fragen, 42, Schriftsteller, mit dem ich zweimal aus war. Er gab George recht. »Alles dreht sich ums Alter und die Biologie«, sagte er. »Du kannst dir nicht vorstellen, wie stark die anfängliche Anziehungskraft einer Frau im gebärfähigen Alter ist. Für eine Frau, die älter ist, sagen wir vierzig, wird es schwieriger, weil man diese starke anfängliche Anziehung eben nicht spürt. Man muß sich sehr oft mit ihr treffen, bis man mit ihr schlafen will, und dann geht es um etwas anderes.«

Etwa um Reizwäsche?

»Ich glaube, das Thema unverheiratete ältere Frauen ist das denkbar größte Problem in New York City«, sagte Peter spitz und fügte dann nachdenklich hinzu: »So viele Frauen leiden, und viele von ihnen verweigern sich auch.«

Peter erzählte eine Geschichte. Er hat eine gute Freundin, 41. Sie war immer mit extrem sexy Typen ausgegangen und hatte sich einfach amüsiert. Dann ging sie mit einem Zwanzigjährigen aus und wurde gnadenlos verhöhnt. Dann hielt sie sich wieder an einen sexy Typen ihres Alters, der verließ sie, und plötzlich konnte sie gar keinen mehr kriegen. Sie erlitt einen Nervenzusammenbruch, mußte ihren Job aufgeben und zog zurück zu ihrer Mutter nach Iowa. Diese Geschichte ist schlimmer als der schlimmste Alptraum jeder Frau, aber kein Mann fühlt sich schlecht dabei.

Rogers Theorie

Roger saß in einem Restaurant in der Upper East Side. Er trank Rotwein und fühlte sich gut. Roger ist neununddreißig, verwaltet sein eigenes Vermögen und wohnt in einer klassischen Sieben-Zimmer-Wohnung an der Park Avenue. Er dachte über das nach, was ich den ›Mittdreißiger-Machtwechsel‹ nenne.

»Wenn du ein junger Kerl zwischen zwanzig und Anfang Dreißig bist, dominieren die Frauen in deinen Beziehungen«, erklärte Roger. »Bis du schließlich ein begehrter Mann Ende Dreißig geworden bist, hast du das Gefühl, von den Frauen verschlungen zu werden.« Mit anderen Worten: plötzlich hat der Mann alle Macht. Es kann über Nacht geschehen.

Roger erzählte, er sei am frühen Abend auf einer Cocktail-Party gewesen, und als er reinkam, waren da sieben alleinstehende Frauen zwischen Mitte und Ende Dreißig, allesamt Upper East Side-blond, im kleinen Schwarzen, und eine geistreicher als die andere. »Du weißt, daß du absolut nichts Falsches sagen kannst«, meinte Roger. »Bei den Frauen ist es Verzweiflung, gepaart mit dem Erreichen ihres sexuellen Zenits. Eine äußerst brisante Mischung. Du siehst diesen Ausdruck in ihren Augen – absoluter Besitzanspruch plus ein gesunder Respekt für Cash-Flow –, und du hast das Gefühl, daß sie deine Daten abchecken, sobald du den Raum verlassen hast. Das schlimmste ist: die meisten dieser Frauen sind wirklich interessant, weil sie nicht einfach losgezogen sind und geheiratet haben. Aber wenn ein Mann diesen Ausdruck in ihren Augen sieht – wie soll man da Leidenschaft entwickeln?«

Zurück zu Peter, der sich über Alec Baldwin in Rage redete. »Das Problem ist die Erwartungshaltung. Ältere Frauen wollen sich nicht mit dem abfinden, was noch verfügbar ist. Sie finden keine coolen und dynamischen Typen, also sagen sie: ›Scheiß drauf! Lieber bin ich allein.‹ Nein, ich habe kein Mitleid mit denen, deren Erwartungen nicht erfüllt werden. Ich habe Mitleid mit den Verlierertypen, die diese Frauen nicht einmal ansehen wollen. Was sie wollen, ist Alec Baldwin. Es gibt nicht eine Frau in New York, die nicht zehn wunderbare, liebevolle Typen abgewiesen hat, weil sie entweder zu dick waren – oder nicht mächtig genug oder nicht reich genug oder nicht gleichgültig genug. Aber diese wirklich sexy Typen, nach denen die Frauen gieren, interessieren sich für Mädchen Mitte Zwanzig.«

Mittlerweile brüllte Peter beinahe. »Warum heiraten diese Frauen keinen dicken Mann? Warum heiraten sie nicht einen riesigen, dampfnudeldicken Fettwanst?«

Gute Freunde, lausige Ehemänner

Genau diese Frage stellte ich Charlotte, der englischen Journalistin. »Ich sag dir, warum«, meinte sie. »Ich bin mit ein paar dieser Typen ausgegangen – klein, fett und häßlich –, und es macht keinen Unterschied. Sie sind genauso verständnislos und egozentrisch wie die gutaussehenden.

Wenn du Mitte Dreißig bist und noch nicht verheiratet, denkst du: Warum soll ich mich mit so einem zufriedengeben?« fuhr sie fort. Sie erzählte, sie hätte gerade erst eine Verabredung mit einem sagenhaft begehrten, kürzlich geschiedenen, einundvierzigjährigen Banker abgesagt, weil sein Ding zu klein sei. »Zeigefinger«, seufzte sie.

Dann schneite Sarah herein. Sie hatte gerade Geld bekommen, um ihren ersten eigenen Film zu machen, und war total euphorisch. »Diese Vorstellung von Frauen, die nicht in der Lage sind zu heiraten! Das ist so kleinkariert, daß ich gar nicht erst darüber nachdenken möchte. Wenn du diese Typen kriegen willst, mußt du den Mund halten. Du mußt dasitzen und den Mund halten und allem zustimmen, was sie sagen.«

Zum Glück rief dann noch meine Freundin Amalita an und erklärte mir alles. Erklärte, warum tolle Frauen oft allein sind und nicht glücklich darüber, aber auch nicht unbedingt unglücklich. »Ach, Schätzchen«, gurrte sie ins Telefon. Sie war gut drauf, weil sie die Nacht davor Sex gehabt hatte mit einem vierundzwanzigjährigen Jurastudenten. »Jeder weiß, daß die Männer in New York großartige Freunde sind, aber lausige Ehemänner. In Südamerika, wo ich herkomme, haben wir diese Redewendung: ›Lieber allein als in schlechter Gesellschaft.‹«

5

Männer, die's mit Models machen

Es gab nur das winzigste bißchen Aufregung, als der Filmemacher und Verschwörungstheoretiker ›Gregory Roque‹ neulich an einem Freitagabend in die *Bowery Bar* spazierte. Der Autor solch kontroverser Filme wie *G.R.F.* (Gerald Rudolph Ford) und *Baboon* trug eine schmuddelige Tweedjacke und hielt den Kopf gesenkt, während sechs junge Frauen um ihn herumschwirrten, neue Models einer bekannten Modellagentur. Sie waren alle unter einundzwanzig (zwei waren sogar erst sechzehn), und die Mehrzahl hatte Gregory Roques Filme noch nie gesehen – interessierte sich ehrlich gesagt auch nicht dafür.

Wie zwei kleine Schleppdampfer, die den Schwarm unversehrt in Bewegung hielten, gingen die Modeljäger Jack und Ben voran – zwei unabhängige Produzenten Anfang Dreißig, die beide recht unscheinbar waren bis auf das Pferdegebiß des einen und die neumodische Stachelfrisur des anderen.

Auf den ersten Blick wirkten sie wie eine fröhliche Truppe. Die Mädchen lächelten. Mr. Roque setzte sich, flankiert von den Schönheiten, in eine der Nischen, während die jungen Männer auf den Stühlen davor Platz nahmen, wie um unwillkommene Eindringlinge abzuwehren, die mit Mr. Roque sprechen oder, noch schlimmer, ihm eins seiner Mädchen ausspannen wollten.

Mr. Roque beugte sich abwechselnd von einem zum anderen Mädchen und führte Gesprächsfetzen. Die jungen Männer guckten angeregt in die Gegend. Doch es war längst nicht so lustig, wie es aussah. Wenn man die Mädchen genauer betrachtete, konnte man die Langeweile an ihren Gesichtern zehren sehen wie das Alter. Sie hatten Mr. Roque nichts zu sagen und einander noch weniger. Aber alle am Tisch hatten eine Aufgabe zu erfüllen, und sie erfüllten sie. Die Gruppe saß also da und strahlte Glamour aus, und nach einer Weile stiegen sie in Mr. Roques Limousine und fuhren in den *Tunnel*, wo Mr. Roque lustlos mit einem der Mädchen tanzte, bis er merkte, daß er bis an die Haarspitzen gelangweilt war, und allein nach Hause fuhr. Die Mädchen blieben noch eine Weile und nahmen Drogen, und dann schnappte sich Jack, der mit dem Stachelhaar, eines der Mädchen und sagte: »Du blöde Schlampe«, und sie ging mit ihm nach Hause. Er besorgte ihr noch mehr Drogen, und sie besorgte es ihm mit dem Mund.

Solche Spielchen werden fast jede Nacht in New York gespielt, in Restaurants und Clubs. Man stößt dort unweigerlich auf die hübschen jungen Models, die wie Zugvögel in New York einfallen, und ihre Begleiter – Männer wie Jack und Ben, die quasi einen Beruf daraus gemacht haben, die Mädchen fürstlich zu bewirten und dann, mit unterschiedlichem Erfolg, zu verführen. Darf ich vorstellen: die Modeljäger.

Modeljäger sind eine besondere Brut. Sie stehen noch eine Stufe über den Schürzenjägern, die mit so ungefähr allem schlafen, das einen Rock anhat. Modeljäger sind nicht zwanghaft hinter Frauen her, sondern hinter Models. Sie lieben ihre Schönheit und hassen alles andere an ihnen. »Ihre Dummheit, ihre Flatterhaftigkeit, ihren Mangel an Werten, ihren Ballast«, sagt Jack. Modeljäger leben in einer Art parallelem Universum, mit eigenen Planeten *(Nobu, Bowery Bar, Tabac, Flowers, Tunnel, Expo, Metropolis)*, Satelliten (die diversen Wohnungen, viele um den Union Square, die die großen Modellagenturen für ihre Models mieten) und Göttinnen (Linda, Naomi, Christy, Elle, Bridget).

Willkommen in ihrer Welt. Sie ist nicht schön.

Die Modeljäger

Nicht jeder Mann kann Modeljäger werden. »Um Models zu kriegen, mußt du reich, wirklich gutaussehend und/oder irgendein Künstler sein«, sagt Barkley. Er selbst ist ein aufstrebender Künstler mit einem Gesicht wie ein Botticelli-Engel, umrahmt von einem blonden Pagenschnitt. Er sitzt in seinem Mini-Loft in SoHo, das seine Eltern bezahlen, ebenso wie den Rest seines Unterhalts. Sein Vater ist ein Kleiderbügelmagnat in Minneapolis. Für Barkley ist das gut, weil das Leben eines Modeljägers nicht billig ist – man denke an die Getränke und Abendessen, die Taxikosten von einem Club in den nächsten, die Drogen, meist Marihuana, aber gelegentlich auch Heroin und Kokain. Außerdem braucht man Zeit – viel Zeit. Barkleys Eltern denken, daß er malt, aber er ist tagsüber viel zu sehr damit beschäftigt, seine Nächte mit den Models zu organisieren.

»Ehrlich gesagt, verstehe ich diesen ganzen Modelkram nicht so ganz«, sagt Barkley. Er tigert in Lederjeans durch seinen Loft, ohne Hemd. Sein Haar ist frisch gewaschen, und auf seiner Brust sprießen ungefähr drei Haare. Models lieben ihn. Sie finden ihn nett und sexy. »Du mußt sie wie ganz normale Mädchen behandeln«, sagt er. Dann zündet er sich eine Zigarette an und sagt: »Du mußt in der Lage sein, irgendwo aufzukreuzen und direkt zum heißesten Mädchen zu gehen – sonst bist du erledigt. Es ist wie bei Hunden, du darfst keine Angst zeigen.«

Das Telefon klingelt. Hannah. Sie ist bei einem Fototermin in Amsterdam. Barkley legt sie auf den Lautsprecher. Sie ist einsam und bekifft. »Du fehlst mir, Baby«, stöhnt sie. Ihre Stimme klingt wie eine Schlange, die sich gerade aus ihrer Haut windet. »Wenn du jetzt hier wärst, würde ich mir deinen dicken Lümmel tief in den Hals stecken. *Aaaaahhh.* Das macht mich so an, Baby.«

»Siehst du?« sagt Barkley. Er spricht mit ihr, fährt sich mit den Fingern durch das Haar. Er zündet sich einen Joint an. »Ich rauche mit dir, Baby.«

»Models versammeln die merkwürdigsten Typen um sich«, sagt Michael Gross, Autor des Buches *Model. Das häßliche Geschäft der schönen Frauen.* »Da gibt's lächerliche Anbeter, denen die Zunge vor Bewunderung raushängt, und dann diese Vampirmänner, die das Blut aus den kleinen, jungen Modelmädchen saugen und jeden Tag frischen Saft brauchen.«

Anführer der Meute sind die Supermodeljäger – Männer, die sich mit Frauen wie Elle Macpherson, Bridget Hall oder Naomi Campbell sehen lassen. »Man sieht immer dieselben Männer in allen Modestädten – Paris, Mailand und Rom«, sagt Mr. Gross. »Sie tragen dieselben Klamotten, schlucken dieselben Drogen und laufen denselben Mädchen nach. Ein Fotograf sagte mal: ›Verliebe dich nie in ein Model, aber leg so viele wie möglich flach.‹«

Aber nicht alle Modeljäger sind so renommiert. In Manhattan, dem obligatorischen Zwischenstop für Anfängermodels, reicht es nicht aus, reich zu sein. Nehmen wir George und seinen Partner Charlie. Jeden Abend der Woche führen George und Charlie eine Horde Models, manchmal bis zu zwölf, zum Essen aus.

George und Charlie könnten aus Mitteleuropa stammen oder gar dem Mittleren Osten, aber in Wahrheit kommen sie aus New Jersey. Sie sind im Import-Export-Geschäft, und mit nicht einmal dreißig Jahren ist jeder von ihnen einige Millionen Dollar schwer.

»Charlie vögelt nie«, meint George lachend und dreht sich mit seinem Ledersessel hinter dem großen Schreibtisch aus Mahagoni im Kreis. Auf dem Boden liegen Orientteppiche, und an den Wänden hängen echte Kunstwerke. Und er selbst, sagt George, macht sich nichts aus vögeln. »Es ist ein Sport«, sagt er.

»Models sind für diese Typen nur ein weiteres Statussymbol«, sagt Mr. Gross. »So wie ein Porsche ihnen das Gefühl gibt, toll zu sein, so geht es ihnen, wenn sie ein Model am Ärmel hängen haben. Der Himmel mag wissen, was sie damit kompensieren.«

Letztes Jahr wurde ein neunzehnjähriges Model von George schwanger. Er kannte sie gerade fünf Wochen. Jetzt haben sie einen neun Monate alten Sohn. Er sieht sie nicht mehr. Sie verlangt: 4.500 Dollar pro Monat für das Kind, eine Lebensversicherung über 500.000 Dollar und ein Sparbuch fürs College mit 50.000 Dollar. »Ich finde das ein bißchen übertrieben, du nicht?« fragt George. Wenn er lächelt, sieht man seine grauen Zahnhälse.

Wilhelmina-Mädchen

Wie kommt nun ein Typ in Georges Position? »Die Mädchen ziehen in Rudeln umher«, erklärt Barkley. »Sie sind eine eingeschworene Gemeinschaft. Die Models gehen in Gruppen aus und leben gruppenweise in Model-Wohnungen. Sie fühlen sich nicht sicher, wenn sie nicht zusammen ausgehen. Das schüchtert einen als Typ schon ein.

Andererseits ist das auch wieder ein Vorteil, denn wenn zwanzig Models auf einem Haufen hocken, dann ist die, die du willst, nicht die Schönste. Du hast mehr Chancen. Wenn es nur eine ist, ist sie die Schönste, und sie hat die Oberhand. Wenn du aber zu einer hingehst, die zwischen drei oder vier anderen sitzt, hat sie das Gefühl, daß sie besser ist als die.«

Der Trick besteht darin, erst einmal ein Mädchen kennenzulernen. Am besten durch einen gemeinsamen Freund. »Wenn ein Typ erst mal Zugang hat, wenn er von einem der Mädchen anerkannt wird«, sagt ein anderer Modeljäger, »dann tritt er über den Status des Normalsterblichen hinaus.«

Vor drei Jahren besuchte George einen Club, wo er ein Mädchen traf, das er aus der High-School kannte. Sie war mit einem Booker einer Modeagentur da. George lernte ein paar Models kennen. Er hatte Drogen. Schließlich gingen sie alle zu den Models in die Wohnung. Er hatte genug, um sie bis sieben Uhr früh zu versorgen. Er machte mit einer von ihnen rum. Am nächsten Tag willigte sie ein, ihn wiederzusehen, aber nur, wenn alle anderen Mädchen auch mitkommen dürften. Er führte alle zum Essen aus. Er blieb dran. »Damit fing diese Manie an«, sagt er.

George kennt inzwischen alle Model-Wohnungen, wo ein neues Model für 500 Dollar im Monat einen Platz im Etagenbett in einer vollgestopften Drei- oder Vier-Zimmer-Wohnung bei fünf anderen Mädchen bekommt. Aber er muß sich ständig ranhalten, weil die Mädchen kommen und gehen und man mit mindestens einem Mädchen in der Wohnung festen Kontakt halten muß.

Dennoch ist der Nachschub unerschöpflich. »Es ist einfach«, sagt George. Er nimmt den Hörer ab und wählt eine Nummer.

»Hallo, ist Susan da?« fragt er.

»Susan ist in Paris.«

»Oooooh«, sagt er und klingt enttäuscht. »Ich bin ein alter Freund von ihr (in Wahrheit kennt er sie erst seit zwei Monaten) und bin gerade erst wieder in die Stadt zurückgekommen. Mist. Mit wem spreche ich?«

»Sabrina.«

»Hallo, Sabrina, ich bin George.« Sie plaudern etwa zehn Minuten. Dann: »Wir überlegen, ob wir heute abend in die *Bowery Bar* gehen. Ein ganzer Haufen. Willst du auch kommen?«

»Hmmm. Sicher, warum nicht?« meint Sabrina. Man kann förmlich hören, wie ihr Daumen aus dem Mund ploppt.

»Und wer ist noch da, bei dir?« fragt George. »Glaubst du, die haben auch Lust?«

George legt auf. »Tatsächlich ist es besser, wenn mehr Typen dabei sind als Mädchen, wenn man ausgeht«, sagt er. »Wenn die Mädchen in der Überzahl sind, wollen sie einander ausstechen. Sie werden still. Wenn ein Mädchen fest mit einem Typen geht und es den anderen Mädchen erzählt, kann das gefährlich sein. Sie glaubt, die Mädchen, mit denen sie zusammenwohnt, sind ihre Freundinnen, aber das sind sie nicht. Es sind Mädchen, die sie gerade kennengelernt hat und die zufällig in der gleichen Situation stecken wie sie. Die Mädchen versuchen immer, der anderen den Freund auszuspannen.«

»Einige dieser Typen werden von Mädchen zu Mädchen weitergereicht«, sagt Mr. Gross. »Allerdings ist eine wache Intelligenz keine unabdingbare Voraussetzung, um Model zu werden.«

George sagt, er habe ein System. »Es gibt eine Hierarchie der sexuellen Verfügbarkeit in diesen Model-Wohnungen«, erklärt er. »*Wilhelmina*-Mädchen sind am einfachsten zu haben. Willi kriegt vor allem Mädchen, die in Wohnwagen aufgewachsen sind oder im East End von London. *Elite* – die haben zwei Wohnungen, eine Uptown, in der 86. Straße, und eine Downtown, in der 16.. Die anständigen Mädchen stecken sie in die Uptown-Wohnung. Die Mädchen in der Downtwon-Wohnung sind ›freundlicher‹. Mädchen, die bei *Eileen Ford* wohnen, sind unberührbar. Ein Grund dafür ist, daß Eileens Hausmädchen sofort einhängt, wenn man anruft.

Viele dieser Mädchen wohnen zwischen der 28. Straße und dem Union Square. In den Zeckendorf Towers an der 15.. Oder in einem Haus an der 22., Ecke Park Avenue South. Die älteren Models, die viel arbeiten, wohnen meistens an der East Side.«

Kleines Wörterbuch der Modeljäger

Ding = ein Model
Zivilistin = Frau, die kein Model ist

»Wir reden die ganze Zeit darüber, wie schwer es ist, zu Zivilistinnen zurückzukehren«, sagt George. »Du lernst keine kennen oder machst auch keinen Versuch, sie kennenzulernen.«

»Es ist leichter, ein Model ins Bett zu kriegen als eine Zivilistin, die einen richtigen Job hat«, meint Sandy. Sandy ist Schauspielerin und hat strahlend grüne Augen. »Zivilistinnen erwarten etwas von einem Kerl.«

Models auf dem Seziertisch

Donnerstagnacht im *Barolo*. Der Restaurantbesitzer und Promoter Mark Baker schmeißt eine seiner Partys. Das funktioniert so: Die Promoter haben Beziehungen zu den Agenturen. Die Agenturen wissen, daß die Promoter ›sicher‹ sind – d. h. sie passen auf die Mädchen auf, unterhalten sie. Die Promoter wiederum brauchen die Modeljäger, um die Mädchen auszuführen. Die Promoter haben nicht immer das Geld, um die Mädchen zum Essen einzuladen. Die Modeljäger schon. Irgendwer muß sie ja füttern. Die Modeljäger lernen jemanden wie Mr. Roque kennen. Mr. Roque will Mädchen. Die Modeljäger wollen Mädchen und außerdem mit Mr. Roque gesehen werden. Alle sind glücklich.

In dieser Donnerstagnacht ist draußen auf dem Bürgersteig die Hölle los. Menschen drängeln und versuchen, die Aufmerksamkeit eines großen, fies aussehenden Typen zu erhaschen, der halb Orientale, halb Italiener sein könnte. Das Lokal selbst ist gerammelt voll. Alle tanzen, alle sind schlank und schön.

Du sprichst mit einem Mädchen mit aufgesetztem europäischen Akzent. Dann mit einem Mädchen aus Tennessee, das gerade von einem Besuch bei den Eltern zurückgekehrt ist. »Ich trug Schlaghosen und Schuhe mit Plateausohlen, und mein Exfreund sagte: ›Carol Anne, was zum Teufel hast du da an?‹ Und ich sagte: ›Wach auf, Schätzchen. Das ist New York.‹«

Jack schlängelt sich zu dir durch und fängt an zu erzählen.

»Selbst wenn sie dumm sind, können Models ganz schön berechnend sein. Du kannst sie in drei Sorten einteilen. Erstens: Die Mädchen, die neu in der Stadt sind. Sie sind normalerweise ziemlich jung – sechzehn, siebzehn. Sie gehen oft aus. Sie arbeiten noch nicht so viel, sie wollen was unternehmen, sie müssen Leute kennenlernen, besonders Fotografen. Zweitens: Die Mädchen, die viel arbeiten. Sie sind etwas älter, einundzwanzig aufwärts, und schon fünf Jahre im Geschäft. Sie gehen niemals aus, sie reisen viel, du siehst sie fast nie. Und drittens: Die Supermodels. Sie suchen einen Powertypen, der etwas für sie tun kann. Sie sind alle hinter Geld her, vielleicht weil ihre Karrieren so unsicher sind. Einen Kerl mit weniger als zwanzig oder dreißig Mille gucken die gar nicht erst an. Außerdem haben sie den ›Superweib-Komplex‹: Sie wollen sich nur mit Frauen abgeben, die Topmodels sind. Alle anderen ignorieren sie einfach oder giften sich über sie.«

Du gehst mit Jack die Treppen runter und mit auf die Herrentoilette. »Bis sie einundzwanzig werden, haben diese Mädchen jede Menge Ballast angesammelt«, sagt Jack. »Sie haben eine Vergangenheit: Kinder. Kerle, mit denen sie geschlafen haben. Kerle, die du nicht magst. Die meisten kommen aus zerrütteten Familien oder total asozialen Verhältnissen. Sie sind schön, aber letztendlich bringen sie dir nichts. Sie sind jung. Sie sind ungebildet.

Sie haben keine Werte, weißt du. Ich bevorzuge die älteren. Du mußt eine ohne Ballast finden, und ich bin auf der Suche.«

Wenn du eine kriegst, kriegst du sie alle

»Der Trick besteht darin, eine von den Erfolgreichen zu kriegen – eine wie Hunter Reno oder Janna Rhodes«, sagt George. »Das sind Mädchen, die in Europa auf den Titelseiten waren. Wenn du eine kriegst, kannst du sie alle kriegen. In einem Nachtclub kümmerst du dich um die älteren Mädchen. Sie wollen immer früh nach Hause, weil sie früh aufstehen und arbeiten müssen. Du bringst sie zu einem Taxi, da du ja ein Gentleman bist, und dann gehst du zurück und greifst die Jungen an.«

Zurück zum Loft. Barkley holt sich eine Cola und setzt sich auf einen Stuhl in der Mitte des Zimmers. »Du denkst: Wer ist hübscher als ein Model? Aber sie sind nicht besonders smart, sie sind flatterhaft und ziemlich fertig, sie sind eine ganze Ecke wilder als du denkst. Es ist viel einfacher, ein Model zu vögeln als ein normales Mädchen. Es ist das, was sie die ganze Zeit tun. So, wie sich die normalen Leute im Urlaub aufführen. Sie sind weg, also tun sie Dinge, die sie normalerweise nicht tun würden. Diese Mädchen sind eben die ganze Zeit über weg, weil sie von Ort zu Ort reisen. Also sind sie die ganze Zeit so.«

Barkley nimmt einen Schluck Cola und kratzt sich am Bauch. Es ist drei Uhr nachmittags, und er ist gerade vor einer Stunde aufgewacht. »Diese Mädchen sind Nomaden«, sagt er. »In jeder Stadt haben sie einen Kerl sitzen. Sie rufen mich an, wenn sie in New York sind, und ich stelle mir immer vor, daß sie jemand anderen anrufen, wenn sie in Paris oder Rom oder Mailand sind. Wenn sie hier sind, tun wir so, als wären wir zusammen. Wir halten Händchen und sehen uns jeden Tag. Viele Mädchen wollen das so. Aber dann sind sie weg.« Barkley gähnt und stellt sein Glas ab. »Ich weiß nicht. Da laufen so viele hübsche Mädchen rum, daß du nach einer Weile eine suchst, die dich zum Lachen bringen kann.«

»Es ist erstaunlich, was du dir manchmal antust, um mit diesen Mädchen zusammen zu sein«, sagt George. »Ich bin mal mit einem Mädchen und ihrer Tochter in die Kirche gegangen. Dieser Tage gehe ich fast ausschließlich mit älteren Mädchen aus. Ich muß mich bald zurückziehen. Sie halten mich von der Arbeit ab. Sie sind daran schuld, daß ich mein Leben ruiniere.« George zuckt mit den Schultern und sieht aus dem Fenster seines Büros im 34. Stock mit Blick über Midtown Manhattan. »Sieh mich an«, sagt er. »Mit neunundzwanzig bin ich ein alter Mann.«

6

Die letzte Verführung von New York: Mr. Big

Eine Filmproduzentin um die Vierzig, die ich mal Samantha Jones nennen möchte, kam in die *Bowery Bar*, und wie gewöhnlich blickten wir alle auf, um zu sehen, wer dabei war. Samantha hatte immer mindestens vier Männer im Schlepptau, und unser Spiel war, ihren Lover zu identifizieren. Allerdings war es kein sehr schwieriges Spiel, weil der Knabe nur allzu leicht zu erkennen war. Er war ausnahmslos der jüngste und gutaussehend in der Art dieser Hollywoodschauspieler aus zweitklassigen Filmen. Und er saß immer mit heiter-dümmlichem Gesichtsausdruck da (wenn er Sam gerade kennengelernt hatte) oder mit gelangweilt-dümmlichem Gesicht, wenn er schon ein paarmal mit ihr aus gewesen war. In letzterem Fall dämmerte ihm dann meist gerade, daß niemand am Tisch mit ihm reden wollte. Warum auch, wenn er in zwei Wochen schon wieder Geschichte sein würde?

Wir alle bewunderten Sam. Zunächst einmal ist es nicht allzu leicht, fünfundzwanzigjährige Typen zu kriegen, wenn man Anfang Vierzig ist. Zweitens ist Sam eine Inspiration für New York. Denn wenn du in dieser Stadt eine erfolgreiche alleinstehende Frau bist, hast du zwei Möglichkeiten: Du kannst darauf warten, wie du langsam unten zuwächst, während du verzweifelt versuchst, eine Beziehung zu finden, oder du kannst sagen: ›Scheiß drauf!‹ und einfach losziehen und Sex haben wie ein Mann. Daher: Sam.

Für Frauen in New York ist das momentan eine echtes Problem. Zum erstenmal in der Geschichte Manhattans haben viele Frauen zwischen Dreißig und Anfang Vierzig soviel Geld und Macht wie die Männer – oder zumindest genug, um das Gefühl zu haben, daß sie keinen Mann brauchen, außer für Sex. Während dieses Paradox das Thema vieler Analysestunden ist, traf meine Freundin Carrie, eine Journalistin Mitte Dreißig, neulich bei einem Teeklatsch mit uns im *Mayfair Hotel* den Entschluß, es im wahren Leben auszuprobieren. Die Liebe sozusagen auf- und sich der Macht ganz hinzugeben, um Zufriedenheit zu erlangen. Und, wie wir sehen werden, hat es auch funktioniert. So ungefähr jedenfalls.

Testosteron-Frauen, dumme Männer

»Ich glaube, ich verwandle mich in einen Mann«, sagte Carrie. Sie zündete ihre zwanzigste Zigarette des Tages an, und als der Oberkellner herbeieilte und sagte, sie solle sie ausmachen, erwiderte sie: »Bitte, ich würde nicht im Traum daran denken, jemanden zu inkommodieren.« Dann trat sie die Zigarette auf dem Teppich aus.

»Erinnert ihr euch, als ich mit diesem Typen Drew schlief?« fragte sie. Wir nickten. Wir waren alle erleichtert gewesen, als sie das tat, weil sie davor monatelang keinen Sex gehabt hatte. »Na ja, danach hab ich nichts gefühlt. Alles, was mir einfiel, war: Muß zur Arbeit, Babe. Meld dich mal. Danach hab ich ihn vollkommen vergessen.«

»Na ja, warum solltest du auch was fühlen?« fragte Magda. »Männer fühlen nichts. Ich fühle auch nichts, wenn ich Sex hatte. Ja sicher, ich würde gern, aber wo liegt der Sinn?«

Wir lehnten uns gemütlich zurück und nippten an unseren Tees, als wären wir alle Mitglieder eines besonderen Clubs. Wir waren hart und stolz darauf, und es war nicht leicht gewesen, diesen Zustand zu erreichen – den Zustand der vollkommenen Unabhängigkeit, wo wir die Männer wie Sexualobjekte behandeln konnten. Es hat uns harte Arbeit, Einsamkeit und die Erkenntnis gekostet, daß – da womöglich niemals jemand für einen da sein würde – man sich um sich selbst kümmern mußte, im wahrsten Sinne des Wortes.

»Na ja, ich nehme an, es liegt an den vielen Narben«, sagte ich. »All diese Männer, die einen schließlich nur enttäuschen. Nach einer Weile willst du einfach keine Gefühle mehr haben. Du willst nur mit deinem Leben weitermachen.«

»Ich glaube, es liegt an den Hormonen«, meinte Carrie. »Neulich war ich beim Friseur für so eine tiefenwirksame Kurpackung, weil sie mir immer erzählen, daß mein Haar bald abbricht. Und da habe ich in der *Cosmo* etwas über männliches Testosteron in Frauen gelesen – eine Studie hat ergeben, daß Frauen mit hohen Testosteronwerten aggressiver und erfolgreicher sind, mehr Sexpartner haben und mit größerer Wahrscheinlichkeit unverheiratet bleiben. Diese Information hatte etwas unglaublich Beruhigendes – du kamst dir nicht mehr wie eine Mißgeburt vor.«

»Der Trick ist, die Männer zum Mitmachen zu bringen«, sagte Charlotte.

»Die Männer dieser Stadt sind in zweierlei Hinsicht Versager«, meinte Magda. »Sie wollen keine Beziehung, aber wenn du nur Sex mit ihnen willst, gefällt ihnen das auch nicht. Dann bringen sie plötzlich nicht mehr das, was man von ihnen will.«

»Habt ihr schon mal um Mitternacht einen Typen angerufen und gesagt: ›Ich möcht jetzt zu dir rüberfahren‹, und er sagt ja?« wollte Carrie wissen.

»Das Problem ist, daß es nicht einfach beim Sex bleibt«, erklärte Charlotte. Sie hatte einen Namen für Männer, die phantastische Liebhaber waren: Sexgötter. Aber selbst sie hatte Schwierigkeiten. Ihre letzte Eroberung war ein Dichter, der im Bett hervorragend war, der jedoch, wie sie sagte, »immer mit mir essen gehen wollte und all diese Gespräche führen.« Vor kurzem hörte er auf, sie anzurufen: »Er wollte mir seine Gedichte vorlesen, aber ich habe abgelehnt. Es ist ein schmaler Grat zwischen Anziehung und Abscheu. Und normalerweise fängt der Abscheu an, sobald sie erwarten, daß du sie als Menschen behandelst anstatt als Sexgespielen.«

Ich wollte wissen, ob es realistisch sei, dieses ganze ›Frauen, die Sex wie Männer haben‹-Ding durchzuziehen.

»Du mußt schon ein richtiges Biest sein«, sagte Charlotte. »Entweder das – oder unglaublich lieb und nett. Wir fallen durch alle Raster. Das verwirrt die Männer.«

»Für lieb und nett ist es zu spät«, meinte Carrie.

»Dann bleibt dir nichts anderes übrig, als ein Biest zu werden«, sagte Magda. »Aber da ist noch etwas, das du vergessen hast.«

»Was?«

»Sich verlieben.«

»Träum weiter«, sagte Carrie. Sie lehnte sich in ihrem Sessel zurück. Sie trug eine Jeans und ein altes Yves Saint-Laurent-Jackett. Sie saß wie ein Mann, mit gespreizten Beinen. »Ich werde es tun – ich werde ein richtiges Biest.«

Wir sahen sie an und lachten.

»Was ist los?« wollte sie wissen.

»Aber das bist du doch schon.«

Begegnung mit Mr. Big

Im Zuge ihrer Recherchen wollte Carrie in die Nachmittagsvorstellung von *Die letzte Verführung* gehen. Sie hatte gehört, es ginge darin um eine Frau, die auf der Suche nach Geld, heißem Sex und totaler Kontrolle jeden Mann, den sie trifft, ausnutzt und mißbraucht und dabei niemals Reue empfindet oder einen dieser ›O mein Gott, was habe ich getan‹-Läuterungsanfälle bekommt.

Carrie geht nie ins Kino – sie hatte eine konservative und erzamerikanische Mutter, die verkündete, daß nur arme Leute mit kranken Kindern ihre Kinder ins Kino schicken –, deshalb war es für sie eine große Sache. Sie kam zu spät, und als der Kartenverkäufer ihr sagte, daß der Film schon angefangen habe, erwiderte sie: »Sie Idiot. Ich bin aus Forschungsgründen hier – Sie glauben doch nicht, daß ich diesen Film tatsächlich sehen will, oder?«

Als sie wieder rauskam, dachte sie über die Szene nach, in der Linda Fiorentino den Mann in der Bar aufreißt und sich draußen auf dem Parkplatz von ihm vögeln läßt, während sie sich in den Maschendrahtzaun krallt. Ging es wirklich darum?

Carrie kaufte zwei Paar gefährliche Sandalen und ließ sich die Haare schneiden.

An einem Sonntagabend ging Carrie zu einer Cocktailparty beim Modeschöpfer Joop. Es war eine dieser Partys, die in einem Film spielen sollten, wo sich alle umeinander drängeln und die schwulen Jungs so amüsant sind, und obwohl Carrie am nächsten Tag arbeiten mußte, wußte sie, daß sie am Ende zuviel trinken und zu spät nach Hause gehen würde. Carrie geht ohnehin nachts nicht gern nach Hause und noch weniger gern ins Bett.

Geschickterweise ging Mr. Joop zur Halbzeit der Party der Champagner aus, und die Leute klopften an die Küchentür und bettelten die Kellner um ein Glas Wein an. Ein Mann mit einer Zigarre im Mund kam vorbei, und einer der Männer, mit denen Carrie gerade redete, sagte: »Oooooh. Wer ist das noch gleich? Er sieht aus wie dieser Edelmakler Ron Perelmann, aber in jung und gutaussehend.«

»Ich weiß, wer das ist«, sagte Carrie.

»Wer?«

»Mr. Big.«

»Ich hab's gewußt. Mr. Big und Perelmann verwechsle ich jedesmal.«

»Was zahlt ihr?« wollte Carrie wissen. »Was zahlt ihr, wenn ich hingehe und mit ihm rede?« Und sie machte das, was sie neuerdings immer mit ihrem kurzen Haar macht. Sie wuschelt darin herum, während die Männer sie angucken und lachen. »Du bist verrückt«, sagen sie.

Carrie hatte Hochglanzblatt-Herausgeber Mr. Big schon einmal gesehen, aber sie dachte nicht, daß er sich an sie erinnern würde. Sie saß in diesem Büro, wo sie manchmal arbeitet, und *Inside Edition* interviewte sie wegen irgendwas, das sie über Chihuahuas schrieb. Mr. Big kam rein und fing an, dem Kameramann zu erzählen, daß Paris voll von Chihuahuas sei, und Carrie beugte sich vor und zog ihr Schuhband fester.

Auf der Party saß Mr. Big im Wohnzimmer auf der Heizung. »Hi«, sagte Carrie. »Erinnern Sie sich an mich?« Sie konnte an seinen Augen erkennen, daß er keinen blassen Schimmer hatte, wer sie war, und sie fragte sich, ob er wohl in Panik geraten würde.

Er drehte die Zigarre zwischen den vorgestülpten Lippen und nahm sie aus dem Mund. Er sah zur Seite, um die Asche abzuklopfen, dann sah er sie wieder an. »Aber kackklar.«

Schon wieder Mr. Big (bei *Elaine's*)

In den nächsten Tagen lief Mr. Big Carrie nicht über den Weg. Aber in dieser Zeit ging eindeutig etwas vor sich. Sie traf einen Freund, Schriftsteller, den sie länger nicht gesehen hatte, und er sagte: »Was ist los mit dir? Du siehst total anders aus.«

»Tatsächlich?«

»Du siehst aus wie Heather Locklear. Hast du deine Zähne machen lassen?«

Dann ging sie zu *Elaine's*, und ein berühmter Schriftsteller, ein Schwergewicht, jemand, den sie nie zuvor getroffen hatte, zeigte ihr den Finger, setzte sich dann neben sie und sagte: »Sie sind nicht so cool wie Sie denken, daß Sie sind.«

»Bitte?«

»Sie laufen durch die Gegend, als ob Sie weiß Gott wie toll im Bett wären.« Sie wollte sagen: »Ach ja?« – aber statt dessen lachte sie und sagte: »Hm, vielleicht bin ich das ja.«

Er gab ihr Feuer. »Wenn ich eine Affäre mit Ihnen haben wollte, müßte das über eine lange Zeit gehen. Ich würde nicht nur eine Nacht wollen.«

»Tja, Baby«, sagte sie, »da haben Sie sich die Falsche ausgesucht.«

Dann ging sie zu einer Party nach einer dieser von Medienagentin Peggy Siegal gesponsorten Filmpremieren und traf einen berühmten Filmproduzenten, noch ein Schwergewicht, und er nahm sie in seinem Wagen mit zur *Bowery Bar.* Und da war dann Mr. Big.

Mr. Big rutschte neben sie auf die Polsterbank. Ihre Körper berührten sich.

Mr. Big sagte: »Also. Was haben Sie so gemacht die letzte Zeit?«

»Abgesehen davon, daß ich jede Nacht aus war?«

»Ja – was arbeiten Sie?«

»Dies ist meine Arbeit«, sagte sie. »Ich recherchiere für eine Freundin eine Geschichte über Frauen, die Sex wie Männer haben. Sie wissen schon, sie haben Sex und danach fühlen sie nichts.«

Mr. Big musterte sie eingehend. »Aber Sie sind doch nicht so«, sagte er.

»Sie etwa nicht?« fragte sie.

»Kein bißchen. Nicht einmal ein halbes bißchen«, sagte er.

Carrie sah ihn an. »Was stimmt nicht mit Ihnen?«

»Oh, ich verstehe«, meinte Mr. Big. »Sie waren noch nie verliebt.«

»Ach ja?«

»Ja.«

»Und Sie schon?«

»Aber kackklar.«

Sie fuhren in seine Wohnung. Mr. Big entkorkte eine Flasche Crystal-Champagner. Carrie lachte und amüsierte sich, und dann sagte sie: »Ich muß gehen.«

»Es ist vier Uhr morgens«, sagte er. Er stand auf. »Ich laß dich jetzt nicht nach Hause gehen.«

Er gab ihr ein T-Shirt und Boxershorts. Während sie sich umzog, ging er ins Badezimmer. Sie kroch ins Bett und sank in die Daunenkissen. Sie schloß die Augen. Sein Bett war so gemütlich. Es war das gemütlichste Bett, in dem sie je gelegen hatte. Als er ins Zimmer kam, schlief sie tief und fest.

7
Globale Glamour-Girls

Wenn Sie Glück haben (oder Pech, je nachdem, wie Sie es betrachten), stoßen Sie in New York vielleicht eines Tages auf einen bestimmten Typ Frau. Wie ein buntschillernder exotischer Zugvogel ist sie ständig unterwegs. Und das nicht auf die alltägliche, filofaxmäßig verplante Weise. Diese Frau reist von einem internationalen Szenetreff zum nächsten. Und wenn sie die Ballsaison in London satt hat, wenn sie des Skifahrens in Aspen oder Gstaad überdrüssig ist, wenn ihr die nächtelangen Partys in Südamerika zum Hals raushängen, dann kommt sie vielleicht auf einen – wohlgemerkt vorübergehenden – Zwischenstop nach New York.

An einem regnerischen Januarnachmittag landete eine Frau, die wir hier mal Amalita Amalfi nennen, auf dem Kennedy International Airport. Sie kam aus London. Sie trug den weißen Gucci-Pelzimitatmantel, eine maßgeschneiderte schwarze Lederhose von New York Leather (»die letzte, die sie aus diesem Leder gemacht haben – ich mußte mit Elle MacPherson darum streiten«), eine Sonnenbrille sowie zehn T. Anthony-Taschen. Sie sah aus wie ein Filmstar. Das einzige, was fehlte, war die Limousine, aber dieses Problem löste sich rasch, indem sie einen reich aussehenden Geschäftsmann bat, ihr mit den Taschen zu helfen. Er konnte nicht widerstehen – kaum ein Mann ist in der Lage, Amalita zu widerstehen –, und ehe er wußte, wie ihm geschah, schlichen er, Amalita und die zehn T. Anthony-Taschen in seiner Firmenspesen-Limousine Richtung Manhattan, und er erbot sich, sie zum Abendessen einzuladen.

»Liebend gern, Darling«, sagte sie in dieser atemlosen Stimme mit leichtem Akzent, die auf Schweizer Internatsschulen und

Schloßbälle hindeutet, »aber ich bin schrecklich müde. Ich bin eigentlich nur zum Erholen nach New York gekommen, verstehen Sie? Aber wir könnten morgen zusammen Tee trinken. Im *Four Seasons*? Und danach vielleicht ein bißchen einkaufen gehen? Da sind ein paar Sachen, die ich bei Gucci holen muß.«

Der Geschäftsmann nickte. Er ließ sie am Beekman Place aussteigen, notierte ihre Nummer und versprach, später anzurufen.

Oben in ihrer Wohnung angekommen, rief Amalita bei Gucci an. Mit aufgesetztem englischen Oberklassen-Akzent sagte sie: »Hier ist Lady Caroline Beavers. Sie haben einen Mantel für mich zurückgelegt. Ich bin gerade in die Stadt gekommen und werde ihn morgen abholen.«

»Sehr wohl, Lady Beavers«, erwiderte die Verkäuferin. Amalita legte den Hörer auf und lachte.

Am nächsten Tag telefonierte Carrie mit einem alten Freund, Robert. »Amalita ist zurück«, sagte sie. »Ich geh mit ihr essen.«

»Amalita!« rief Robert. »Lebt die denn noch? Ist sie immer noch schön? Sie ist gefährlich. Aber wenn du ein Typ bist und mit ihr schläfst, ist das so, als würdest du in einen besonderen Club eintreten. Du weißt schon, sie war mit Jake zusammen, und Capote Duncan … mit all diesen Rockstars, Milliardären. Es verbindet irgendwie. Du weißt schon, der Typ denkt: Ich und Jake.«

»Männer«, meinte Carrie, »sind schon komisch.«

Robert hörte nicht hin. »Es gibt nicht viele Frauen wie Amalita«, sagte er. »Gabriella war so. Und Marit. Und Sandra. Amalita ist so schön, weißt du, und wirklich lustig, und sehr provokant, ich meine, sie ist unglaublich. Du triffst eine von diesen Frauen in Paris, und sie tragen ein durchsichtiges Kleid, und es macht dich verrückt, und du siehst ihre Bilder in *Harper's Bazaar* und solchen Zeitschriften, und ihre Anziehungskraft auf dich wird immer größer. Ihre sexuelle Macht ist eine erstaunliche, außergewöhnliche Kraft, die dein Leben verändern kann, du denkst, wenn du damit in Berührung kommst, was du aber nicht kannst, was …«

Carrie legte auf.

Am Nachmittag saß Carrie um zwei an der Bar bei *Harry Cipriani* und wartete auf Amalita. Wie immer war sie eine halbe Stunde zu spät. Ein Geschäftsmann, seine Mitarbeiterin und ein Kunde von ihnen, die ebenfalls an der Bar saßen, sprachen über Sex. »Ich glaube, Männer stehen nicht auf Frauen, die in der ersten Nacht mit ihnen ins Bett gehen«, sagte die Frau. Sie trug ein gouvernantenhaftes marineblaues Kostüm. »Man muß mindestens drei Verabredungen abwarten, wenn man will, daß der Mann einen ernst nimmt.«

»Das hängt ganz von der Frau ab«, meinte der Kunde. Er war Ende Dreißig, sah wie ein Deutscher aus, sprach aber mit spanischem Akzent – ein Argentinier.

»Das verstehe ich nicht«, sagte die Frau.

Der Argentinier sah sie an. »Ihr amerikanischen Mittelschicht-Frauen, die ihr immer einen Mann an Land ziehen wollt – ihr seid diejenigen, die die Spielregeln einhalten müssen. Ihr könnt es euch nicht leisten, einen Fehler zu machen. Aber es gibt einen gewissen Typ Frau – sehr schön und aus einer bestimmten Schicht –, die tun kann, was immer ihr gefällt.«

Genau in diesem Moment spazierte Amalita herein. Es gab ein wenig Aufregung an der Tür, als der Maître d'hôtel sie umarmte – »Sieh mal einer an!« rief sie. »So schlank. Laufen Sie immer noch fünf Meilen pro Tag?« – und ihr Mantel und die Einkaufspakete eilfertig weggebracht wurden. Sie trug ein tweediges Jil Sander-Kostüm (der Rock allein kostet über tausend Dollar), und darunter ein enganliegendes grünes Kaschmir-Top. »Ist es heiß hier drinnen«, sagte sie und fächelte sich mit ihren Handschuhen Luft zu. Sie zog das Jackett aus. Allen Gästen klappte der Unterkiefer herunter. »Zuckerspätzchen!« flötete sie, als sie Carrie an der Bar entdeckte.

»Ihr Tisch ist fertig«, verkündete der Maître d' hotel.

»Ich hab dir ja soviel zu erzählen«, verkündete Amalita. »Ich bin gerade noch mal mit dem Leben davongekommen!«

Irgendwann im April war Amalita nach London zu einer Hochzeit gereist, auf der sie Lord Haumich kennenlernte – nicht sein richtiger Name, natürlich. »Aber ein echter Lord, Darling!« sagte sie. »Verwandt mit der königlichen Familie und mit Schloß und Jagdhunden. Er sagte, er hätte sich augenblicklich in mich verliebt, der Idiot, in just dem Moment, da ich die Kirche betrat. ›Darling, ich bete Sie an‹, hat er gesagt, als er beim Empfang zu mir kam, ›aber ganz besonders Ihren Hut.‹ Das hätte mir ein Zeichen sein müssen. Aber zu der Zeit konnte ich nicht richtig denken. Ich wohnte in London bei Catherine Johnson-Bates, und sie machte mich absolut verrückt, meckerte ständig über meine Sachen überall in ihrer verdammten Wohnung … na ja, sie ist Jungfrau, was soll man da erwarten? Jedenfalls konnte ich nur daran denken, wie ich am besten eine andere Unterkunft finde. Und ich wußte, daß Catherine heimlich für Lord Haumich schwärmte – sie strickte ihm andauernd Schals aus dieser schrecklichen Kammwolle, aber und er hatte nicht mal ein Viertel Auge für sie übrig –, also konnte ich verständlicherweise nicht widerstehen. Außerdem brauchte ich ja eine Unterkunft.«

Noch in derselben Nacht, nach der Hochzeit, zog Amalita praktisch in sein Haus am Eton Square ein. Und die ersten zwei Wochen lief alles großartig. »Ich zog mein Geisha-Programm ab«, sagte Amalita. »Rücken schrubben, Tee servieren, die Zeitung als erste lesen, damit ich auf die interessanten Stellen hinweisen konnte.« Er ging mit ihr einkaufen. Sie gaben eine Gesellschaft, eine spektakuläre Party auf seinem Schloß. Amalita half ihm mit der Gästeliste, lud alle richtigen Leute ein, bezauberte die Bediensteten, und er war schwer beeindruckt. Dann, als sie nach London zurückkehrten, fing es an.

»Weißt du, ich hab doch all diese Unterwäsche, die sich seit Jahren bei mir ansammelt«, begann Amalita. Carrie nickte. Sie kannte Amalitas enorme Garderobe aus Designerklamotten, die sie in den letzten fünfzehn Jahren gekauft hatte – kannte sie sogar sehr gut, da sie Amalita hatte helfen müssen, sie zum Einlagern in spezielle Tücher einzuwickeln, was ganze drei Tage in Anspruch genommen hatte. »Na ja, eines Abends kommt er rein, während ich mich anziehe«, erzählte sie. »›Darling‹, sagt er, ›ich habe mich immer schon gefragt, wie es wohl wäre, einen deiner Strapsgürtel zu tragen. Hast du was dagegen, wenn ich ... es mal versuche? Dann weiß ich, wie es sich anfühlt, du zu sein.‹

Na schön. Aber am nächsten Tag will er, daß ich ihn verhaue. Mit einer zusammengerollten Zeitung. ›Darling, glaubst du nicht, daß du mehr vom Leben hättest, wenn du sie statt dessen liest?‹ fragte ich ihn. ›Nein! Ich will eine ordentliche Tracht Prügel‹, sagte er. Also gab ich nach. Wieder ein Fehler. Es kam soweit, daß er morgens aufstand, meine Kleider anzog und das Haus nicht mehr verließ. Das ging tagelang so. Und dann bestand er darauf, meinen Chanel-Schmuck zu tragen.«

»Wie sah er damit aus?« wollte Carrie wissen.

»*Pas mal*«, sagte Amalita. »Er war einer dieser schönen Engländer, bei denen du nie genau weißt, ob sie schwul sind oder nicht. Aber das Ganze wurde einfach zu lächerlich. Er kroch auf Händen und Knien herum und streckte seinen Arsch in die Höhe. Nicht zu fassen, daß ich vorher durchaus in Erwägung gezogen hatte, ihn zu heiraten!

Jedenfalls sagte ich ihm, daß ich gehe. Er ließ mich nicht. Er schloß mich ins Schlafzimmer ein, und ich mußte durch das Fenster fliehen. Dummerweise trug ich Manolo Blahniks mit hohen Absätzen anstatt der vernünftigeren Guccis, weil ich ihm erlaubt hatte, meine Schuhe zu streicheln, und die Manolos waren die einzigen, die er nicht mochte – er meinte, sie wären außer Mode. Dann wollte er mich nicht wieder ins Haus lassen. Er sagte, er wolle meine Kleider als Pfand behalten wegen irgend so einer lächerlichen Telefonrechnung. Zweitausend Pfund. Ich sagte: ›Darling, was erwartest du? Ich muß doch meine Tochter und meine Mutter anrufen.‹

Aber ich hatte noch einen Trumpf in der Hand. Ich hatte sein Handy mitgenommen. Ich rief ihn von der Straße aus an. ›Darling‹, sagte ich, ›ich werde mich jetzt mit Catherine zum Tee treffen. Wenn ich zurückkomme, erwarte ich, daß alle meine Koffer ordentlich gepackt auf der Vordertreppe stehen. Dann werde ich sie durchgehen. Und wenn irgend etwas fehlt – ein winziger Ohrring, ein String-Tanga, die Sohle eines Stilettoabsatzes –, dann werde ich Nigel Dempster anrufen.‹«

»Und? Hat er es getan?« fragte Carrie ein wenig ehrfurchtsvoll.

»Natürlich!« sagte Amalita. »Die Engländer haben eine Todesangst vor der Presse. Wenn du sie gefügig machen willst, droh einfach damit, die Zeitung anzurufen.«

In diesem Moment kam der Argentinier an ihrem Tisch vorbei. »Amalita«, sagte er, streckte seine Hand aus und verbeugte sich leicht.

»Ah, Chris. Cómo está?« fragte sie, und dann redeten sie irgendwas auf Spanisch, das Carrie nicht verstand, und dann sagte Chris: »Ich bin für eine Woche in New York. Wir sollten uns treffen.«

»Natürlich, Darling«, sagte Amalita und sah zu ihm auf. Sie hatte diese Art, beim Lächeln ihre Augen schmal werden zu lassen, so daß es im Prinzip ›Hau ab!‹ bedeutete.

»Würg. Reicher Argentinier«, sagte sie. »Ich war mal auf seiner Farm zu Besuch. Wir sind auf Poloponys quer über das Gelände geritten. Seine Frau war schwanger, und er war so süß, daß ich mit ihm gebumst habe, und sie hat's gemerkt. Und sie hatte auch noch den Nerv, sich aufzuregen. Er war ein lausiger Liebhaber. Sie hätte froh sein sollen, daß ihn ihr mal jemand abnimmt.«

»Miss Amalfi?« fragte der Kellner. »Ein Gespräch für Sie.«

»Righty«, sagte sie triumphierend und kehrte nach wenigen Minuten an den Tisch zurück. Righty war der Leadgitarrist einer berühmten Rockband. »Er will, daß ich mit ihm auf Tour gehe. Brasilien. Singapur. Ich hab gesagt, ich müßte es mir erst überlegen. Diese Typen sind es dermaßen gewöhnt, daß ihnen die Frauen zu Füßen liegen, daß man sich ein bißchen reserviert geben muß. Dann bist du was Besonderes.«

Plötzlich gab es erneut Aufregung an der Tür. Carrie sah auf, duckte dann aber schnell den Kopf und tat so, als würde sie ihre Fingernägel studieren. »Sieh jetzt nicht hin«, sagte sie, »aber da ist Ray.«

»Ray? Oh, ich kenne Ray«, sagte Amalita. Ihre Augen verengten sich zu Schlitzen.

Ray war kein Mann, sondern eine Frau. Eine Frau, die – im weitesten Sinne zumindest – in Amalitas Kategorie eingeteilt werden konnte. Sie war ebenfalls eine internationale Schönheit und wirkte auf Männer unwiderstehlich, war aber ziemlich durchgeknallt. In den späten Siebzigern war sie Model gewesen und dann nach L. A. gezogen, angeblich, um Schauspielerin zu werden. Sie hatte keine Rollen bekommen, sich dafür aber ein paar wohlbekannte Schauspieler geangelt. Und, wie Amalita, hatte sie ein Kind der Liebe zur Welt gebracht, das Gerüchten zufolge von einem Superstar-Schauspieler stammt.

Ray ließ ihren Blick durch das Restaurant schweifen. Sie war berühmt für ihre Augen – unter anderem –, die rund und riesig waren, die Iris von so hellem Blau, daß sie fast weiß aussahen. Sie blieben an Amalita hängen. Ray winkte. Kam auf sie zu.

»Was machst du denn hier?« fragte sie scheinbar erfreut, obwohl es hieß, daß die beiden in L. A. eingeschworene Feindinnen seien.

»Ich bin gerade erst angekommen«, sagte Amalita. »Aus London.«

»Bist du auf der Hochzeit gewesen?«

»Lady Beatrice?« fragte Amalita. »Ja. Herrlich. Alles, was in Europa Rang und Namen hat.«

»Verdammt«, meinte Ray. Sie hatte einen leichten Südstaaten-Akzent, der vermutlich aufgesetzt war, da sie aus Iowa stammte. »Ich hätte auch hingehen sollen. Aber dann hab ich Snake kennengelernt«, sagte sie und nannte einen Schauspieler, der für seine Western bekannt war – er war Ende Sechzig, drehte aber immer noch. »Ich konnte nicht weg, weißt du.«

»Ich verstehe«, sagte Amalita und bedachte sie mit einem schmalen Blick.

Ray schien es nicht zu bemerken. »Ich soll diese Freundin von mir treffen, aber ich hab Snake versprochen, ihn um drei am Hotel abzuholen, er macht eine Publicity-Tour für seinen Film, und jetzt ist es fast viertel nach zwei. Wißt ihr, Snake flippt aus, wenn jemand zu spät kommt, und ich bin immer *en retard.*«

»Man muß mit den Männern nur richtig umgehen können«, meinte Amalita. »Aber ich kann mich tatsächlich erinnern, daß Snake es haßt, wenn man ihn warten läßt. Du mußt ihn von mir grüßen, Darling. Aber wenn du es vergißt, ist das auch nicht so schlimm. Ich sehe ihn sowieso nächsten Monat. Er hat mich zum Skifahren eingeladen. Natürlich nur als gute Freundin.«

»Natürlich«, sagte Ray. Es gab eine peinliche Stille. Ray sah direkt zu Carrie hinüber, die sich am liebsten eine Serviette über das Gesicht geworfen hätte. Bitte, dachte sie flehend, bitte frag nicht nach meinem Namen.

»Na ja, vielleicht ruf ich sie lieber an«, sagte Ray.

»Ja, warum nicht?« meinte Amalita. »Das Telefon ist gleich da drüben.«

Ray verschwand, zumindest vorübergehend. »Sie hat mit jedem geschlafen«, sagte Carrie. »Einschließlich Mr. Big.«

»O bitte, Zuckerspätzchen. Um sowas kümmere ich mich nicht«, sagte Amalita. »Wenn eine Frau mit einem Mann schlafen will, sich drauf einläßt, dann ist das ihre Sache. Aber sie ist kein guter Mensch. Ich habe gehört, daß sie in L. A. in Madame Alex' Edel-Prostitutionsring aufgenommen werden wollte, aber selbst Alex hielt sie für zu verrückt.«

»Wovon lebt sie?«

Amalita hob die rechte Augenbraue. Sie schwieg einen Augenblick – letztendlich war sie doch durch und durch eine Lady: aufgewachsen in der Fifth Avenue mit Debütantinnenball und allem Drum und Dran. Aber Carrie wollte es wirklich wissen. »Sie nimmt Geschenke an. Eine Bulgari-Uhr. Eine Harry Winston-

Kette. Kleider, Autos, einen Bungalow auf dem Anwesen irgendwelcher Leute. Und Bargeld. Sie hat ein Kind. Da draußen gibt es viele reiche Männer, die Mitleid haben. Diese Schauspieler mit ihren Millionen. Sie schreiben einen Scheck über fünfzigtausend Dollar aus. Manchmal nur, damit sie dann weggehen können. O bitte«, sagte sie und sah Carrie an. »Nun guck doch nicht so schockiert. Du warst immer solch ein Unschuldslamm, Zuckerspätzchen. Aber du hattest ja auch immer deine Karriere. Selbst wenn du am Verhungern warst, hattest du deine Karriere. Frauen wie Ray und ich, wir wollen nicht arbeiten. Ich wollte einfach immer nur leben. Aber das heißt nicht, daß es leicht ist.«

Amalita hatte mit dem Rauchen aufgehört, aber jetzt nahm sie eine von Carries Zigaretten und wartete darauf, daß der Kellner ihr Feuer gab. »Wie oft habe ich dich angerufen, heulend, ohne Geld und mit der Frage, was ich tun soll, wo ich als nächstes hingehen soll. Männer versprechen Sachen und liefern dann nicht. Wenn ich ein Callgirl hätte sein können, wäre es so viel einfacher gewesen. Nicht, daß der Sex das Problem ist – wenn mir ein Mann gefällt, tu ich's sowieso –, aber die Tatsache, daß du ihnen nie gleichwertig gegenüberstehst. Du bist eine Angestellte. Aber zumindest kannst du mit etwas Geld in der Tasche weggehen.«

Sie hob die Augenbrauen und zuckte mit den Schultern. »Auf meine Art, na ja, gibt es da eine Zukunft? Und du mußt immer dranbleiben, mit den Kleidern und dem Körper. Die Trainingsstunden. Die Massagen, Gesichtsbehandlungen. Plastische Chirurgie. Das ist teuer. Sieh dir Ray an. Sie hat ihre Brüste machen lassen, die Lippen, den Hintern; sie ist nicht jung, Darling, über vierzig. Was du siehst, ist alles, was sie hat.«

Sie knautschte die Zigarette in den Aschenbecher. »Warum rauche ich? Das ist so schlecht für die Haut. Ich wünschte, du würdest aufhören, Zuckerspätzchen. Aber kannst du dich erinnern? Als ich mit meiner Tochter schwanger war? Ich war krank. Total pleite. Ich wohnte mit einer Studentin zusammen in einer lausigen Wohnung, weil das verdammt nochmal alles war, was ich mir leisten konnte. 150 Dollar im Monat. Ich mußte Sozialhilfe beantragen, damit ich die Ärzte bezahlen konnte, um das Baby zu kriegen. Ich mußte mit dem Bus ins Bezirkskrankenhaus fahren. Als ich wirklich Hilfe brauchte, Zuckerspätzchen, waren keine Männer da. Ich war allein. Abgesehen von ein paar Freundinnen.«

In diesem Moment erschien Ray wieder am Tisch. »Macht's euch was aus?« fragte sie. »Diese Frau taucht jede Minute hier auf, aber bis dahin brauche ich einen Cocktail. Ober, bringen Sie mir einen Wodka Martini. Ohne Eis.« Sie setzte sich. Sie sah Carrie nicht an. »Hey, ich möchte mit dir über Snake reden«, sagte sie zu Amalita. »Er hat mir erzählt, daß er mit dir zusammen war.«

»Ach, tatsächlich?« fragte Amalita. »Na ja, weißt du, Snake und ich, wir haben eine intellektuelle Beziehung.«

»Was du nicht sagst! Und ich dachte, er wäre einfach ein guter Fick, der außerdem gut zu meiner Tochter ist«, meinte Ray. »Aber darüber mache ich mir keine Sorgen. Ich hab nur den leisen Verdacht, daß ich dem Typen nicht trauen kann.«

»Ich dachte, er wäre mit irgendwem verlobt«, sagte Amalita. »Irgendeine Dunkelhaarige, die ein Kind von ihm kriegt.«

»Oh, Scheiße. Carmelita oder so ähnlich. Sie ist eine Automechanikerin aus Nirgendorf. Utah. Snake wollte zum Skifahren, sein Wagen ging kaputt, er brachte ihn in eine Werkstatt, und da war sie mit ihrem Schraubenschlüssel. Und ihrer heißen Muschi. Nee. Er versucht, sie loszuwerden.«

»Dann ist es ganz einfach«, meinte Amalita. »Du mußt dir ein paar Spione besorgen. Ich habe meine Masseuse und mein Hausmädchen. Schick ihm deine Masseuse oder Hairstylistin und laß sie genau berichten, was passiert ist.«

»Himmeldonnerwetter!« schrie Ray. Sie riß ihren riesigen, rotbemalten Mund auf, lehnte sich bedenklich weit auf ihrem Stuhl zurück und lachte hysterisch. Ihr blondes Haar war fast weiß und ganz glatt; okay, sie war ein Freak, aber erstaunlich sexy.

»Ich wußte, daß du mir gefallen würdest«, sagte sie. Der Stuhl kippte zu Boden, und Ray krachte beinahe in den Tisch. Alle Gäste sahen zu uns herüber. Amalita lachte und bekam fast einen Schluckauf. »Wie kommt es, daß wir nicht enger befreundet sind?« fragte Ray. »Das möcht ich gern mal wissen.«

»Tja, Ray, ich hab keine Ahnung«, antwortete Amalita. Sie lächelte jetzt nur noch. »Vielleicht hängt das mit Brewster zusammen.«

»Dieser gottverdammte kleine Scheiß-Schauspieler?« meinte Ray. »Du meinst diese Lügen, die ich ihm über dich erzählt habe, weil ich ihn für mich haben wollte? Na ja, Schätzchen, kannst du mir das übelnehmen? Er hatte den größten Willi von L. A.. Als ich das Ding sah – wir waren essen in einem Restaurant, und er legte unterm Tisch meine Hand drauf, und ich war so erregt, daß ich ihn aus der Hose zog und daran rummachte, und eine der Bedienungen sah das und fing an zu schreien, weil er so groß war, und dann haben sie uns rausgeworfen –, da sagte ich, das Ding gehört mir. Das teile ich mit niemandem.«

»Er war ziemlich groß«, meinte Amalita.

»Ziemlich groß? Schätzchen, er war ein Pferd«, korrigierte Ray. »Du weißt, im Bett bin ich eine Expertin, ich bin die beste, die ein Mann je hatte. Aber wenn du meinen Grad an Expertise erreichst, passiert irgendwas. Ein durchschnittlich großer Schwanz bringt's einfach nicht mehr. O yeah, ich schlafe mit den Typen, aber ich sag's ihnen allen. Ich muß doch hingehen dürfen und mein kleines bißchen Spaß haben. Meine Befriedigung.«

Ray hatte nur drei Viertel von ihrem Martini getrunken, aber irgend etwas schien in ihr vorzugehen. Als ob das Fernlicht an wäre, aber niemand am Steuer saß. »O yeah«, sagte sie. »Ich liebe dieses vollgestopfte Gefühl einfach. Gib's mir, Baby. Nimm mich.« Sie fing an, mit ihrem Becken auf dem Stuhl hin- und herzuschaukeln. Sie hob ihren rechten Arm halb in die Luft und schloß die Augen. »O yeah, Baby, o yeah, Baby. Oh!« Sie beendete das Ganze mit einem Quietschen und öffnete die Augen. Sie starrte geradewegs auf Carrie, als sähe sie sie plötzlich zum erstenmal. »Wie heißt du, Schätzchen?« fragte sie. Und Carrie dachte plötzlich an die Geschichte, wie Capote Duncan es einmal auf einer Party mit Ray auf einer Couch getrieben hatte, vor aller Augen.

»Carrie«, sagte sie.

»Carrie ...?« fragte Ray. »Kennen wir uns?«

»Nein«, sagte Amalita. »Sie ist eine tolle Frau. Eine von uns. Aber eine Intellektuelle. Schriftstellerin.«

»Du mußt meine Geschichte schreiben«, sagte Ray. »Ich sag dir was, mein Leben wär ein Bestseller. Ich hab soviel mitgemacht. Ich bin eine, die überlebt.« Sie blickte bestätigungsheischend zu Amalita. »Sieh uns an. Wir sind beide so – wir überleben. Die anderen Frauen wie wir ... Sandra ...«

»Ist bei den Anonymen Alkoholikern, arbeitet die ganze Zeit und geht nie aus«, sagte Amalita.

»Gabriella ...«

»Callgirl.«

»Marit ...«

»Hat durchgedreht. Entzug, dann Silver Hill.«

»Erzähl mir mehr«, sagte Ray. »Ich hab gehört, sie ist auf deiner Couch ausgeflippt, und du mußtest sie in die Klapse bringen.«

»Sie ist jetzt wieder draußen. Hat einen Job. PR.«

»›Popel-Relations‹ sag ich dazu immer«, meinte Ray. »Sie wollen sie wegen ihrer gesellschaftlichen Kontakte einspannen, aber ihre Augen sind so glasig, daß du kaum mit ihr sprechen kannst. Sie sitzt nur da wie ein Alien, während die anderen durch ihr Rolodex blättern.«

Carrie konnte nicht anders. Sie lachte.

Ray sah sie entrüstet an. »Also, das ist gar nicht lustig, weißt du.«

8

Menage à Manhattan! Sieben Männer stellen die unvermeidliche Frage

Ich esse mit einem Mann zu Abend. Wir sind bei der zweiten Flasche 1982er Château Latour. Vielleicht ist es unsere dritte Verabredung, vielleicht unsere zehnte. Es ist nicht wichtig. Weil es letztendlich immer passiert. Das Unvermeidliche.

»Ähmmmm«, beginnt er.

»Ja?« frage ich und beuge mich vor. Er legt seine Hand auf meinen Schenkel. Vielleicht stellt er gleich *die* Frage. Es ist nicht gerade wahrscheinlich, aber dann: was ist schon wahrscheinlich?

Er beginnt von neuem. »Hast du jemals ...«

»Was?«

»Hast du jemals ... Lust gehabt ...«

»Ja?«

»Hast du jemals Lust gehabt ... mit einer Frau zu schlafen?« fragt er triumphierend.

Ich lächle immer noch. Aber da ist es, liegt auf dem Tisch wie eine Pfütze Erbrochenes. Ich weiß schon, was jetzt als nächstes kommt.

»Und mit mir, natürlich«, sagt er. »Du weißt schon, einen Dreier.« Dann kommt der Clou: »Wir könnten vielleicht eine Freundin von dir fragen.«

»Warum sollte ich das tun wollen?« frage ich. Ich mache mir gar nicht erst die Mühe zu fragen, warum er denkt, daß eine meiner Freundinnen interessiert sein könnte.

»Na ja, mir würde es gefallen«, sagt er. »Und außerdem könnte es dir auch gefallen.«

Träum weiter, Herzchen.

»Eine sexuelle Abart«

New York ist ein Ort, wo Menschen ihre Phantasien ausleben. Geld. Macht. Einmal in der David Letterman Show ins Bild kommen. Und wenn man schon mal dabei ist, warum nicht zwei Frauen? (Und warum soll man nicht fragen?) Vielleicht sollte jeder es wenigstens einmal probieren.

»Von allen Phantasien ist das die einzige, die alle Erwartungen übertrifft«, sagte ein mir bekannter Fotograf. »Das Leben besteht meistens aus einer Folge kleiner Enttäuschungen. Aber zwei Frauen! Egal was läuft, du kannst nicht verlieren.«

Das stimmt nicht ganz, wie ich später herausfand. Aber der Dreier ist eine Phantasie, mit der sich New Yorker anscheinend auszeichnen. Wie es ein Bekannter von mir ausdrückte: »Es ist eine sexuelle Abart, aber nicht sexuell abartig.« Eine weitere Alternative in der Stadt der Alternativen. Oder gibt es eine dunkle Seite des Dreiers? Ist er ein Symptom für alles, was an New York daneben ist, ein Ergebnis dieser Mischung aus Verzweiflung und Verlangen, die besonders in Manhattan vorherrscht?

Ob so oder so, alle kennen eine Geschichte. Sie haben es selbst getan, kennen jemanden, der es getan hat, oder haben drei Leute gesehen, die kurz davor waren, es zu tun – wie diese beiden ›Top-Models‹, die vor kurzem ein männliches Model im *Tunnel* in die Herrentoilette gezerrt und ihn gezwungen haben, all seine Drogen zu nehmen. Dann schleppten sie ihn ab.

Eine Ménage à trois dreht sich um die verzwickteste aller Zahlen, wenn es um Beziehungen geht: Drei. Egal für wie abgeklärt du dich hältst, kannst du das wirklich aushalten? Wem tut es weh? Sind drei wirklich besser als zwei?

Vermutlich angelockt durch das Versprechen von Gratisgetränken, Gratisjoints und Gratiserdnüssen (in Honig geröstet), trafen sich an einem Montagabend vor nicht allzu langer Zeit sieben Männer mit mir im Keller einer Galerie in SoHo, um über Dreier zu reden. Wir fanden den Fotografen und einstigen Frauenhelden (anno 1980) Peter Beard auf Händen und Knien vor. Er arbeitete an einer Collage: malte Figuren auf einige seiner Schwarz-Weiß-Tierfotografien. Ein paar der Fotos wiesen rostfarbene Schuhabdrücke auf, und mir fiel ein, daß ich mal gehört hatte, Peter verwende sein eigenes Blut. Er trug Jeans und ein Sweatshirt.

Peter ist eine Art ›wilder Mann‹, über den man viele Geschichten hört. Zum Beispiel: Er war mit dem Superweib der siebziger Jahre verheiratet: Cheryl Tiegs (wahr); in Afrika wurde er einmal an Händen und Füßen gefesselt und beinahe an irgendwelche Tiere verfüttert (vermutlich nicht wahr). Er meinte, er würde arbeiten, während wir redeten. »Ich arbeite eigentlich ständig«, sagte Peter. »Einfach um der Langeweile zu entgehen.«

Alle mixten sich Cocktails, und dann zündeten wir den ersten Joint an. Mit Ausnahme von Peter baten mich die Männer, ihre Namen für dieses Kapitel zu ändern. »Wenn du unsere echten Namen benutzt, wäre das nicht gut für unseren Klientenstamm«, sagte einer.

Wir stürzten uns in unser Gesprächsthema.

»Im Moment ist es wie eine Lawine«, sagte Peter. »Ich kenne eine Menge Frauen, und eine davon treffe ich heute noch, die sagt, daß über neunzig Prozent ihrer Freundinnen sie schon gefragt hätten. Das ist ganz klar ein neues Phänomen.«

Peter tauchte seinen Pinsel in die rote Farbe. Die Model-Industrie, erklärte er, scheine die Frauen für Dreier heranzuzüchten. »Agenten und Vermittler erpressen Gefälligkeiten von den Mädchen, wofür sie ihnen dann Termine verschaffen.« Dann fügte er hinzu: »Alle Models werden auf der Toilette gebumst.«

Tad, 41, Architekt (einst hoffnungsvolles Jungtalent), blieb skeptisch. »Ich glaube, die Zahlen werden von der Zensurbehörde geheimgehalten.« Aber dann fuhr er fort: »Frauen strahlen körperlich mehr Sinnlichkeit und Schönheit aus. Deshalb ist es für einen Mann leichter, sich zwei Frauen zusammen vorzustellen. Zwei Männer zusammen, das ist irgendwie eine fade Vorstellung.«

Peter sah von seiner Arbeit auf. »Frauen können im selben Bett schlafen, und niemand denkt sich was dabei«, meinte er.

»Unseren Segen haben sie«, sagte Simon, 48, Inhaber einer Software-Firma.

»Es ist sehr unwahrscheinlich, daß eines von uns im selben Bett mit einem anderen schläft. Ich würde es jedenfalls nicht tun«, sagte Jonesie, 48, Geschäftsführer einer Schallplattenkonzerns mit Hauptsitz an der Ostküste. Er sah sich um.

»Der Grund, warum Männer es nicht tun, ist, weil die meisten anderen Männer schnarchen«, erklärte Peter. »Außerdem ist es nicht gut für's Nervensystem.«

»Es fördert alle möglichen tiefverwurzelten Ängste zutage«, meinte Simon. Einen Augenblick lang herrschte Schweigen, während wir im Raum herumguckten.

Peter durchbrach die angespannte Stille. »Die Hintergründe, aus denen sich das alles ergibt, sind zoologische Rattenversuche«, sagte er. »Hohe Bevölkerungsdichte, Streß und eine Überfüllung biologischer Nischen. Das erste Phänomen bei einer Überpopulation von Ratten ist die Trennung der Geschlechter. Und in dieser Stadt mit all den Rechtsanwälten und überfüllten biologischen Nischen gibt es einen unheimlichen Druck. Der Druck bringt die Hormone durcheinander; wenn die Hormone verrückt spielen, gibt es mehr Homosexuelle; und Homosexualität ist der natürliche Weg, um die Bevölkerungsdichte zu senken. All diese unnatürlichen Sachen, über die wir reden, nehmen exponentiell zu.«

»Das faßt ja alles zusammen«, meinte Tad trocken.

»Wir führen ein sinnengesättigtes Leben«, sagte Peter. »Dichte. Intensität. Millionen Verabredungen. Millionen von Anwaltsterminen. Etwas Einfaches macht keinen Spaß mehr. Du mußt jetzt zwei oder drei Mädchen haben oder exotische Stripperinnen im *Pure Platinum.*«

»Auf der anderen Seite könnte der Grund für mehrere Sexpartner einfach Neugierde sein«, sagte Tad. »Ohne daß man das jetzt übermäßig analytisch sehen muß.«

Aber Peter war nicht zu bremsen. »Was ist mit der Untreue?« wollte er wissen. »Es gibt weniger Treue und weniger Ehrlichkeit. Wenn du wirklich auf eine Frau stehst, willst du keine andere. Aber heutzutage gibt es weniger Treue.«

»Das mag sein«, meinte Jonesie vorsichtig.

»Wenn du in New York Leute triffst, kriegst du nur ihr Gelaber zu hören«, sagte Peter und merkte nicht, daß seine Pinsel allmählich eintrockneten. »Du hörst all diesen Scheiß, den sie dir auf Partys erzählen. Du hörst immer dasselbe auf diesen Dinner-Partys, bis du einfach irgendwann nicht mehr hingehst.«

»Du machst dich rar«, stimmte Jonesie zu.

»Und du gehst auf die Toilette, und du kriegst von irgendeiner Modemieze einen geblasen«, sagte Peter. Es herrschte kurzzeitiges und, falls ich mich nicht irre, ehrfürchtiges Schweigen. Dann fuhr Peter fort: »Das ist nicht die Realität. Das ist keine Kommunikation. Es ist nicht ehrlich. Es ist einfach ein kurzer Moment im streßgeplagten Leben.«

»Und ich dachte, ich wollte einfach nur vögeln«, sagte Tad.

Vergebliche Liebesmüh

Genau das war vor drei Jahren Tads Standpunkt, als er die absolut unterste Stufe des Dreigespanns erlebte – er nannte es das ›Ecstasy-Fummelfest‹.

Er hatte sich erst kurz zuvor von seiner Freundin getrennt, mit der er fünf Jahre zusammen gewesen war. Er fand sich auf einer Party wieder und sah eine attraktive Zwanzigjährige. Er folgte ihr und beobachtete, wie sie in ein Taxi stieg. Er stieg in seinen Mercedes. Als das Taxi an einer Ampel hielt, hielt er daneben. Sie verabredeten sich für den folgenden Abend in einem Club.

Sie kam mit einer Freundin namens Andie. »Zum Glück«, sagte Tad, »stellte sich heraus, daß Andie total abgedreht war.« Sie war gerade mit dem Flugzeug aus Italien gekommen und stolzierte in einem Fuchspelzmantel herum. Nachdem sie ein paar Ecstasy-Pillen eingeworfen hatten, fuhren die drei zu Tads Loft, tranken Champagner, zerschmetterten die Gläser auf dem Fußboden und fummelten aneinander rum. Die Zwanzigjährige schlief ein, und Tad und Andie trieben es neben ihr auf dem Bett.

Peter meldete sich wieder zu Wort. »Jeden Tag machst du neue Erfahrungen, deshalb mußt du immer mehr immer schneller tun! Und immer noch mehr! Wir überreizen unsere Kapazität, fordern unser Glück heraus, schaffen neue Nischen, erweitern ...«

»Das ist so, als ob jemand mit einem Tablett voller Kekse an dir vorbeiläuft, und du nimmst dir gleich ein paar«, sagte Garrick, 30, Gitarrist einer Downtown-Band.

Tad gab Peter recht. »Immer geht es um das Mehr«, sagte er. »Vier Brüste anstatt zwei.«

Wie gut, daß jetzt Sam kam, ein Investment Banker. Sam, 42, war der Typ Mann, der immer sagte, er wolle heiraten, aber oft ›vergaß‹, die Frauen zurückzurufen, mit denen er gerade ausging. Also war er immer noch Single. Sam sagte, er habe einige Dreier gemacht.

»Warum hast du's gemacht?« wollten wir wissen.

Sam zuckte mit den Schultern. »Wegen der Abwechslung. Nach einer Weile hast du genug davon, immer nur mit einer zusammen zu sein.«

Sam meinte, es gäbe drei Grundsituationen, die zu einem Dreier führen. Erstens: Der Typ arbeitet seit einiger Zeit heimlich darauf hin, daß seine Freundin mit einer anderen Frau ins Bett geht. Der Grund könnte sein, daß er sich langweilt oder daß er insgeheim mit der Freundin schlafen möchte.

Zweitens: Die Freundin wünscht sich insgeheim, mit einer anderen Frau zu schlafen, und bringt ihren Freund dazu, mitzumachen, damit es ihr leichter fällt.

Drittens: Zwei Frauen sind scharf aufeinander und planen, den Typen ins Bett zu kriegen.

Sam erzählte, er habe etwa sechs Monate lang eine Freundin gehabt, Libby, und sich selbst eingeredet, sie sei auf ihre beste Freundin Amanda scharf. Die Wahrheit war natürlich, wie er jetzt zugibt, daß er selbst auf Amanda scharf war.

Gezwungenermaßen erklärte Libby sich schließlich bereit, die Sache zu arrangieren. Amanda kam. Sie tranken Wein. Sie saßen auf der Couch. Sam sagte den Frauen, sie sollen sich ausziehen. Und dann? »Ich war der totale Versager«, sagte Sam. Während Libby auf der Couch blieb und Wein trank, ging Sam mit Amanda ins Bett. »Ich war total heiß auf sie. Das Problem ist normalerweise, daß du am Ende eine Frau der anderen vorziehst, und dann wird die andere vernachlässigt«, erklärte er. Schließlich kam Libby auch ins Bett. »Ich nehme an, sie wollten, daß ich ihnen sage, was sie tun sollen, daß ich die Situation in die Hand nehme. Aber ich war so auf Amanda fixiert, daß ich das nicht konnte«, sagte Sam. Libby hat es nie verwunden. Zwei Monate später trennten sich die beiden. Libby und Amanda redeten eine Zeitlang nicht miteinander.

Sam gab zu, daß ein Dreier ›Konsequenzen‹ nach sich ziehen könne, aber »du machst es trotzdem, weil du ein Kerl bist.«

Regel Nummer eins bei Dreiern: »Tu es absolut überhaupt niemals mit deiner Freundin«, sagte Garrick. »Das führt immer zu einer Katastrophe.«

Regel Nummer zwei: »Du kannst es nicht vorausplanen. Irgendwas geht immer schief«, sagte Simon, der behauptete, er habe sechs oder sieben Dreier gemacht. »Es muß spontan passieren.«

Bevor wir zur Regel Nummer drei kamen, klingelte es. Jim, zwanzigjähriger Magier, und Ian, fünfundzwanzigjähriger Fernsehproduzent, trafen ein. Jim verkündete, er habe erst vorige Woche einen Dreier gemacht. »Hinterher erzählst du's deinen Freunden«, sagte er.

»Es war irgendwie herb«, meinte er, »weil wir alle drei gerade den Film *Einsam, Zweisam, Dreisam* gesehen hatten.«

Aber ehe er fortfahren konnte, klingelte es erneut. Wir sahen einander an. »Wer ist das?« Alle Männer, die kommen sollten, waren bereits da.

Peter sah von seinem Gemälde auf. »Das ist noch eine Frau«, sagte er ruhig.

Ich ging hoch, um die Tür zu öffnen. Es war tatsächlich noch eine Frau. Wir starrten einander überrascht an. »Was machst du denn hier?« wollte sie wissen.

»Dasselbe wollte ich dich gerade fragen«, sagte ich. Dann taten wir, was Frauen in New York immer tun, egal was sie tatsächlich voneinander halten: Wir küßten einander auf die Wange.

»Hallo, Chloe«, sagte ich.

Sie trug eine Jacke mit Leopardenmuster und ein rosa Halstuch. Sie ist so eine Art stadtbekannter Szenefrau, eine dieser Frauen, die umwerfend sind, aber man weiß nie, wie es mit ihr mal enden wird.

Die Männer beobachteten, wie wir die Treppe herunterkamen. Jim lehnte sich in seinem Sessel zurück. »Jetzt kriegen wir vielleicht ein bißchen Action«, meinte er.

Chloe und ich sahen uns an. »Träum weiter«, sagten wir.

Chloe inspizierte den Raum. »Sieht ziemlich abgehoben aus«, meinte sie. Jemand brachte ihr einen Wodka. Ich erklärte ihr, worüber wir sprachen.

»Ich glaube, das letzte, was eine Frau will, ist ein Dreier«, sagte Chloe. Sie sagte es so, als spräche sie über Haarspangen. »Frauen sind lieber nur zu zweit. Sie wollen Aufmerksamkeit.«

Ich wollte wissen, was passiert, wenn bei einem Dreier die beiden Frauen sich nicht um den Mann kümmerten.

»Darum bete ich«, sagte Simon.

»Es ist genau das, was wir alle wollen«, sagte Tad. »Es ist das Höchste. Das ist wie ein Film, aber live in deinem Bett. Du kümmerst dich nur darum, daß die beiden Frauen zusammenkommen.«

»Stell dir vor, du sagst nein«

»Eine der Frauen in meinem Dreier, sie fuhr total auf Sex ab«, erzählte Jim. »Sie hatte schon mit allen Typen geschlafen, die wir kennen.«

»Moment mal«, unterbrach Chloe. »Woher weißt du, daß sie tatsächlich mit ihnen geschlafen hat?«

»Weil Ian mit ihr geschlafen hat«, sagte Jim. »Ian hatte Sex mit ihr, und er sagte, sie fände es toll, mit jedem Typen Sex zu haben.«

»Aber woher will er das wissen?« beharrte Chloe. »Vielleicht hatte sie nur gern Sex mit ihm. Das ist der typische Fehlschluß von euch Männern.«

»Sie denkt, daß sie wie ein Mann sein kann«, erklärte Ian. »Sie denkt: Warum müssen Frauen anders sein als Männer? Wenn ein Mann mit jeder Frau Sex haben kann, die er will, warum kann sie nicht mit jedem Mann Sex haben, den sie will?«

»Sieh dir Simon an«, sagte Jonesie. »Er will gleich ihren Namen und ihre Telefonnummer.«

Jim fuhr fort: »Die andere Frau war genau das Gegenteil. Sie war irgendwie jungfräulich. Sie hatte in ihrem ganzen Leben zwei feste Freunde gehabt. Jedenfalls waren diese zwei Frauen zusammengezogen. Und die verrückte Frau änderte das Leben der jungfräulichen, denn eine Woche später war sie bereit, mit jedem zu schlafen.

Wir sind alle gute Freunde«, sagte Jim dann. »Ich hatte mit der Verrückten geschlafen, und hinter der Jungfräulichen war ich schon ein Jahr lang hergewesen. Wir gingen zu dritt ins Kino, und danach besorgten wir uns eine Flasche Wein und gingen in ihre Wohnung. Wir tranken die ganze Flasche.«

»Aber das sind nur dreieinhalb Gläser«, wandte Chloe ein.

»Es gab Zeiten, in denen auch du, Chloe, von dreieinhalb Gläsern Wein betrunken werden konntest«, sagte Tad.

»Okay«, sagte Jim. »Wir gingen also in ihre Wohnung und tranken das winzige bißchen Wein, das wir hatten, und danach gingen die Verrückte und ich ins Schlafzimmer – es war eins dieser Schlafzimmer, wo das Bett den ganzen Raum einnimmt und du dich nur aufs Bett setzen kannst. Also, ich und die Verrückte fingen an rumzumachen. Sie wollte die andere Frau. Und ich wollte die andere Frau. Wir beobachteten sie. Sie lief in der Wohnung herum und versuchte, für sich zu bleiben. Ging ins Bad und in die Küche. Hin und her.«

»Was hatte sie an?« wollte Simon wissen.

»Weiß ich nicht mehr«, sagte Jim. »Aber schließlich packten wir sie bei der Hand und zogen sie ins Schlafzimmer.«

»Und dann habt ihr sie vergewaltigt«, sagte Simon.

Jim schüttelte den Kopf. »Neeeee. Wir setzten sie aufs Bett und fingen einfach an, sie zu berühren. Massierten ihr den Rücken. Dann zogen wir sie runter auf die Decke. Die beiden Frauen lagen jede für sich, also legte ich einfach die Hand der einen auf die Brust der anderen. Und dann kamen sie in Schwung. Ich war immer noch beteiligt, aber ich versuchte, mich im Hintergrund zu halten, einfach zuzuschauen. Danach gingen sie hin und trieben es mit jedem in ganz New York. Sie haben wahrscheinlich mit zwanzig Typen aus der *Buddha Bar* geschlafen.«

Ian wußte auch eine Geschichte. »Einmal hatte ich Sex mit einer Frau, und es war noch eine andere Frau im Bett«, sagte er. »In einem bestimmten Moment sah ich diese andere Frau an, und unsere Blicke trafen sich. Und die nächsten fünf Minuten starrten wir einander nur an. Das war der Hammer. Da war es phantastisch. So intim.«

Peter Beard, der bemerkenswert still geblieben war, rührte sich plötzlich. »Stell dir vor, du sagst nein zu einem Dreier«, sagte er. »Was mußt du da für ein Idiot sein.«

»Es ist ein Sport«

»Aber du solltest es nicht mit einer Frau machen, die dir etwas bedeutet«, sagte Tad.

»Das beste ist, wenn du's mit einer Frau machst, die eine tolle Freundin ist und ihren Spaß will«, sagte Ian.

»Und das ist der Grund, warum Männer einen Dreier mit dir wollen«, sagte Tad zu Chloe. »Du bist eine tolle Freundin.«

Chloe warf ihm einen vernichtenden Blick zu.

Und dann, ganz unvermittelt, verkündete Ian: »Ich war häufiger in Situationen mit zwei Männern und einer Frau.« Schnell fügte er hinzu: »Und ich hatte nichts mit dem anderen Typen.«

Einen Moment lang herrschte verblüfftes Schweigen. Ich war nicht ganz sicher, ob ich richtig gehört hatte.

»Es ist die einfachste Art«, meinte Ian achselzuckend. »Es ist ein Sport. An der Frau liegt dir nicht besonders; sonst würdest du deinen Kumpel nicht ranlassen. Es ist nicht so, daß sie dir wirklich etwas bedeutet.«

»Und es ist viel billiger«, warf Sam, der Investment Banker, ein.

Ich dachte an einige meiner Freundinnen, die mir gestanden hatten, sich hin und wieder Sex mit zwei Männern vorzustellen. Ich beschloß ihnen zu sagen, daß sie es lieber bei der Vorstellung belassen sollten.

Chloe war immer noch skeptisch. »Das ist mir noch nie passiert, daß zwei Männer es versucht haben«, sagte sie. »Außerdem herrscht unter Männern solch ein verdammtes Konkurrenzdenken, da kann man sich kaum vorstellen, daß sie mit so was fertig werden.«

»Ich würde keinen Sex mehr mit einer Frau haben wollen, nachdem ein anderer mit ihr geschlafen hat«, sagte Peter.

Tad war anderer Meinung. »Wenn's mein bester Freund ist, geht alles.«

»Klar«, sagte Ian.

»Mich würde interessieren, wer's zuerst macht oder was überhaupt passiert«, sagte Tad.

»Das ist eine Verschwörung zwischen den beiden Männern«, erklärte Ian. »Es ist eine Sache nur zwischen dir und deinem Kumpel. Ihr beide fragt euch, ob ihr es wohl durchziehen könnt. Und wenn ihr es dann schafft, denkt ihr – yeah!«

Jim schüttelte heftig den Kopf. »Ich bin anderer Meinung.«

»Jim, wie kannst du anderer Meinung sein?« fragte Ian.

»Ja«, sagte Tad. »Du hast es doch mal mit Ian gemacht.«

»Es ist die Vorstellung, die mir nicht behagt«, sagte Jim.

Ian zeigte auf Jim. »Aber er hat mich auf die Frau raufgeschoben«, sagte er.

Garrick meldete sich zu Wort. Er sagte, er habe etwa zehn Dreier gemacht – »Hey, ich bin fünfunddreißig und hab schon allen möglichen Scheiß erlebt« – und einige davon mit einem anderen Mann. »Immer mit meinem besten Freund Bill«, sagte er.

Bill war ein Model, und Garrick und er lernten sich in einem Fitneßstudio in Downtown kennen, wo Bill Garrick bat, ihm beim Bankdrücken zu assistieren. »Die meisten Typen da waren schwul«, sagte Garrick. »Und danach war es so, als wollten wir alles tun, nur um zu beweisen, daß wir nicht schwul sind. Der Dreier war so etwas wie eine Bestätigung unserer Heterosexualität. Du bestätigst dem anderen Typen gegenüber deine Männlichkeit.

Mit Bill und mir war das wie der letzte Kick im Kuriositätenkabinett«, fuhr Garrick fort. »Manchmal schliefen wir beide gleichzeitig mit der Frau. Wenn eine Frau sich mal dazu durchgerungen hat, mit zwei Männern Sex zu haben, dann ist sie eigentlich für alles offen.«

Garrick beugte sich in seinem Sessel vor und zog an seiner Zigarette. »Einmal hat Bill es mit einem anderen gemacht«, sagte er. Er lachte. »Ich ziehe ihn immer damit auf. Da lief was zwischen den beiden. Ich weiß nicht. Für mich deutet das auf latente homosexuelle Bedürfnisse hin .... Habe ich solche Bedürfnisse? Ich weiß nicht. Vielleicht war Bill nicht mein Typ.«

Die jüngeren Männer wurden ziemlich still.

Wir lehnten uns eine Weile entspannt zurück. Es wurde spät. Fast Zeit, zum Abendessen auszugehen.

»Ach, ich weiß nicht«, sagte Garrick. »Ich bin überzeugt, Dreier sind gut für deine Psyche. Emotional gesehen. Es ist eine so untypische sexuelle Erfahrung, daß sie irgendwie gar nicht zählt. Sobald es vorbei ist, denkst du nicht mehr daran. Wenn du deine Frau oder Freundin betrügst, fühlst du dich im Normalfall hinterher schuldig. Bei einem Dreier besteht keine Möglichkeit, daß du danach eine feste Beziehung eingehst, also ist es keine Bedrohung.

Außerdem«, fuhr Garrick fort, »bringt es dich stärker mit dem Typen zusammen. Festigt die Freundschaft. Was kannst du sonst tun, das auch nur annähernd da rankommt? Ihr habt die intimste Erfahrung gemeinsam.«

Und was ist danach? Am nächsten Morgen?

»Ach, kein Problem. Ich kann mich erinnern, daß wir mal alle frühstücken gegangen sind«, sagte Garrick. »Ich erinnere mich deshalb, weil ich bezahlt habe.«

9

Downtown-Tussen und Greenwich-Zicken

Die Pilgerfahrt zur frisch in die Provinz gezogenen Freundin hat fast jede Frau aus Manhattan schon hinter sich – und nur kaum eine hat sie wirklich genossen. Tatsächlich befinden sich die meisten nach ihrer Rückkehr in die Stadt in einem emotionalen Zustand, der irgendwo zwischen Schwindelgefühl und Depression liegt. Hier folgt nun eine solche Geschichte.

Jolie Bernard war Agentin für Rock-Bands bei International Creative Management. Vor fünf Jahren wohnte sie – wenn sie nicht in ihren Cowboy-Stiefeln durch die Welt stapfte, mit Rockstars herumhing und gelegentlich auch mit ihnen ins Bett stieg – in New York in einer Zwei-Zimmer-Wohnung mit schwarzen Ledersofas und gigantischer Stereoanlage. Sie hatte lange Haare und eine knackig-schlanke Figur mit großen Titten, und wenn sie nach Hause kam, hatte sie eine Million Nachrichten auf dem Anrufbeantworter, und wenn sie ausging, hatte sie Geld und Drogen in ihrer Handtasche. Sie war sozusagen berühmt.

Und dann geschah es. Niemand hätte je damit gerechnet, doch es geschah, was nur beweist, daß man solche Dinge nie voraussehen kann. Sie wurde fünfunddreißig und traf diesen Investment Banker, der für Salomon Brothers arbeitete, und eh man sich's versah, waren sie verheiratet, Jolie wurde schwanger, und sie zogen nach Greenwich.

»Es wird sich nichts ändern«, sagte sie. »Wir werden uns auch weiter treffen wie bisher, ihr könnt uns besuchen, und im Sommer veranstalten wir Barbecues.«

»Yeah, yeah, yeah,« sagten wir.

Zwei Jahre vergingen. Wir hörten, daß sie einen Hosenscheißer bekommen hatte, dann einen zweiten. Wir konnten uns nie erinnern, wie sie hießen, oder ob es Jungen oder Mädchen waren.

»Hey, wie geht's Jolie?« fragte ich Miranda immer mal wieder. Sie war einmal Jolies beste Freundin gewesen.

»Weiß nicht«, antwortete Miranda dann immer. »Jedesmal, wenn ich sie anrufe, kann sie nicht sprechen. Entweder kommt gerade der Mann für die Sprinkleranlage, oder sie hat das Kindermädchen beim Haschrauchen in der Waschküche erwischt, oder eins der Kinder plärrt.«

»Grauenvoll. Einfach grauenvoll«, sagten wir dann immer und vergaßen die Sache.

Und dann, vor einem Monat, geschah das Unvermeidliche: weiße Einladungskarten mit einem Rand aus rosaroten Blümchen trudelten ein und zitierten vier von Jolies Freundinnen zu einer Brautparty, die sie in ihrem Haus veranstaltete. Das Ganze sollte an einem Sonnabend um eins stattfinden – wirklich, wie Miranda bemerkte, zum absolut ungünstigsten Zeitpunkt für so ungefähr das letzte auf der Welt, was man an einem Samstagnachmittag machen möchte. Sich nach Connecticut zu schleppen.

»Jolie hat angerufen und mich angefleht«, sagte Miranda. »Sie meinte, sie will ein paar ihrer Freudinnen aus der Stadt dabeihaben, damit es nicht ganz so langweilig wird.«

»Der Kuß des Todes«, sagte ich.

Dennoch beschlossen die vier Frauen, zu fahren – Miranda, 32, Abteilungsleiterin eines Privatsenders; Sarah, 38, die ihr eigenes PR-Unternehmen führte; Carrie, 34, eine Art Journalistin; und Belle, 34, Bankerin und einzige Verheiratete der Truppe.

Alte Freundinnen, neue Feindinnen

Natürlich war der Samstag der bisher schönste Tag des Jahres. Sonnig, einundzwanzig Grad. Als sie sich am Grand Central trafen, jammerten sofort alle los, daß sie am schönsten Tag des Jahres in Jolies Haus herumhocken sollten, auch wenn keine von ihnen als eingefleischte Großstadtbewohnerin jemals vor die Haustür ging, wenn es irgendwie zu vermeiden war.

Die Probleme fingen im Zug schon an. Wie üblich war Carrie erst um vier Uhr morgens ins Bett gekommen, hatte einen fürchterlichen Kater und ständig Angst, sie müsse sich übergeben. Belle geriet in einen Streit mit der Frau vor ihr, deren Kind andauernd oben über die Lehne guckte und ihr die Zunge herausstreckte.

Dann verriet Sarah, daß Jolie bei den Anonymen Alkoholikern war – seit drei Monaten schon –, was bedeutete, daß es auf der Brautparty möglicherweise keine Cocktails geben würde.

Carrie und Miranda beschlossen augenblicklich, bei der nächsten Station auszusteigen und in die Stadt zurückzufahren, aber Belle und Sarah hielten sie davon ab; und dann sagte Sarah zu Carrie, daß sie vielleicht ebenfalls den Anonymen Alkoholikern beitreten solle.

Der Zug hielt in Greenwich, und die vier Frauen quetschten sich auf den Rücksitz eines weiß-grünen Taxis.

»Warum tun wir das?« fragte Sarah.

»Weil wir müssen«, sagte Carrie.

»Ich hoffe nur, daß sie nicht irgendwelche modernen Gartengeräte herumliegen haben«, meinte Miranda. »Wenn ich Gartengeräte sehe, schreie ich los.«

»Und ich schreie los, wenn ich Kinder sehe.«

»Seht doch! Gras. Bäume. Genießt den Duft vom frisch gemähten Gras«, sagte Carrie, deren Stimmung sich auf mysteriöse Weise gebessert hatte. Alle sahen sie mißtrauisch an.

Das Taxi hielt vor einem weißen Haus im Kolonialstil, dessen Wert man durch ein spitzes Schieferdach und Balkone im ersten Stock offensichtlich noch gesteigert hatte. Der Rasen war sehr grün, und um jeden der vereinzelten Bäume im Garten waren rosa Blumen gepflanzt.

»Oh, was für ein süßes Hündchen«, rief Carrie, als ein Golden Retriever bellend über den Rasen lief. Am Ende des Gartens wurde er jedoch schlagartig zurückgeworfen, als wäre dort eine unsichtbare Leine gespannt.

Miranda zündete sich eine blaue Dunhill an. »Unsichtbare elektrische Zäune«, erklärte sie. »Haben sie hier alle. Und ich wette, daß wir uns alles darüber anhören müssen.«

Einen Augenblick lang standen die vier Frauen in der Auffahrt und starrten auf den Hund, der inzwischen gebändigt, aber mit mutig wedelndem Schwanz mitten auf dem Rasen saß.

»Können wir jetzt wieder in die Stadt fahren, bitte?« fragte Sarah.

Im Haus saßen bereits ein halbes Dutzend Frauen mit übereinandergeschlagenen Beinen im Wohnzimmer und balancierten Kaffeetassen auf den Knien. Kalte Platten standen auf dem Tisch: Gurkensandwiches und Käse-Tortillas mit Salsa. Am äußersten Tischrand stand, ungeöffnet und unberührt, eine große Flasche Weißwein, die ganz beschlagen war. Die zukünftige Braut, Lucy, wirkte durch die Ankunft der Frauen aus der Stadt irgendwie verängstigt.

Man wurde einander vorgestellt.

Eine Frau namens Brigid Chalmers, von Kopf bis Fuß in Hermès gehüllt, nippte an etwas, das wie eine Bloody Mary aussah. »Ihr Mädchen seid aber spät dran. Jolie dachte schon, ihr kommt nicht mehr«, sagte sie in diesem ganz besonderen gehässigen Tonfall, wie ihn Frauen nur untereinander fertigbringen.

»Tja, der Zugfahrplan«, meinte Sarah entschuldigend und zuckte mit den Schultern.

»Pardon, aber kennen wir uns?« flüsterte Miranda in Carries Ohr. Was Miranda betraf, bedeutete das, daß zwischen ihr und Brigid von nun an Krieg herrschte.

»Ist das eine Bloody Mary?« erkundigte sich Carrie.

Brigid und eine der anderen Frauen sahen sich an. »Um genau zu sein, ist es eine Virgin Mary«, erklärte sie. Sie blinzelte kurz in Jolies Richtung. »Ich hab das jahrelang mitgemacht, all das Trinken und Feiern. Und dann, ich weiß nicht, wird's einfach langweilig. Man beschäftigt sich mit wichtigeren Dingen.«

»Das einzig Wichtige für mich ist jetzt Wodka«, sagte Carrie und preßte die Hände an den Kopf. »Ich hab einen fürchterlichen Kater. Wenn ich keinen Wodka bekomme ...«

»Raleigh!« rief eine der Frauen auf der Couch und lehnte sich vor und zurück, um in das nächste Zimmer zu spähen. »Raleigh! Geh raus zum Spielen.«

Miranda beugte sich zu Carrie. »Meint die ihren Hund oder ihr Kind?«

»Sex in der Ehe«

Miranda wandte sich an Brigid. »Also, erzählen Sie mal, Brigid«, sagte sie. »Was genau machen Sie eigentlich?«

Brigid öffnete den Mund und schob ein Käse-Tortilla hinein. »Ich arbeite zu Hause. Ich hab eine eigene Beratungsfirma.«

»Ich verstehe«, meinte Miranda. »Und worüber beraten Sie?«

»Computer.«

»Sie ist sozusagen der Bill Gates unserer Nachbarschaft«, sagte eine andere Frau namens Marguerite, die Evian aus einem Weinkelch trank. »Immer, wenn wir ein Problem mit unseren Computern haben, rufen wir Brigid, und sie bringt's in Ordnung.«

»Das ist ja so wichtig, wenn man einen Computer hat«, meinte Belle. »Computer können ganz schön vertrackt sein. Besonders, wenn man es nicht gewohnt ist, damit umzugehen.« Sie lächelte. »Und was machen Sie, Marguerite? Haben Sie Kinder?«

Marguerite errötete leicht und blickte zur Seite. »Eins«, erwiderte sie ein wenig sehnsüchtig. »Einen wunderschönen kleinen Engel. Natürlich ist er gar nicht mehr so klein. Er ist acht, in diesem typischen Rabaukenalter. Aber wir versuchen es gerade mit dem zweiten.«

»Margie ist auf der In-vitro-Szene«, erklärte Jolie und fügte in den Raum gewandt hinzu: »Ich bin ja so froh, daß ich meine beiden gleich hinter mich gebracht habe.«

Unglücklicherweise suchte sich Carrie genau diesen Moment aus, um mit einem großen Glas Wodka, in dem zwei Eiswürfel schwammen, aus der Küche zu treten. »Da wir gerade von Hosenscheißern reden«, sagte sie, »Belles Mann will, daß sie schwanger wird, aber sie will nicht. Also geht sie in die Apotheke, um so einen Test zu holen, der dir sagt, wann der Eisprung ist, und die Frau hinter der Theke sagt: ›Viel Glück‹, und Belle sagt: ›Nein, nein, Sie verstehen nicht. Ich nehme das, damit ich weiß, wann ich keinen Sex haben darf.‹ Ist das nicht zum Brüllen?«

»Ich kann doch unmöglich im Sommer schwanger werden«, sagte Belle. »Nicht auszudenken, wenn mich in dem Zustand irgendwer im Badeanzug sieht!«

Brigid lenkte auf das ursprüngliche Gesprächsthema zurück. »Und was tun Sie, Miranda?« fragte sie. »Sie leben in der Stadt, ja?«

»Ja, also, um es genau zu sagen, bin ich Leiterin eines Fernsehsenders. Kabelfernsehen.«

»Hach, ich liebe Kabel«, sagte eine Frau namens Rita mit drei dicken goldenen Halsketten und einem Verlobungsring mit zwölfkarätigem Saphir neben dem saphirverkrusteten Ehering.

»Ja«, sagte Belle und lächelte zuckersüß. »Miranda ist unser eigener kleiner Bob Pittman. Das ist der, der MTV gegründet hat«, fügte sie erklärend hinzu.

»Oh, ich weiß«, erwiderte Rita. »Mein Mann ist bei CBS. Ich muß ihm erzählen, daß ich Sie kennengelernt habe, Miranda. Ich bin sicher, er … nun, damals war ich seine Assistentin! Bis sie herausfanden, daß wir miteinander ausgingen. Insbesondere, weil er zu der Zeit noch verheiratet war.« Sie und die anderen Frauen aus Connecticut tauschten Blicke.

Carrie ließ sich neben Rita aufs Sofa plumpsen und verschüttete dabei ganz aus Versehen etwas Wodka. »Oh, tut mir leid«, sagte sie. »Ich bin heute so ungeschickt. Serviette?«

»Ist schon okay«, meinte Rita.

»Das ist ja so faszinierend«, sagte Carrie. »Sich einen verheirateten Mann zu angeln! Ich würde das nie hinkriegen. Vermutlich würde ich mit seiner Frau als bester Freundin enden.«

»Dafür gibt's ja diese Kurse bei den Eheberatungsstellen – Fortbildung für frustrierte Frauen«, meinte Sarah trocken.

»Also, ich hätte keine Lust, bei solchen Kursen zwischen einem Haufen Verlierer zu hocken«, sagte Carrie.

»Ich kenne eine Menge Leute, die schon mal Kurse bei der Eheberatung besucht haben. Und die sind ganz gut«, verkündete Brigid.

»Was war noch unser Lieblingskurs?« fragte Rita. »Der S&M-Kurs. Wie werde ich Domina.«

»Tja, Auspeitschen ist so ungefähr die einzige Möglichkeit, um meinen Mann wachzuhalten«, meinte Brigid. »Sex in der Ehe.«

Lucy lachte tapfer.

Welch Überraschung: ein Bidet!

Carrie erhob sich und gähnte. »Kann mir jemand sagen, wo die Toilette ist?«

Carrie ging nicht auf die Toilette. Und sie war auch nicht so betrunken, wie sie sich gab. Statt dessen schlich sie auf Zehenspitzen die Treppe hinauf, die mit einem orientalischen Läufer belegt war, und dachte, daß sie an Jolies Stelle sicher wüßte, welche Art Orientteppich das war, weil das zu den Dingen gehörte, die von einem erwartet wurden, wenn man mit einem reichen Banker verheiratet war und ihm ein trautes Heim in der Vorstadt bereitete.

Sie ging in Jolies Schlafzimmer. Auf dem Boden lag ein dicker weißer Teppich, und an den Wänden hingen überall Fotos in silbernen Rahmen, ein paar professionell wirkende Aufnahmen von Jolie im Badeanzug, der das lange blonde Haar locker über die Schultern wehte.

Carrie studierte die Fotos für einige Zeit. Wie es wohl war, Jolie zu sein? Wie passierte so etwas? Wie fand man jemanden, der sich in einen verliebte und einem dies alles gab? Sie war vierunddreißig und noch nicht einmal in die Nähe solch eines Lebens gekommen, und es war sehr wahrscheinlich, daß das so blieb.

Und es war die Art von Leben, von dem sie gedacht hatte, daß sie es haben könnte, einfach weil sie es wollte. Aber die Männer, die man sich dazu aussuchte, wollten dieses Leben nicht – oder sie wollten dich nicht; und die Männer, die es wollten, waren zu langweilig. Sie ging ins Badezimmer. Schwarzer Marmor vom Fußboden bis zur Decke. Ein Bidet. Vielleicht kamen Vorstadt-Männer nicht zur Sache, ehe die Frau nicht frisch gewaschen war – anders als die Männer in der Stadt. Dann schrie sie beinahe auf.

Da hing ein Foto von Jolie, dreizehn mal achtzehn, in Farbe, Demi Moore-mäßig, nackt bis auf ein hauchdünnes Négligé, das vorne offen war und riesige Brüste und einen gigantischen Bauch enthüllte. Jolie stierte stolz in die Kamera, die Hand knapp über dem Bauchnabel, der rausstand wie ein Ventil. Carrie drückte die Toilettenspülung und stürzte atemlos die Treppe hinunter.

»Wir sind schon bei den Geschenken«, schalt Brigid.

Carrie setzte sich neben Miranda auf einen Sessel. »Was ist mit dir?« fragte Miranda.

»Das Foto. Im großen Badezimmer. Sieh's dir an«, keuchte Carrie.

»Entschuldigt mich«, sagte Miranda und ging aus dem Zimmer.

»Was habt ihr zwei denn?« erkundigte sich Jolie.

»Nichts«, sagte Carrie. Sie sah zur Braut in spe hinüber, die ein rotes Seidenhöschen mit schwarzer Spitze und offenem Schritt hochhielt. Alle lachten. Wie man das auf Brautpartys eben so macht.

»Ich bin erschüttert«

»Dieses Foto! Ich kann's noch immer nicht fassen«, sagte Miranda. Sie zuckelten mit dem Zug zurück in die Stadt.

»Falls ich jemals schwanger werde«, verkündete Belle, »bleibe ich neun Monate im Haus. Ich will niemanden sehen.«

»Ich denke, ich könnte mich daran gewöhnen«, meinte Sarah trübsinnig und starrte aus dem Fenster. »Sie haben Häuser und Autos und Kindermädchen. Ihr Leben scheint so einfach. Ich bin eifersüchtig.«

»Was machen die den ganzen Tag? Das möchte ich mal wissen«, sagte Miranda.

»Sie haben nicht mal Sex«, sagte Carrie. Sie dachte an ihren neuen Freund, Mr. Big. Im Moment lief ja alles toll, aber nach einem Jahr oder zwei – wenn es überhaupt so lange gehen würde –, was wäre dann?

»Ihr werdet nicht glauben, was ich über Brigid gehört habe«, sagte Belle. »Während ihr Mädels da oben wart, zog Jolie mich in die Küche. ›Seid nett zu Brigid‹, sagte sie. ›Sie hat ihren Mann Tad gerade in flagranti mit einer anderen erwischt.‹«

Die andere war Brigids direkte Nachbarin Susan. Susan und Tad arbeiteten beide in der Stadt und waren das letzte Jahr über zusammen mit dem Auto zum Bahnhof gefahren. Als Brigid sie erwischte, war es zehn Uhr abends, und sie lagen angetrunken im Wagen, der am Ende ihrer Sackgasse parkte. Brigid ging gerade mit dem Hund Gassi.

Sie riß die Wagentür auf und tippte Tad auf die nackte Arschbacke. »Wheaton hat die Grippe und will seinem Daddy gute Nacht sagen.« Dann ging sie zurück ins Haus.

Die folgende Woche über ignorierte sie den Vorfall, während Tad immer nervöser wurde und bis zu zehnmal täglich vom Büro aus anrief. Immer, wenn er versuchte, das Thema anzuschneiden, erzählte sie ihm irgendwas über die Kinder. Schließlich, am Samstagabend, als Tad sich betrank und Margaritas auf der Terrasse mixte, sagte sie es ihm. »Ich bin wieder schwanger. Dritter Monat. Wir müssen diesmal also keine Angst vor einer Fehlgeburt haben. Freust du dich, Liebling?« Dann nahm sie den Krug mit den Margaritas und schüttete sie ihm über den Kopf.

»Typisch«, sagte Carrie, die sich mit einer Ecke ihres Streichholzheftchens die Fingernägel säuberte.

»Ich bin ja so froh, daß ich meinem Mann vertrauen kann«, sagte Belle.

»Ich bin erschüttert«, sagte Miranda. Als der Zug über eine Brücke fuhr, sahen sie die Stadt braun und bedrohlich aus der Dämmerung aufragen. »Ich brauche einen Drink. Kommt jemand mit?«

Nach drei Cocktails im *Ici* rief Carrie Mr. Big an.

»Yo, yo«, sagte er. »Was gibt's?«

»Es war gräßlich«, kicherte sie. »Du weißt, wie sehr ich so was hasse. Sie haben nur über Babys geredet und Privatschulen und wie dieser Bekannte von ihnen aus dem Country Club rausgeschmissen wurde und wie eins ihrer Kindermädchen einen neuen Mercedes zu Schrott fuhr.«

Sie konnte hören, wie Mr. Big seine Zigarre paffte. »Mach dir keine Sorgen, Kleines. Du wirst dich dran gewöhnen«, sagte er.

»Träum weiter«, sagte sie.

Sie drehte sich um und sah zu ihrem Tisch. Miranda hatte zwei Typen vom Nachbartisch aufgerissen, und einer von ihnen war bereits mit Sarah ins Gespräch vertieft.

»Ich brauche Beistand – komm in die *Bowery Bar*«, sagte sie und hängte ein.

10

Auf der Flucht: Vom Ehefrauenland in die Höhle der Singles

Schlimme Dinge können Stadtfrauen passieren, wenn sie von einem Besuch bei ihren frisch verheirateten und bekinderten Freundinnen in der Provinz zurückkehren.

Am Morgen nach der berühmten Brautparty in Greenwich liefen diverse Telefone heiß.

Sarah war morgens um vier mit Rollerblades durch ihren Keller gefahren und hatte sich den Knöchel gebrochen. Miranda hatte auf einer Party in einer Kammer mit einem Typen gebumst, ohne Kondom. Carrie hatte etwas so Absurdes getan, daß sie davon überzeugt war, ihre kurze Beziehung zu Mr. Big wäre vorbei. Und wo Belle war, wußte überhaupt niemand.

Der stramme Bursche

Miranda hatte nicht vorgehabt, bei der Party auszuflippen und diese ›Glenn Close-Nummer‹ abzuziehen, wie sie es nannte.

»Ich wollte einfach nur nach Hause, richtig ausschlafen und am Sonntag arbeiten.« Das ist das Tolle daran, wenn man nicht verheiratet ist und keine Kinder hat. Man kann sonntags arbeiten.

Aber Sarah überredete sie, zu der Party mitzukommen. »Es könnten gute Kontakte da sein«, hatte Sarah gesagt. Sarah mit ihrer eigenen PR-Firma war ständig auf der Suche nach ›Kontakten‹, die sich auch zu ›Verabredungen‹ entwickeln konnten. Die Party fand in der East 64th Street statt, im Stadthaus irgendeines reichen alten Typen. Man sah lauter Frauen zwischen Anfang und Ende Dreißig im kleinen Schwarzen und mit derselben Haartönung. Blond natürlich. Dieser Typ Frau ging immer zu reichen alten Typen auf Partys, und sie brachten immer ihre Freundinnen mit, so daß Schwadronen dieser Frauen nach Männern Ausschau hielten und dabei so taten, als täten sie es nicht.

Sarah verschwand in der Menge und ließ Miranda an der Theke zurück. Miranda hatte dunkles, gewelltes Haar und trug Leggings mit angenähten Stiefeln, so daß sie ziemlich auffiel.

Zwei Frauen gingen an ihr vorbei, und Miranda, die vielleicht ein wenig arg paranoid ist, schwor, daß sie eine von ihnen sagen hörte: »Das ist diese Frau, Miranda Hobbes. Sie ist ein echtes Miststück.«

Miranda sagte also laut, aber so, daß niemand sie hören konnte: »Das stimmt, ich bin eine echtes Miststück, Schätzchen, aber ich danke Gott, daß ich nicht bin wie du.« Dann dachte sie daran, wie am Ende des langen Nachmittags in der Provinz dieser fettarme Karottenkuchen mit dem fettarmen Frischkäseüberzug serviert worden war, und das mit so winzigen Silbergäbelchen, daß die Zinken einem die Haut ritzen konnten.

Ein Mann kam zu ihr. Teurer Maßanzug. Okay, er war kein richtiger Mann, da er erst ungefähr fünfunddreißig war. Aber er strengte sich an. Sie ließ sich vom Barkeeper einen doppelten Wodka Tonic geben, und der Mann sagte: »Durstig, wie?«

»Nein. Was ich wirklich will, ist ein Steak. Okay?«

»Isch besorg Ihnen eins«, sagte der Mann, und es stellte sich heraus, daß er einen französischen Akzent hatte.

»Ich sag Ihnen Bescheid«, erwiderte sie und versuchte wegzukommen. Sie wollte mit dieser Party nichts zu tun haben. Sie war es leid, sich so zu fühlen, als paßte sie nicht dazu, aber sie wollte auch nicht nach Hause gehen, weil sie es leid war, allein zu sein, und außerdem war sie ein bißchen betrunken.

»Isch heiße Guy«, sagte er. »Isch besitze eine Galerie in der 79. Straße.«

Sie seufzte und sagte: »Natürlich tun Sie das.«

»Vielleischt haben Sie davon gehört.«

»Hören Sie, Guy ...«, sagte sie.

»Ja?« fragte er eifrig.

»Können Sie Ihr Arschloch mit dem Schwanz erreichen?«

Guy lächelte durchtrieben. Er rutschte näher an sie ran. Legte ihr die Hand auf die Schulter. »Aber natürlisch.«

»Dann schlage ich vor, daß Sie sich selbst ficken.«

»Oh, eine Anmache!« sagte Guy, und Miranda fragte sich, ob er wirklich so blöd war oder ob er nur blöd wirkte, weil er Franzose war. Er griff nach ihrer Hand und fing an, sie die Treppe raufzuziehen, und sie ging mit, weil sie dachte, daß ein Typ, der nach einer Beleidigung so cool reagierte, eigentlich nicht allzu schlecht sein konnte. Sie landeten im Schlafzimmer des reichen alten Typen, und dieser Guy hatte Kokain dabei. Und schließlich küßten sie sich. Und die Leute gingen rein und raus.

Aus irgendeinem Grund marschierten sie in den begehbaren Kleiderschrank. Altes Pinienpaneel, Stangen voller Jacketts und Hosen, Regale für Kaschmirpullover und Schuhe. Miranda sah auf die Etiketten: Savile Row – langweilig. Dann drehte sie sich um, und Guy stand genau vor ihr. Dann Gefummele. Die Leggings wurden abgestreift. Der stramme Bursche stand – stramm.

»Wie groß?« fragte ich am Telefon.

»Groß. Und französisch«, sagte Miranda. (Wie konnte sie nur?)

Und danach sagte er: »Hey, Darling, meiner Freundin erzählst du aber lieber nichts davon.« Während er ihr ein letztes Mal seine Zunge in den Mund steckte.

Es kam alles raus: die Freundin, mit der er seit zwei Jahren zusammenlebte, und sie waren verlobt, gewissermaßen, aber er wußte eigentlich nicht, ob er überhaupt heiraten wollte, aber sie wohnte bei ihm, also was sollte er tun?

Und dann war es Glenn Close, nur ohne das Kaninchen.

Am nächsten Tag machte Guy Mirandas Telefonnummer ausfindig und rief sie an, weil er sie wiedersehen wollte. »Und das ist es nun, was an Typen für uns im Angebot ist«, sagte Miranda.

Newbert macht sich langsam Sorgen

Gegen Mittag rief Belles Ehemann Newbert bei Carrie an, ob sie Belle gesehen hätte.

»Wenn sie tot wäre, dann wüßte ich davon«, sagte Carrie.

Die Rollerblade-Debütantin

Dann war da noch Sarah, die laut Miranda um vier Uhr morgens in ihrem Keller Rollschuh lief. Betrunken. Achtunddreißigjährig. Eine erwachsene Frau, die immer noch das Naivchen geben wollte. Gibt es etwas weniger Attraktives? Wohl kaum.

Aber was soll Sarah auch tun? Sie ist achtunddreißig, sie ist nicht verheiratet, und sie wäre gern mit jemandem zusammen. Und Männer fühlen sich, wie wir wissen, zur Jugend hingezogen. Selbst die Frauen auf der Brautparty, die jetzt älter sind als Sarah, waren bei ihrer eigenen Hochzeit jünger, als sie jetzt ist. Vielleicht steht ihr diese Möglichkeit überhaupt nicht mehr offen. Also läuft sie mit einem Fünfundzwanzigjährigen in ihrem Keller Rollschuh. Anstatt mit ihm zu schlafen. Er will es; aber sie hat Angst, daß er ihren Körper zu alt findet.

»Oh hi-i-i«, sagt Sarah gedehnt, als Carrie sie am Nachmittag anruft. Sie liegt in ihrer winzigen, aber perfekten Zwei-Zimmer-Wohnung in einem Hochhaus westlich der Second Avenue auf der Couch. »Och, mir geht's gu-u-u-t. Ist das nicht irre?« Sie klingt unnatürlich fröhlich. »Nur ein kleiner gebrochener Knöchel. Und in der Notaufnahme die süßesten Ärzte. Und Luke war die ganze Zeit bei mir.«

»Luke?«

»Eigentlich Lucas. Ein süßer Junge. Mein kleiner Freund.« Sie kichert. Es klingt schrecklich.

»Wo hattest du die Rollerblades her?«

»Oh, er kam damit an. Auf die Party. Ist das nicht süß?«

Der Gips kommt in sechs Wochen runter. Bis dahin muß Sarah herumhumpeln und ihr Geschäft führen, so gut es eben geht. Sie hat keine Arbeitsunfähigkeitsversicherung. Ihre PR-Firma steht auf wackeligen Füßen.

Ist dies nun besser oder schlechter, als verheiratet zu sein und in der Provinz zu leben? Besser oder schlechter?

Wer kann das schon sagen?

Belle im *Carlyle*

Belle ruft aus dem *Carlyle* an. Brabbelt irgendwas von einem Footballspieler der Miami Dolphins. Im *Frederick's*. Brabbelt irgendwas von ihrem Mann Newbert und von Spaghettisauce. »Ich koche tolle Spaghettisauce«, sagt sie. »Ich bin eine tolle Ehefrau.« Carrie stimmt zu.

Jedenfalls, nachdem sie von der Brautparty nach Hause kam, hatten sie und Newbert einen Streit. Belle lief weg, ging ins *Frederick's*, den Nachtclub. Der Footballspieler war da. Er erzählte ihr immer wieder, daß ihr Mann sie nicht genug lieben würde. »Doch. Das verstehst du nicht«, sagte sie. »Ich würde dich mehr lieben«, sagte er. Sie lachte, lief wieder weg, nahm eine Suite im *Carlyle*. Sie sagt: »Es werden gerade Cocktails serviert. Jetzt.«

Sie sagt, sie denkt, daß Newbert vielleicht gereizt ist, weil er gerade seinen Roman rausgeschickt hat. Sie denkt, daß Newbert vielleicht gereizt ist, weil sie keine Kinder will. Nicht ehe er seinen Roman verkauft hat. Wenn sie schwanger wird, ist alles vorbei. Also macht sie sich lieber jetzt eine schöne Zeit.

Alle Wege führen zum *Baby Doll*

Nach der Brautparty und nach dem Telefongespräch mit ihrem neuen Freund Mr. Big ging Carrie in die *Bowery Bar*. Samantha Jones, die Filmproduzentin, war da. Carries beste Freundin. Manchmal.

Barkley, der fünfundzwanzigjährige aufstrebende Künstler und Modeljäger, hatte sich einfach zu Samantha an den Tisch gesetzt.

»Ich würde mich sehr freuen, wenn du mich mal in meinem Loft besuchen kommst«, sagte er und schüttelte sich das blonde Haar aus den Augen.

Samantha rauchte eine kubanische Zigarre. Sie nahm einen Zug und blies Barkley den dicken Rauch ins Gesicht. »Das möcht ich wetten«, sagte sie. »Aber wie kommst du darauf, daß mir deine kleinen Bilderchen gefallen.«

»Na ja, dir müssen ja nicht meine Bilder gefallen«, entgegnete Barkley. »Dir müßte einfach nur ich gefallen.«

Samantha grinste boshaft. »Männer unter fünfunddreißig interessieren mich nicht. Sie sind für meinen Geschmack nicht erfahren genug.«

»Versuch's doch einfach«, sagte Barkley. »Und wenn nicht, dann spendier mir wenigstens einen Drink.«

»Wir gehen«, meinte Sam. »Wir müssen eine neue Kneipe finden.«

Sie fanden eine. Die *Baby Doll Lounge*. Ein Striplokal in TriBeCa. Sie konnten Barkley nicht abschütteln, also durfte er mitkommen. Es könnte ganz nützlich sein, in einer Oben-ohne-Bar einen Kerl dabeizuhaben. Außerdem hatte er was zu rauchen. Sie rauchten im Taxi, und als sie an der *Baby Doll Lounge* ausstiegen, packte Sam Carries Arm (so was tat sie fast nie) und sagte: »Ich will wissen, was mit diesem Mr. Big ist. Ich bin nicht sicher, daß er der Richtige für dich ist.«

Carrie überlegte erst mal, ob sie antworten wollte oder nicht, weil es mit ihr und Sam immer so war. Immer, wenn sie mit einem Mann glücklich war, kam Sam daher und säte diese Zweifel, klemmte sich wie ein Brecheisen zwischen zwei Stücke Holz. Sie sagte: »Ich weiß nicht. Ich glaube, ich bin einfach verrückt nach ihm.«

Sam sagte: »Aber weiß er denn wirklich, wie toll du bist? So toll, wie ich dich finde?«

Carrie dachte: Eines Tages werden Sam und ich gleichzeitig mit einem Mann schlafen, aber nicht heute.

Die Barkeeperin kam zu ihnen und sagte: »Es ist so nett, hier wieder mal Frauen zu sehen«, und schenkte ihnen Freigetränke ein. Das war jedesmal das Problem. Dann versuchte Barkley, ein Gespräch anzufangen. Daß er eigentlich Regisseur werden wolle und daß das ohnehin das sei, was alle Künstler letztendlich machten, also warum solle er nicht einfach den langweiligen Künstlerteil weglassen und gleich Regisseur werden?

Auf der Bühne tanzten zwei Mädchen. Sie sahen wie echte Frauen aus und gar nicht mal so gut – mit kleinen Hängebrüsten und großen Hintern. Mittlerweile schrie Barkley schon: »Aber ich male besser als David Salle! Ich bin ein verdammtes Genie!«

»Ach ja? Sagt wer?« schrie Sam zurück.

»Wir sind alle verdammte Genies«, sagte Carrie. Dann ging sie zur Toilette.

Man mußte durch einen winzigen Spalt zwischen den beiden Bühnen gehen und dann die Treppe runter. Die Toilette hatte eine graue Holztür, die nicht richtig schloß, und gesprungene Kacheln. Carrie dachte an Greenwich. Ehe. Kinder.

»Ich bin noch nicht soweit«, dachte sie.

Sie ging wieder nach oben, zog ihre Kleider aus, stieg auf die Bühne und fing an zu tanzen. Samantha starrte sie an und lachte, aber als die Barkeeperin sie höflich bat, wieder von der Bühne zu steigen, lachte Sam nicht mehr.

Am nächsten Morgen um acht rief Mr. Big an. Er wollte zum Golfspielen gehen. Er klang sehr ernst. »Wann bist du nach Hause gekommen?« fragte er. »Was hast du gemacht?«

»Nicht viel«, sagte sie. »Bin in die *Bowery* gegangen. Und dann in diesen anderen Schuppen. Die *Baby Doll Lounge.*«

»Ach ja? Hast du da was Besonderes gemacht?«

»Zuviel getrunken.« Sie lachte.

»Da ist nichts anderes, das du mir erzählen willst?«

»Nein, eigentlich nicht«, antwortete Carrie mit ihrer Kleinmädchenstimme, die sie immer dann einsetzt, wenn sie ihn beschwichtigen will. »Und was hast du so gemacht?«

»Ich erhielt heute morgen einen Anruf«, sagte er. »Jemand erzählte mir, sie hätten dich oben ohne in der *Baby Doll Lounge* tanzen sehen.«

»Ach, tatsächlich?« sagte sie. »Woher wußten die, daß ich es war?«

»Sie wußten es.«

»Bist du sauer?«

»Warum hast du's mir nicht erzählt?«

»Bist du sauer?«

»Ich bin sauer, weil du's mir nicht erzählt hast. Wie willst du eine Beziehung aufbauen, wenn du nicht ehrlich sein kannst?«

»Aber wie soll ich wissen, ob ich dir vertrauen kann?« fragte sie.

»Glaub mir«, sagte er, »ich bin der einzige Mensch, dem du vertrauen kannst.«

Und er legte auf.

Carrie holte all ihre Fotos von Jamaika hervor (wie glücklich sie aussahen, als sie einander gerade erst entdeckten!) und schnitt die Bilder aus, auf denen Mr. Big Zigarre rauchte. Sie dachte darüber nach, wie es war, mit ihm zu schlafen, wie sie immer an seinen Rücken gekuschelt einschlief.

Sie wollte die ausgeschnittenen Bilder alle auf ein Millimeterpapier kleben, ›Portrait von Mr. Big mit seiner Zigarre‹ darüber schreiben und darunter: ›Du fehlst mir‹ mit vielen Lippenstiftküssen dazu.

Sie starrte die Bilder eine lange Zeit an. Und dann tat sie nichts.

11

Im Dickicht der Strände

Vielleicht liegt es an der unbestreitbaren Tatsache, daß die meisten Menschen sonnengebräunt einfach besser aussehen. Vielleicht ist es auch nur so, daß der Sexualtrieb stärker ist als der Ehrgeiz, selbst bei New Yorkern. Jedenfalls haben die Hamptons etwas an sich, das sinnlose sexuelle Begegnungen begünstigt, diese Art von peinlich kurzen Paarungsvorgängen, die die meisten Leute am nächsten Morgen schon nicht mehr wahrhaben wollen.

Nennen Sie es eine Kombination aus Haut (die Oben-ohne-Frauen am Media Beach), Geographie (es dauert sooooo lange, um von Southampton nach East Hampton zu fahren, besonders um vier Uhr morgens) und Topographie (all die hohen Hecken zum Verstecken).

Allerdings bedarf es einiger Finesse, um auszubaldowern, wie man all diese Elemente zu seinem Vorteil nutzt, vor allem als Mann. Und Jugend ist da nicht unbedingt ein Vorteil. Man muß wissen, wo's langgeht – und wie man dann hinterher wieder elegant den Rückweg antritt. Sonst kommt man am Ende irgendwo an, aber nicht da, wo man erwartet hatte.

Zur Warnung eine Geschichte über drei hoffnungsvolle Junggesellen, die das verlängerte Feiertagswochenende vor dem 4. Juli in den Hamptons verbrachten.

Und das sind unsere Kandidaten:

Junggeselle Nr. 1: Skipper Johnson, 25. Aus feiner Privatschule. Anwalt in der Entertainment-Branche. Wunderknabe. Plant, irgendwann eins der großen Studios zu leiten, das dann seiner Aussage nach in New York sein wird. Strandspielzeug: kleiner Mercedes, Brooks Brothers-Outfit (»ich habe einen Brooks

Brothers-Körper«) und ein Handy, das er fast nie aus der Hand legt. Neulich beschwerten sich ein paar Freunde, daß Skipper zwei Stunden auf einem Parkplatz am Strand gesessen und per Telefon einen Vertragsabschluß ausgehandelt hätte. »Es ist eine solche Zeitverschwendung, am Strand herumzuliegen«, sagt Skipper. »Außerdem mag ich nicht überall Sand am Körper haben.« Er macht sich Sorgen über seine in letzter Zeit mangelnden sexuellen Erfolge. »Ob die Frauen wohl denken, daß ich schwul bin?« fragt er und meint es ernst.

Junggeselle Nr. 2: Mr. Marvelous, 65, sagt aber, er sei sechzig. Kantiges Kinn, silbernes Haar, hellblaue Augen, athletischer Körper – alle Teile funktionieren auf Abruf. Fünfmal verheiratet (und geschieden). Zwölf Kinder – mit Ehefrauen Nummer zwei, drei und vier noch gut befreundet. Freunde fragen sich, was sein Geheimnis ist. Strandspielzeug: keines. Kann aber über seine Penthouse-Wohnung in der Park Avenue, sein Haus in Bedford sowie seine Wohung in Palm Beach parlieren. Besucht übers Wochenende Freunde in der Further Lane in East Hampton. Spielt mit dem Gedanken, selbst ein Haus zu kaufen.

Junggeselle Nr. 3: Stanford Blatch, 37. Drehbuchautor. Der neue Andrew Bergman. Ist schwul, bevorzugt aber Heteros. Langes, dunkelgelocktes Haar; weigert sich, es zu schneiden oder einen Pferdeschwanz zu tragen. Wird vermutlich irgendwann heiraten und Kinder haben. Übernachtet im Haus seiner Großmutter in der Halsey Neck Lange in Southampton; die Großmutter lebt in Palm Beach. Strandspielzeug: kann nicht Auto fahren und überredet daher den Familienchauffeur, übers Wochenende rauszukommen und ihn herumzukutschieren. Bestes Strandspielzeug: Kennt jeden, den es zu kennen sich lohnt, seit er Kind war, und muß daher nichts beweisen.

Skippers kalte Dusche

Freitagabend. Skipper Johnson fährt nach Southampton raus, wo er sich mit einigen Freundinnen im *Basilico* verabredet hat: vier

Frauen, alle Ende Zwanzig, die bei Ralph Lauren arbeiten und die man mit bloßem Auge nicht auseinanderhalten kann. Skipper empfindet ihre fade Schönheit als beruhigend, ebenso wie die Tatsache, daß sie im kleinen Rudel auftreten. Das bedeutet nämlich, daß er sich nicht damit abquälen muß, eine von ihnen den ganzen Abend lang zu unterhalten.

Sie trinken Pine Hamptons an der Bar. Skipper bezahlt. Um elf gehen sie ins *M-80.* Draußen steht eine Schlange, aber Skipper kennt den Türsteher. Sie trinken Cocktails aus Plastikbechern. Skipper trifft ein paar Freunde – die Modeljäger George und Charlie. »Ich hab dieses Wochenende zwölf Mädchen bei mir im Haus«, prahlt George. George weiß, daß Skipper sich nichts sehnlicher wünscht, als ihn zu besuchen, also lädt er ihn absichtlich nicht ein. Zwei der Models fangen an, sich mit Cocktails zu bespritzen, und lachen dabei.

Um zwei muß sich eins der Mädchen in die Büsche übergeben. Skipper bietet an, sie nach Hause zu fahren: in ein Ranch-Haus, das nicht ganz dort liegt, wo die gute Ecke von Southamptom anfängt. Sie haben eine Kiste Bier im Kühlschrank, sonst nichts. Skipper geht in ein Schlafzimmer, setzt sich mit einem der Mädchen aufs Bett und schlürft sein Bier. Er legt sich hin, schließt die Augen und manövriert seinen Arm um die Taille des Mädchens. »Ich bin zu betrunken, um nach Hause zu fahren«, sagt er mit seiner Hundebabystimme.

»Ich geh jetzt ins Bett«, sagt das Mädchen.

»Ach, bitte, laß mich dableiben. Wir schlafen einfach nur nebeneinander. Ehrenwort«, sagt Skipper.

»Okay. Aber du mußt auf der Bettdecke schlafen. Angezogen.«

Skipper fügt sich. Er schläft ein und fängt zu schnarchen an. Irgendwann mitten in der Nacht verbannt das Mädchen ihn raus auf die Couch.

Samstagmorgen. Skipper ist auf dem Weg zu seinem Haus in East Hampton und beschließt, einen Abstecher zu seinen Freunden Carrie und Mr. Big in Bridgehampton zu machen. Mr. Big steht ohne Hemd im Garten, raucht eine Zigarre und gießt die Blumen rund um den Swimmingpool. »Ich habe Urlaub«, sagt er.

»Was machst du denn da? Habt ihr keinen Gärtner?« fragt Skipper. Carrie raucht Zigaretten und liest die *New York Post.* »Er ist der Gärtner. Er wäscht auch Autos.«

Skipper zieht sich bis auf die Boxershorts aus und springt in den Pool wie eine Comicfigur: mit rechtwinklig abgespreizten Beinen. Als er zum Luftholen nach oben kommt, sagt Mr. Big: »Jetzt weiß ich, warum du keine ins Bett kriegst.«

»Was soll ich denn tun?« fragt Skipper.

»Nimm eine Zigarre«, sagt Mr. Big.

Mr. Blatch ist verliebt

Sonnabend, Halsey Neck Lane. Stanford Blatch sitzt am Pool, telefoniert, beobachtet die Freundin seines Bruders, die er haßt, und versucht, den *New York Observer* zu lesen. Er spricht absichtlich sehr laut, in der Hoffnung, daß sie dann vielleicht verschwindet. »Aber du mußt herkommen«, dröhnt er ins Telefon. »Das ist doch albern. Was willst du denn machen? Das ganze Wochenende in der Stadt herumhocken und arbeiten? Nimm ein Wasserflugzeug. Ich bezahl's dir.

Na, dann bring die Manuskripte doch mit. Ihr Agenten arbeitet einfach zuviel. Natürlich ist hier Platz genug. Ich hab das ganze obere Stockwerk.«

Stanford legt auf. Er geht zur Freundin seines Bruders. »Kennst du Robert Morriskin?« Als das Mädchen ihn ausdruckslos anstarrt, sagt er: »Vermutlich nicht. Er ist der heißeste Newcomer-Literaturagent in der Szene. Anbetungswürdig.«

»Ein Schriftsteller?« fragt sie nach.

Skipper vermasselt alles

Samstagabend. Skipper geht zu einem Barbecue bei den Rappaports, einem befreundeten jungen Pärchen, das immer kurz vor der Scheidung zu stehen scheint. Er betrinkt sich wieder und versucht erneut den ›Bier und Bett‹-Trick, diesmal mit einem Mädchen namens Cindy. Es scheint zu klappen, bis er erwähnt, daß er David Hasselhoff für ein Genie hält.

»Übrigens, ich hab 'nen Freund«, sagt sie.

Sonntag. Mr. Marvelous ruft seine Freunde an, sagt, er hätte Bedford satt und käme in seinem Ferrari raus.

Stanford Blatch sitzt in einem paisleygemusterten Strandanzug von Armani am Pool: kurzärmlige Jacke und enganliegende Badehose. Er telefoniert schon wieder mit Robert Morriskin. »Warum kommst du nicht heute abend? Da findet eine große Party statt. Und so viele Partys gibt's hier draußen gar nicht mehr, weißt du? Bringst du jemanden mit? Bring ruhig ein Mädchen mit, wenn du willst, das ist mir egal.«

Etwas Erstaunliches passiert

Sonntagabend. Buchparty von Michael Gross im Haus von Ted Fields. Skipper ist nicht eingeladen, was ihm mächtig stinkt. Also hat er sich hintenrum eine Einladung besorgt, indem er Stanford Blatch – den er vage kennt und der überall eingeladen ist – anbot, ihn zu chauffieren.

Die Party findet im Freien statt. Skipper stellt fest, daß ihm eine junge Frau namens Margaret sehr viel Aufmerksamkeit schenkt. Margaret ist klein, mit dunklem Haar und großen Brüsten, hübsch – aber nicht Skippers Typ. Arbeitet in der PR-Branche. Skipper und Margaret stellen fest, daß sie beide zur Toilette wollen, was bedeutet, daß sie über einen durch Fackeln beleuchteten Pfad hinter den Büschen zu den gemieteten Klokabinen wandern müssen. Sie schlagen sich in die Büsche. Sie fangen an, sich zu küssen. Und dann passiert etwas Erstaunliches.

»Ich will das jetzt einfach tun«, sagt Margaret, kniet sich hin und zieht seinen Reißverschluß auf. Skipper ist verblüfft. Das Ganze dauert nicht mal zwei Minuten.

»Du fährst mich doch nach Hause, oder?« fragt Margaret und stupst ihn an.

»Geht nicht«, erwidert er. »Ich hab versprochen, Stanford nach Hause zu fahren, und du wohnst genau entgegengesetzt.«

Oh, Mr. Marvelous!

Further Lane. Mr. Marvelous aus Bedford kommt gerade rechtzeitig zum Abendessen. Sein Gastgeber Charlie ist seit fünf Jahren geschieden. Er hat ein paar Männer und Frauen zwischen Anfang Dreißig und Anfang Vierzig eingeladen. Mr. Marvelous sitzt neben einer Frau namens Sabrina, die zweiunddreißig ist und deren Brüste aus einem schwarzen Donna Karan-Trägertop hervorquellen. Mr. Marvelous holt ihr Getränke und hört sich mitfühlend die Story über ihren Ex-Mann an. Um elf sagt Sabrina, sie müsse gehen, weil sie in *Stephens Talkhouse* in Amagansett mit Freunden verabredet sei. Mr. Marvelous bietet an, ihren Wagen zu fahren, da sie doch vielleicht ein bißchen zu betrunken sei. Um drei Uhr morgens landen er, Sabrina und eine Freundin in Sabrinas Haus.

Als er reinkommt, sagt die Freundin: »Falls Sie jetzt auf irgendwelche abartigen Ideen kommen, können Sie die gleich wieder vergessen.« Sie legt sich auf die Couch und macht das Licht aus.

Später, etwa um fünf Uhr früh, fühlt sich Mr. Marvelous allmählich klaustrophobisch. Sabrinas Haus ist winzig. Er kann ihre Freundin auf der Couch draußen vor der Schlafzimmertür schnarchen hören. Ich drehe durch, denkt er.

Montag. Mr. Marvelous ruft Sabrina an, die er gerade vor einer Stunde verlassen hat. Ihr Anrufbeantworter ist an. »Willst du mit an den Strand kommen?« Er geht zum Media Beach und trifft dort Carrie und Mr. Big. Dann entdeckt er eine attraktive Blondine mit einem Cockerspaniel. Er geht zu ihr und spielt ein bißchen mit ihrem Hund. Sie kommen ins Gespräch. Er hat gerade den Eindruck, daß er bei ihr landen könnte, als ihr Freund dazukommt. Ein großer, schrankmäßiger Typ mit übertrainiertem Brustkorb und kurzen Beinen. Mr. Marvelous kehrt auf sein

Handtuch zurück. Samantha Jones ist gekommen und sitzt bei Carrie und Mr. Big.

Die Blondine und ihr Freund gehen den Strand entlang. Als das Mädchen an Mr. Marvelous vorbeikommt, dreht es sich um und winkt.

»Seht ihr? Ich hab euch doch gesagt, daß sie interessiert ist. Ernsthaft interessiert«, sagt Mr. Marvelous.

»An dir?« fragt Samantha und lacht gehässig.

Handy-Horror

Skipper spielt gerade Tennis, als sein Handy klingelt.

»Hi, Schätzchen«, sagt Margaret. »Ich wollte nur wissen, was du so machst.«

»Ich bin jetzt gerade mitten in einem Tennisspiel«, sagt Skipper.

»Willst du danach herkommen? Ich würde dir hier gern was Schönes kochen.«

»Eeehm, ich kann nicht.«

»Was meinst du, du kannst nicht?«

»Ich meine, ich weiß noch nicht, was ich mache. Ich hab ein paar anderen Leuten gesagt, daß ich zum Abendessen zu ihnen komme.«

»Dann gehen wir doch da hin.«

Skipper senkt die Stimme. »Ich denke nicht, daß das geht. Es ist irgendwie geschäftlich, weißt du?«

»Mein kleiner Mogul«, sagt Margaret.

Robert Morriskin landet schließlich per Wasserflugzeug. Stanford ist ein wenig sauer, weil er nicht schon am Tag vorher gekommen ist, also schickt er seinen Chauffeur mit dem alten Ford Kombi los, um ihn abzuholen, anstatt mit dem Mercedes.

Mr. Marvelous kehrt vom Strand zurück. Sabrina hat angerufen. Er ruft sie sofort zurück, kriegt aber nur ihren Anrufbeantworter.

»Ist das Elle?«

Montagabend. Carrie, Mr. Big und Mr. Marvelous sind auf dem Weg zu einer Cocktailparty. Mr. Marvelous steuert seinen großen Mercedes die Mecox Lane hinunter, vorbei an den Pferdezuchten. Die Sonne geht langsam unter, und das Gras ist ganz besonders grün. Es kommt ein kleiner Hügel, und als der Wagen über die Kuppe fährt, sehen sie eine Frau auf Rollerblades herumwackeln. Sie trägt ein enges T-Shirt und extrem kurze schwarze Shorts. Sie hat ihr langes dunkles Haar zu einem Pferdeschwanz gebunden, aber es sind ihre Beine, die einem am meisten auffallen.

»Ich bin verliebt«, sagt Mr. Marvelous. Als sie in eine Seitenstraße abbiegt, fährt er geradeaus weiter, aber dann hält er an und legt seine Hände über das Steuer. »Ich drehe um.«

Carrie versucht, Mr. Big einen Blick zuzuwerfen, aber er beachtet sie nicht. Er lacht und ist voll dabei.

Mr. Marvelous fährt hinter dem Mädchen her. »Seht sie euch an. Sie kann in den Dingern nicht mal richtig laufen. Sie wird sich verletzen.« Sie überholen das Mädchen, und Mr. Big fragt: »Ist das Elle? Sie sieht aus wie Elle.«

Carrie sitzt auf dem Rücksitz und raucht eine Zigarette. »Zu jung für Elle«, sagt sie.

Mr. Big kurbelt sein Fenster runter und ruft: »Hi.«

Das Mädchen kommt zum Wagen. »Hi«, sagt sie und lächelt. Dann macht sie ein verwirrtes Gesicht. »Kennen wir uns?«

»Ich weiß nicht«, sagt Mr. Marvelous und lehnt sich über Mr. Big. »Ich bin Mr. Marvelous.«

»Ich bin Audrey«, sagt das Mädchen. Sie sieht Mr. Big an. »Sie sehen aus wie jemand, den ich kenne.«

Mr. Marvelous springt aus dem Wagen. »Wissen Sie, wie man mit den Dingern stoppt? Sie müssen wissen, wie man stoppt. Diese Rollerblades können ganz schön gefährlich sein.«

Das Mädchen lacht. »So müssen Sie das machen«, sagt Mr. Marvelous, geht mit vorgestreckter Ferse in die Hocke und breitet die Arme aus.

»Danke«, sagt das Mädchen. Sie will weiterlaufen. »Sind Sie Model?« fragt Mr. Marvelous.

»Nein«, antwortet sie. »Nein, ich bin Studentin.«

Mr. Marvelous steigt wieder ins Auto. »Sie trug einen Ring. Wie kann ihr Mann sie einfach so allein rollschuhlaufen lassen? Ich hätte sie gefragt, ob sie mich heiratet. Sie war so schön. Habt ihr sie gesehen? Wie hieß sie noch? Audrey. Sie hieß Audrey. Irgendwie altmodisch, oder?«

Der Junge in blauem Chintz

Stanford hat im *Della Femina's* ein Abendessen für Robert arrangiert. Danach kehren sie zurück ins Haus an der Halsey Neck Lane und rauchen Gras. Um zwei zieht Robert sich zurück – er müsse am Morgen noch einen Stapel Manuskripte durchgehen. Stanford bringt ihn in sein Zimmer, das mit traditionellem Southamptoner Chintz ausgestattet ist. »Ich liebe dieses Zimmer«, sagt Stanford. »Diesen blauen Chintz kriegst du nirgends mehr. Ich hoffe, dir wird nicht zu heiß. Ich finde es immer noch am besten, im Sommer ohne Bettdecke zu schlafen. Als Kinder haben wir das immer gemacht. Bevor meine Großmutter die Klimaanlage für sich entdeckt hat.«

Während Robert sich auszieht, setzt Stanford sich in einen Lehnsessel. Robert scheint das nichts auszumachen, und Stanford plaudert munter weiter. Robert legt sich ins Bett und schließt die Augen. »Müde?« fragt Stanford. Er geht zum Bett hinüber und betrachtet Robert, dessen Augen geschlossen sind. »Schläfst du?«

Independence Day

Dienstag, vierter Juli. Das Handy: Es ist Margaret. »Hi, Schätzchen. Alle fahren schon so früh zurück, aber ich will noch nicht. Wann fährst du? Nimmst du mich mit?«

»Ich fahre nicht vor morgen früh«, sagt Skipper.

»Oh. Na ja, ich könnte auch morgen früh fahren. Ich rufe im Büro an.«

»Sicher«, meint Skipper unglücklich.

»Ist das nicht herrlich, wenn am Ende des Wochenendes alle weg sind und du noch hier bist? Laß uns essen gehen.«

»Ich glaube nicht, daß ich kann. Ich hab ein paar Freunden versprochen ...«

»Kein Problem«, sagt Margaret leichthin. »Wir sehen uns ja nächstes Wochenende wieder. Laß uns das doch morgen im Auto planen.«

Dienstag, früher Abend. Mr. Marvelous biegt mit seinem Mercedes in die Straße, in der er Audrey gesehen hat. Er steigt aus, öffnet den Kofferraum und zieht nach einigem Gewurstel ein Paar Rollerblades hervor. Er fährt ein paarmal die Straße rauf und runter. Dann lehnt er sich an seinen Wagen und wartet.

12

Das Stöhnen der sagenhaft Schönen

Neulich, eines Nachmittags, trafen sich vier Frauen in einem Restaurant in der Upper East Side, um darüber zu sprechen, wie es ist, eine außergewöhnlich schöne junge Frau in New York zu sein. Darüber, wie es ist, wenn sie einem hinterherlaufen, für einen bezahlen, einen belästigen, beneiden, mißverstehen und man einfach umwerfend ist – und das alles, bevor man fünfundzwanzig wird.

Camilla war die erste. Einsachtundsiebzig, blasse weiße Haut, volle Lippen, runde Wangenknochen, kleine Nase – Camilla ist fünfundzwanzig, sagt aber, sie fühle sich »alt«. Mit sechzehn fing sie an zu modeln. Als ich sie vor einigen Monaten in Downtown kennenlernte, kam sie als ›Verabredung‹ eines bekannten Fernsehproduzenten ihren Verpflichtungen nach, was bedeutete, daß sie lächelte und antwortete, wenn sie etwas gefragt wurde. Ansonsten strengte sie sich nicht großartig an, außer daß sie sich gelegentlich eine ihrer eigenen Zigaretten anzündete.

Frauen wie Camilla brauchen sich nicht großartig anzustrengen, vor allem nicht mit Männern. Während viele Frauen Morde begehen würden, um einmal mit Scotty, dem Fernsehproduzenten, auszugehen, erzählte mir Camilla, sie habe sich gelangweilt. »Er ist nicht mein Typ«, sagte sie. Zu alt (Anfang Vierzig), nicht attraktiv genug, nicht reich genug. Sie sagte, sie sei kürzlich von einem Ausflug mit einem jungen Euristokraten nach St. Moritz zurückgekehrt – dies, so sagte sie, sei ihre Vorstellung von Spaß. Die Tatsache, daß Scotty unbestreitbar einer der begehrtesten

Junggesellen von New York ist, bedeutete ihr nichts. Sie war die Trophäe, nicht Scotty.

Die anderen drei Frauen waren unpünktlich, also redeten Camilla und ich weiter. »Ich bin kein Biest«, sagte sie und sah sich im Restaurant um, »aber die meisten Mädchen in New York sind einfach hohl. Dumm wie Brot. Sie können sich nicht einmal unterhalten. Sie wissen nicht, welche Gabel sie benutzen müssen. Sie wissen nicht, wieviel Trinkgeld sie dem Hausmädchen auf einem Landsitz geben müssen.«

Frauen wie Camilla gibt es in New York eine Handvoll. Sie gehören alle zu einer Art Geheimclub, einer städtischen Schwesternschaft, die nur einige wenige Aufnahmebedingungen stellt: außergewöhnliche Schönheit, Jugend (Alter zwischen siebzehn und fünfundzwanzig, oder zumindest dürfen sie nicht zugeben, daß sie älter sind), Köpfchen und die Fähigkeit, stundenlang in einem Restaurant sitzen zu können.

Die Sache mit dem Köpfchen scheint allerdings relativ zu sein. Eine von Camillas Freundinnen, Alexis, sagte beispielsweise: »Ich bin literarisch. Ich lese. Ich setze mich hin und lese eine ganze Zeitschrift von Anfang bis Ende.«

Ja, dies sind die schönen Mädchen, die diese ganze Mann-Frau-Geschichte in New York aus der Balance werfen, weil sie mehr als ihren gerechten Anteil abbekommen: an Aufmerksamkeit, Einladungen, Geschenken, Kleidern, Geld, Reisen in Privatflugzeugen und Abendessen auf Yachten vor der Küste Südfrankreichs. Dies sind die Frauen, die die Junggesellen mit den fettgedruckten Namen zu den besten Partys und Wohltätigkeitsveranstaltungen begleiten. Die Frauen, die – statt deiner – gefragt werden. Sie haben Zutritt. New York gehört ihnen. Ist das wirklich so?

»Reden wir über Ekelpakete«

Die anderen Frauen trudelten ein. Außer Camilla, die meinte, sie sei »quasi Single, arbeite aber an dem jungen Sproß einer Park

Avenue-Familie«, waren da noch Kitty, 25, angehende Schauspielerin, die derzeit mit einem immer-noch-berühmten-aber-praktisch-arbeitslosen fünfundfünfzigjährigen Schauspieler namens Hubert zusammenlebte; Shiloh, siebzehnjähriges Model, die drei Monate zuvor irgendeine Art von Zusammenbruch erlitten hatte und nun kaum noch ausging; und Teesie, 22, ebenfalls Model, die erst kürzlich nach New York gezogen war und deren Agentur ihr gesagt hatte, daß sie allen erzählen müsse, sie sei neunzehn.

Die Mädchen waren alles ›Freundinnen‹, die sich einige Male abends beim Ausgehen getroffen und auch schon Verabredungen mit »ein paar von den gleichen Ekelpaketen« gehabt hatten, wie Kitty es ausdrückte.

»Laßt uns über Ekelpakete reden«, meinte eine.

»Kennt eine von euch diesen Typen S. P.?« fragte Kitty. Sie hatte langes, wirres braunes Haar, grüne Augen und eine Kleinmädchenstimme. »Das ist ein alter, weißhaariger Typ mit einem Gesicht wie ein Kürbis, und er ist überall. Na ja, einmal war ich in der *Bowery Bar*, und er kam zu mir und sagte: ›Sie sind zu jung, um zu begreifen, daß Sie mit mir schlafen wollen, und bis Sie alt genug sind, es zu begreifen, werden Sie zu alt sein, als daß ich mit Ihnen schlafen will.‹«

»Männer versuchen immer, dich zu kaufen«, sagte Camilla. »Einmal sagte so ein Typ zu mir: ›Bitte komm übers Wochenende mit nach St. Barts. Wir müssen nicht zusammen schlafen, Ehrenwort. Ich will dich nur spüren. Das ist alles.‹ Als er wiederkam, sagte er: ›Warum bist du nicht mitgekommen? Ich hab dir doch gesagt, wir würden nicht zusammen schlafen.‹ Ich sagte: ›Kapierst du denn nicht, daß, wenn ich mit einem Mann wegfahre, ich mit ihm schlafen will?‹«

»Jemand in meiner alten Agentur hat mal versucht, mich an irgendeinen reichen Typen zu verkaufen«, sagte Teesie. Sie hatte ein schmales Gesicht und einen langen Schwanenhals. »Dieser reiche Typ war mit einer der Bookerinnen befreundet, und sie versprach ihm, er könnte mich ›haben‹.« Teesie machte ein entrüstetes Gesicht und winkte dann abrupt dem Ober. »Entschuldigung, aber mein Glas ist schmutzig.«

Shiloh, die sich wohl etwas herausgefordert fühlte, legte los: »Ich kenne Typen, die mir Flugtickets schenken oder mich in ihren Privatjets mitnehmen wollten. Ich lächle dann immer nur und rede nie wieder mit ihnen.«

Kitty beugte sich vor und sagte: »Ich kannte mal einen, der mir ein Brustimplantat und eine Wohnung anbot. Er sagte: ›Ich sorge für meine Mädchen, auch wenn ich mich von ihnen trenne.‹ Er war ein winziger, kahlköpfiger Australier.«

Dash im *Mark Hotel*

»Wie kommt es, daß all diese unattraktiven Kerle sich ständig überlegen, was sie für dich tun können?« fragte Teesie.

»Die meisten Männer wirken ganz schön arrogant«, sagte Shiloh. Sie hatte eine Haut in der Farbe gerösteter Mandeln, glattes schwarzes Haar und große schwarze Augen. Sie trug ein nabelfreies Top und einen langen, weiten Rock. »Ich kann das einfach nicht ertragen. Schließlich hab ich einen gefunden, der nicht so war, aber der ist jetzt in Indien. Von ihm fühlte ich mich nicht eingeschüchtert. Er hat nicht versucht, mich anzufassen oder mich zu spüren.«

»Es gibt zwei Arten von Typen«, sagte Camilla. »Entweder sie sind Schleimscheißer, die dich nur vögeln wollen, oder sie verlieben sich sofort in dich. Erbärmlich!«

»Was für Typen verlieben sich denn sofort?« wollte Kitty wissen.

»Ach, du weißt schon«, sagte Camilla. »Scotty. Capote Duncan. Dash Peters.« Capote Duncan war dieser Südstaaten-Schriftsteller etwas über dreißig, der immer mit schönen jungen Mädchen ausging. Dash Peters war ein bekannter Hollywood-Agent, der sich häufig in New York aufhielt – auch so ein Begleiter von ›jungen hübschen Dingern‹. Aber sie hatten auch schon Frauen in den Dreißigern verführt und ihnen das Herz gebrochen

– Frauen, die normalerweise nicht nur gut darin waren, gut auszusehen.

»Mit Dash Peters war ich auch schon aus«, sagte Teesie. Sie befühlte mit der Hand den kurzgestuften dunklen Hinterkopf. »Er hat immer wieder versucht, mich zu überreden, mit ihm im *Mark Hotel* zu übernachten. Hat mir körbeweise Blumen geschickt, immer weiße. Er bettelte, ich solle rüberkommen und mit ihm in die Sauna gehen. Dann wollte er, daß ich ihn zu irgendeiner blöden Party in den Hamptons begleite, aber ich wollte nicht.«

»Ich habe ihn in Südfrankreich getroffen«, sagte Camilla. Sie sprach manchmal mit einem komischen, aufgesetzten europäischen Akzent, so wie jetzt.

»Hat er dir was gekauft?« fragte Teesie betont beiläufig.

»Nicht unbedingt«, erwiderte Camilla. Sie winkte dem Ober. »Würden Sie mir bitte eine neue Margarita bringen?« bat sie. »Diese hier ist nicht kalt genug.« Sie sah wieder zu Teesie. »Nur was von Chanel.«

»Was zum Anziehen oder Accessoires?«

»Was zum Anziehen«, sagte Camilla. »Chanel-Taschen hab ich schon genug. Sie langweilen mich.«

Es herrschte kurz Stille, dann ergriff Shiloh das Wort.

»Ich gehe kaum mehr aus. Ich ertrage es nicht. Ich bin sehr spirituell geworden.« Um den Hals trug sie eine Kette mit einem um einen kleinen Kristall gewickelten Stück Rohleder. Was sie letztendlich aus der Bahn geworfen hatte, war die Begegnung mit einem berühmten Filmstar Anfang Dreißig, der ihr Bild in einer Zeitschrift entdeckt und ihre Agentur ausfindig gemacht hatte. Sie gaben ihr seine Nummer weiter, und weil sie ihn gerade in einem Film gesehen und süß gefunden hatte, rief sie ihn an. Er lud sie für zwei Wochen in sein Haus in Los Angeles ein. Dann kam er nach New York und fing an, seltsam zu werden. Er weigerte sich auszugehen, außer in Striplokale, wo er versuchte, die Mädchen dazu zu bringen, daß sie kostenlos irgendwelche Sachen für ihn machten, »weil er ja berühmt war«, sagte Shiloh.

Kitty stützte die Ellbogen auf den Tisch. »Vor ein paar Jahren hab ich mir gesagt, ich bin zu oft beschissen worden. Also beschloß ich, einem Jungen die Unschuld zu rauben und ihn dann zu verlassen. Ich war fies, aber andererseits war er einundzwanzig, was eigentlich schon zu alt ist, um noch Jungfrau zu sein, also hatte er es verdient. Ich war so lieb, wie ich nur konnte, und dann hab ich nie mehr mit ihm gesprochen. Es ist egal, wie hübsch du bist. Wenn du die Frau erschaffen kannst, die der Typ will, kriegst du ihn.«

»Wenn mir ein Typ sagt: ›Ich mag Netzstrümpfe und roten Lippenstift‹, dann läuft das bei mir unter Kleidungskoordination«, sagte Teesie.

»Wenn Hubert eine Frau wäre, dann wäre er die verdorbenste Frau, die ihr euch nur vorstellen könnt«, sagte Kitty. »Ich hab ihm gesagt: ›Okay, ich ziehe Miniröcke an, aber ich werde Höschen drunter tragen.‹ Einmal mußte ich ihm eins auswischen. Er hat mich immer und immer wieder drangsaliert, daß ich mit ihm und einer anderen Frau schlafe. Und dann … ich hab doch diesen Freund, der schwul ist, ja? George. Und manchmal küssen wir uns, aber so wie Kinder eben, ja? Also hab ich gesagt: ›Schätzchen, George kommt zu Besuch, und er bleibt über Nacht bei uns.‹ Und Hubert fragt: ›Wo soll er denn schlafen?‹ Und ich sage: ›Oh, ich dachte, er schläft bei uns im Bett. Und du machst den Passiven.‹ Er ist total ausgeflippt. Ich sage: ›Schätzchen, wenn du mich wirklich liebst, dann tust du das für mich, weil es das ist, was ich mir wünsche.‹ Na ja«, meinte sie abschließend und bestellte noch eine Margarita, »es mußte einfach sein. Jetzt sind wir quitt.«

»Hallo, Kitty«

»Ältere Typen sind widerlich«, sagte Camilla. »Mit denen will ich nicht mehr ausgehen. Vor ein paar Jahren fiel mir plötzlich ein: Warum muß ich mit diesen häßlichen, reichen alten Männern ausgehen, wo ich doch auch mit knackigen, reichen jungen Typen ausgehen kann? Außerdem verstehen dich diese alten Kerle gar nicht richtig. Auch wenn sie das selber denken. Sie gehören zu einer anderen Generation.«

»Ich finde ältere Typen gar nicht so schlecht«, meinte Kitty. »Natürlich, als Hubert mich am Anfang anrief und sagte, er wolle mit mir ausgehen, da hab ich ihn auch erst gefragt: ›Wie alt sind Sie und wieviel Haare haben Sie noch auf dem Kopf?‹ Er mußte richtig um mich werben. Das erste Mal, als er mich abholte, hatte ich ungewaschene Haare und kein Make-up drauf. Nach dem Motto: Wenn du mich so sehr begehrst, dann guck dir das wahre Ich an. Und danach, als ich das erste Mal mit ihm schlief, wache ich am nächsten Morgen auf, und er hat in jedem Zimmer einen Strauß mit meinen Lieblingsblumen stehen. Er fand heraus, wer meine Lieblingsautorin ist, und kaufte alle Bücher. Auf den Spiegel schrieb er mit Rasierschaum: ›Hallo, Kitty.‹«

Die Frauen kreischten. »Das ist ja so süß«, sagte Teesie. »Ich liebe Männer.«

»Ich liebe Männer auch, aber manchmal brauche ich einfach etwas Schonzeit«, sagte Shiloh.

»Hubert liebt es, wenn ich Mist baue«, verriet Kitty. »Er liebt es, wenn ich zu viele Kleider kaufe und die Rechnung nicht bezahlen kann. Er liebt es, sich um alles zu kümmern.

Männer sind so unbefriedigt, und wir sind die Göttinnen, die ihnen Befriedigung schenken«, schloß Kitty triumphierend. Sie hatte ihre zweite Margarita schon halb leer. »Andererseits sind Männer … größer. Massiver. Sie trösten dich.«

»Sie geben dir etwas, das eine Frau dir nicht geben kann«, meinte Shiloh. »Ein Mann sollte für seine Freundin sorgen.«

»Hubert gibt mir wirklich ein Gefühl von Sicherheit. Er erlaubt mir, die Kindheit nachzuholen, die ich nie hatte«, sagte Kitty. »Ich glaube nicht an diesen ganzen Feministinnenkram. Männer haben das Bedürfnis, dominant zu sein – also laßt sie doch. Steht zu eurer Weiblichkeit.«

»Ich glaube, es gibt auch komplizierte Männer, aber ich weiß immer, da draußen wartet noch einer, wenn es mit diesem nicht funktioniert«, sagte Teesie. »Eigentlich sind Männer nicht besonders wartungsintensiv.«

»Das eigentliche Problem sind andere Frauen«, meinte Camilla.

»Auch wenn ich mich damit jetzt unbeliebt mache, aber – schön zu sein ist eine solche Macht, daß du alles kriegst, was du willst«, sagte Kitty. »Und andere Frauen wissen das und mögen dich nicht, vor allem ältere Frauen. Sie denken, du dringst in ihr Territorium ein.«

»Viele Frauen, die dreißig werden, fangen an, sich ihres Alters bewußt zu werden«, sagte Camilla. »Das haben die Männer den Frauen angehängt. Okay, eine Frau, die wie Christie Brinkley aussieht, wird natürlich keine Probleme haben.«

»Aber sie werden gemein«, sagte Kitty. »Sie lassen Bemerkungen los. Frauen gehen einfach davon aus, daß ich blöd bin. Daß ich keine Ahnung von gar nichts habe. Daß ich mit Hubert wegen seines Geldes zusammen bin. Da wirst du dann selber boshaft und trägst noch kürzere Röcke und noch mehr Make-up.«

»Keine macht sich die Mühe zu fragen. Sie haben einfach ihre Meinung«, sagte Teesie.

»Frauen sind überhaupt so mißgünstig«, sagte Shiloh. »Es hat nichts mit ihrem Alter zu tun. Es ist widerlich. Sie sehen ein attraktives Mädchen, und schon steift es ihnen den Nacken. Es ist so traurig und schockierend. Es verrät so sehr, wo diese Frauen stehen in ihrem Leben. Sie sind so unsicher und unglücklich darüber, wie sie sind, daß sie es nicht ertragen können, daß eine andere Frau es besser hat.«

»Deswegen habe ich eigentlich auch fast nur Männer als Freunde.« Die drei anderen Frauen sahen sich an und nickten.

»Und was ist mit Sex?« fragte eine.

»Ich sag jedem Typen, er hätte den größten Schwanz, den ich je gesehen habe«, sagte Kitty. Die Frauen lachten nervös. Kitty schlürfte den letzten Rest ihrer Margarita durch den Strohhalm. »Eine Frage des Überlebens«, sagte sie.

13

Portrait eines Unterwäsche-Models: Der Bock springt vom Werbeplakat

Oben an der Treppe geht eine Tür auf, und der Bock, ein Unterwäsche-Model und hoffnungsvoller Schauspieler, erscheint als Silhouette im Türrahmen seiner Wohnung. Mit einem Arm stützt er sich oben ab, und sein dunkelbraunes Haar fällt ihm ins Gesicht, und er lacht, während er dir zusieht, wie du die Treppe hochkeuchst.

»Du bist immer auf Trab«, sagt er, als ob er nichts anderes zu tun hätte, als den ganzen Tag im Bett herumzuliegen. Dir fällt ein, was sein Freund, der Drehbuchautor Stanford Blatch, immer sagt: »Der Bock sieht aus, als würde er mit seinem eigenen Beleuchter herumreisen.« Und dann hältst du's nicht mehr aus: Du mußt weggucken.

»Der Bock ist die menschliche Entsprechung eines Zobelmantels«, sagt Stanford. Stanford ist dir in letzter Zeit ganz schön auf den Wecker gefallen mit Geschichten über den Bock. Das Telefon klingelt, du nimmst ab, und Stanford ist dran. »Wer ist sexier? Der Bock oder Keanu Reeves?« Du seufzt. Und obwohl du eigentlich gar nicht genau weißt, wer der Bock ist, und es dir eigentlich auch egal ist, sagst du: »Der Bock.«

Vielleicht auch aus schlechtem Gewissen heraus. Du weißt, daß du eigentlich wissen müßtest, wer er ist: dieser Typ, der sich – muskulös und fast ganz nackt – auf der gigantischen Plakatwand oben am Times Square fläzt und auch auf allen Bussen.

Aber du bist nie am Times Square, und du achtest nicht auf Busse, außer wenn sie dich fast überfahren.

Aber Stanford gibt keine Ruhe. »Der Bock und ich sind neulich unter seinem Plakat langgegangen«, sagt er, »und er wollte ein Stückchen davon mitnehmen für seine Wohnung, vielleicht die Nase. Aber ich hab ihm gesagt, er soll die Knolle in seiner Hose mitnehmen. Wenn die Frauen ihn dann fragen, wie groß sein Ding ist, kann er sagen: über vier Meter. Neulich hat der Bock was ganz Süßes gemacht. Er hat versucht, mich zum Abendessen einzuladen. Er sagte: ›Stanford, du hast so viel für mich getan, ich will auch etwas für dich tun.‹ Ich sagte: ›Sei nicht albern‹, aber weißt du, er ist in meinem ganzen Leben der erste Mensch, der mich zum Abendessen einladen wollte. Kannst du glauben, daß jemand, der so schön ist, gleichzeitig so nett ist?«

Du läßt dich breitschlagen, den Bock kennenzulernen.

Das Sexsymbol

Das erste Mal, als du den Bock triffst, in der *Bowery Bar* und an Stanfords Seite, willst du ihn hassen. Er ist einundzwanzig. Ein Model. Und so weiter. Und du spürst irgendwie, daß er dich auch hassen will. Ist er tatsächlich dumm? Außerdem glaubst du, daß Sexsymbole in natura nie wirklich sexy sind. Der letzte, den du getroffen hast, hat dich an einen Wurm erinnert. Buchstäblich.

Aber der hier nicht. Er ist eigentlich nicht das, was er zu sein scheint.

»Mit unterschiedlichen Leuten habe ich unterschiedliche Persönlichkeiten«, sagt er.

Dann verlierst du ihn in der Menge.

Ein leichter Einser

Der Bock wohnt in einem winzigen Studio-Apartment, in dem alles weiß ist: weiße Vorhänge, weiße Bettwäsche, weiße Tagesdecke, weißes Sofa. Im Badezimmer siehst du nach, ob er besondere Kosmetika benutzt. Tut er nicht.

Der Bock ist in Des Moines, Iowa, aufgewachsen. Sein Vater war Lehrer, seine Mutter die Schulkrankenschwester. Auf der High-School hing der Bock nicht mit den coolen Kids herum. Er hatte immer glatte Einsen und war nach der Schule Tutor für jüngere Schüler. Sie bewunderten ihn alle.

Der Bock hatte nie daran gedacht, Model zu werden, aber in der achten Klasse wurde er zum bestaussehenden Typen gewählt. Insgeheim wünschte er sich, etwas Aufregendes zu machen. Etwa, Detektiv zu werden. Aber er ging zur Universität von Iowa und studierte zwei Jahre lang Literatur. Seinem Vater zuliebe. Einer seiner Dozenten war jung und gutaussehend, und als er den Bock zu einem Gespräch einlud, setzte er sich direkt neben ihn und legte ihm die Hand auf den Oberschenkel. Dann auf die Knolle in seiner Hose. »Das könnte ein leichter Einser für dich werden«, sagte er. Der Bock ging nie wieder in seinen Kurs. Drei Monate später verließ er das College.

Neuerdings ruft immer wieder irgend jemand bei ihm an und hinterläßt auf dem Anrufbeantworter nur Musik. Zuerst hat der Bock sich die Lieder angehört, weil er dachte, sie würden irgendwann aufhören und einer seiner Freunde anfangen zu reden. Jetzt hört er sie sich an, um zu sehen, ob sie irgendeinen Hinweis geben. »Ich glaube, es ist ein Mann«, sagt er.

Kindheit in Iowa

Du liegst mit dem Bock auf dem Bett, als wärt ihr beide zwölf Jahre alt (auf dem Bauch, mit den Füßen über dem Bettrand), und du sagst: »Erzähl mir eine Geschichte.« Er sagt: »Die Geschichte, an die ich in letzter Zeit am meisten denke, ist die mit meiner Ex-Ex-Freundin.«

Es war im Sommer 1986, und der Bock war vierzehn. Es war einer dieser Sommertage in Iowa, wo der Himmel klar ist und der Mais auf den Feldern so grün. Und den ganzen Sommer über, während er im Auto mit seinen Freunden rumfuhr, konnte man den Mais wachsen sehen.

Der Bock und seine Familie besuchten die Landwirtschaftsmesse. Der Bock wanderte mit seinem Freund durch die Rinderausstellung, als er sie sah. Sie streichelte ein Kälbchen, und er packte seinen Freund am Arm und sagte: »Die werd ich mal heiraten!«

Ein ganzes Jahr lang sah er sie nicht wieder. Dann, eines Abends, war er auf einer dieser Tanzveranstaltungen, die sie in Kleinstädten für Jugendliche organisieren, um zu verhindern, daß sie auf die schiefe Bahn geraten, und sie war da. An Heiligabend machte er mit ihr rum. »Dann hat sie mir den Laufpaß gegeben«, sagt er. »Das hat echt weh getan.«

Eineinhalb Jahre später, als sie beschloß, sie sei jetzt so weit, blieb er hart. »Und das, obwohl ich so schrecklich gern mit ihr zusammensein wollte«, sagt er. »Eines Tages gab ich dann nach.«

Der Bock ging ein paar Jahre lang mit ihr, mal mehr, mal weniger. Sie ist jetzt Computerprogrammiererin in Iowa City. Aber sie reden noch miteinander. Heiratet er sie vielleicht eines Tages? Er grinst, und dabei wird seine Nase oben ganz kraus. »Vielleicht«, sagt er. »Ich denke immer, das ist eine so schöne Geschichte, da in meinem Kopf. Haut mich wirklich um.«

»Der Bock sagt immer, er könne ja nach Iowa zurückgehen und Kinder haben und Polizist werden«, sagt Stanford.

»Das ist hinreißend, solange er es nicht wirklich tut«, sagst du und findest dann deine Bemerkung selbst ganz schön zynisch.

»Ich hasse meine Nase«

Du und der Bock, ihr seid hungrig, also geht ihr an einem Sonntagabend um sechs zu *Bagels'R'Us*. Zwei Polizistinnen sitzen rauchend in der Ecke. Die Leute tragen schmutzige Jogginganzüge. Der Bock ißt die Hälfte deines Schinken-Käse-Sandwiches. »Ich könnte vier davon essen«, sagt er, »aber ich tu's nicht. Wenn ich einen Hamburger esse, fühle ich mich danach so schuldig.«

Dem Bock ist sein Aussehen wichtig. »Ich ziehe mich jeden Tag fünfmal um«, sagt er. »Wer sieht denn nicht hundertmal in den Spiegel, wenn er ausgehen will? Ich gehe zwischen den zwei Spiegeln in meiner Wohnung hin und her, als ob ich in jedem anders aussähe. So ungefähr: Yeah, in diesem Spiegel sehe ich gut aus, aber jetzt muß ich nachgucken, ob ich in dem anderen auch gut aussehe. Macht das nicht jeder?«

»Manchmal bin ich so abgelenkt«, fährt der Bock fort. »Meine Gedanken wirbeln im Kopf total durcheinander. Alles ist chaotisch, ergibt keinen Sinn.«

»Was lenkt dich jetzt ab?« fragst du.

»Deine Nase.«

»Danke vielmals. Ich hasse meine Nase.«

»Ich hasse meine Nase auch«, sagt er. »Sie ist zu groß. Aber ich glaube, das hängt mit meiner Frisur zusammen. Neulich sagte Stanford: ›So gefällt mir dein Haar. Es ist voll. Es macht deine Nase kleiner.‹« Ihr lacht euch beide tot.

Dann sagt der Bock: »Bevor ich etwas sage, sage ich es zuerst in meinem Kopf, damit es nicht falsch rauskommt.«

»Ist das nicht irgendwie Zeitverschwendung?« fragst du.

»Es dauert nur eine Sekunde.«

Er hält inne. Dann: »Wenn ich ausgehe und ein Fremder zu mir kommt und mich fragt, ob ich Model bin, sage ich: ›Nein, ich bin Student.‹«

»Und dann?«

Der Bock lacht. »Dann verliert er das Interesse«, sagt er und sieht dich an, als könne er nicht glauben, daß du das nicht gewußt hast.

Stanford ruft dich an. »Der Bock hat mir gerade eine süße Nachricht hinterlassen«, sagt er. Und er spielt sie dir vor. »Stannie, bist du gestorben? Bist du tot? Du mußt tot sein, denn du gehst nicht ans Telefon. (Lacht.) Ruf mich zurück.«

Ivana Trumps Butler

Es gefällt dir, mit dem Bock in seiner Wohnung herumzuhängen. Es erinnert dich an die Zeit, als du sechzehn warst, in dieser kleinen Stadt in Connecticut, und immer mit diesem Typen herumhingst, der wirklich gut aussah, und ihr habt Gras geraucht, und deine Eltern dachten, du würdest dein Pferd ausreiten. Die Wahrheit werden sie nie erfahren.

Du guckst aus dem Fenster und siehst, wie die Sonne auf die Rückwände der schmuddeligen kleinen Backsteinhäuser scheint. »Seit ich Kind war, wollte ich immer Kinder haben«, sagt der Bock. »Das ist mein Traum.«

Aber das war vorher. Bevor dem Bock all das passiert ist.

Vor ein paar Wochen bekam er die zweite Hauptrolle in einem Film mit allen coolen jungen Hollywood-Schauspielern angeboten. Er ging zu einer Party und landete versehentlich bei der Freundin eines der anderen Schauspieler zu Hause, einem neuen Supermodel. Der Schauspieler drohte, den Bock und das Supermodel umzubringen, und sie und der Bock flohen vorübergehend aus der Stadt. Nur Stanford weiß, wo sie sind. Stanford ruft an und sagt, er hänge ständig am Telefon. Die Nachrichtenshow *Hard Copy* habe dem Bock Geld geboten, falls er auftritt, und Stanford erwiderte: »Was glauben Sie denn, wer er ist – Ivana Trumps Butler?«

Der Bock sagt: »Ich fasse diesen Scheiß einfach nicht. Das bin immer noch ich. Ich habe mich nicht verändert. Die Leute sagen mir andauernd: ›Bleib, wie du bist.‹ In was sollte ich mich denn verwandeln? Einen Egomanen? Ein Schwein? Ein Arschloch? Ich kenne mich wirklich ganz gut. In was sollte ich mich denn verwandeln wollen?«

»Warum lachst du?« will er wissen.

»Ich lache nicht«, sagst du. »Ich weine.«

Stanford fragt: »Hast du schon mal bemerkt, daß der Bock überhaupt keinen Eigengeruch hat?«

14
Er liebt sie, seine kleine Maus, doch bringt sie nicht zu Mom nach Haus

Jetzt kommt eine Geschichte über ein schmutziges kleines Geheimnis in der Welt der Verabredungen. Fast jeder hat es schon einmal erlebt – entweder als Opfer oder als Täter.

Zwei Männer saßen im *Princeton Club* vor ihren Drinks. Es war später Nachmittag. Beide Männer waren Anfang Dreißig und früher einmal gutaussehende Typen Marke ›Privatschulabgänger‹ gewesen. Ihr gutes Aussehen ließ jetzt langsam nach, und sie hatten elf Pfund zuviel um den Bauch hängen, die sie nicht mehr loswurden. Sie waren zusammen aufs College gegangen und nach dem Abschluß nach New York gezogen. Sie waren gute Freunde; sie pflegten diese Art von Freundschaft, die bei Männern ungewöhnlich ist. Sie konnten tatsächlich über ernsthafte Dinge reden. Etwa Diäten, die nicht funktionierten. Und Frauen.

Walden war gerade Partner in einer Rechtsanwalts-Großkanzlei geworden und hatte sich vor kurzem mit einer Dermatologin verlobt. Stephen hatte seit drei Jahren eine Beziehung. Er war Produzent einer bekannten Nachrichtenshow.

Waldens Verlobte war zu einem Collagen-Symposium außerhalb der Stadt gereist. Wenn er allein war, fühlte Walden sich immer einsam. Es erinnerte ihn an die Zeit, als er wirklich einsam gewesen war, endlose Monate, die sich in Jahre auszudehnen schienen. Und dann mußte er immer an das gleiche denken: an die Frau, die ihn getröstet hatte, und daran, was er ihr angetan hatte.

Walden lernte sie auf einer Party kennen, auf der sehr schöne Menschen herumliefen. Da die Party in Manhattan stattfand, trug die Frau ein nettes, schwarzes Minikleid, das ihre stattliche Oberweite betonte. Sie hatte ein unscheinbares Gesicht, aber schönes langes schwarzes Haar. »Sie haben immer ein herausragendes Merkmal«, meinte Walden und nippte an seinem Martini.

Dieses Mädchen, Libby, hatte etwas. Sie saß allein auf der Couch und schien sich dabei nicht unwohl zu fühlen. Ein anderes Mädchen ging zu ihr hin, ein hübsches Mädchen, beugte sich hinunter und flüsterte ihr etwas ins Ohr, woraufhin Libby lachte. Aber sie stand nicht auf. Walden stand neben der Couch und trank Bier aus der Flasche. Er überlegte, welches hübsche Mädchen er ansprechen sollte, und suchte nach möglichen Gesprächseröffnungsphrasen. Sein und Libbys Blick kreuzten sich, und sie lächelte. Sie sah nett aus. Er setzte sich hin und dachte, es wäre mal was anderes.

Dann dachte er die ganze Zeit, er würde gleich wieder aufstehen und eines der hübschen Mädchen ansprechen, aber das tat er nicht. Libby hatte erst in Columbia, dann in Harvard studiert. Sie sprachen über Jura. Sie erzählte ihm von ihrer Kindheit, mit vier Schwestern in North Carolina. Sie war vierundzwanzig und hatte ein Stipendium, um einen Dokumentarfilm zu drehen. Sie beugte sich vor und entfernte ein Haar von seinem Pullover. »Meins«, sagte sie und lachte. Sie redeten eine ganze Weile. Er trank ein zweites Bier.

»Willst du mit zu mir kommen?« fragte sie.

Er tat es. Er dachte, er wüßte, was nun käme. Sie würden es miteinander tun, und er würde am nächsten Tag nach Hause gehen und die Sache vergessen. Wie die meisten Männer in New York stempelte er eine Frau sehr schnell ab. Steckte sie in eine Schublade – One-Night-Stand, potentielle feste Freundin, heiße

Zwei-Wochen-Nummer. Damals schlief er noch mit vielen Frauen, und am Ende gab es immer tränenreiche Szenen an seiner Wohnungstür oder sogar Schlimmeres.

Libby war definitiv ein One-Night-Stand. Sie war nicht hübsch genug, um mit ihr auszugehen, sich in der Öffentlichkeit mit ihr sehen zu lassen.

»Aber was bedeutet das denn jetzt wirklich?« unterbrach Stephen.

»Ich dachte einfach, sie ist häßlicher als ich«, sagte Walden.

Als sie in Libbys Wohnung kamen – eine Zwei-Zimmer-Wohnung in einem Hochhaus an der Third Avenue, die sie mit ihrer Cousine teilte –, machte sie den Kühlschrank auf und holte ein Bier raus. Als sie sich im Licht des Kühlschranks vorbeugte, sah er, daß sie ein wenig mollig war. Sie drehte sich um, machte die Flasche auf und gab sie ihm. »Nur, damit du's weißt«, sagte sie, »ich möchte wirklich mit dir schlafen.«

Ein hübsches Mädchen hätte das nicht gesagt, dachte er, während er das Bier abstellte und anfing, sie auszuziehen. Er biß sie in den Nacken und zog ihren BH nach unten, ohne ihn zu öffnen. Er zog ihr die Strumpfhose aus. Sie trug keinen Slip. Sie gingen ins Schlafzimmer.

»Ich merkte, daß ich gar keine Hemmungen hatte«, sagte Walden. »Weil sie nicht hübsch war. Es stand nicht soviel auf dem Spiel, und die Erregung war um so größer. Es gab keinen Druck, weil ich wußte, daß ich nicht mit ihr ausgehen konnte.« Er schlief mit ihr in den Armen ein.

»Am nächsten Morgen«, sagte Walden, »wachte ich auf und fühlte mich gut. Ganz entspannt. Ich war die ganze Zeit vorher irgendwie zerquält gewesen, und mit Libby fühlte ich mich auf einmal friedlich. Also bekam ich sofort Panik und mußte gehen.«

Er ging mit den Händen in den Taschen nach Hause. Es war Winter, es war kalt, und er hatte seine Handschuhe bei ihr vergessen.

»Es ist immer Winter, wenn so was passiert«, meinte Stephen.

»Richtige Freunde«

Walden sah sie ein paar Monate nicht wieder. Er verfiel wieder in seinen zerquälten Zustand. Hätte sie besser ausgesehen, wäre er mit ihr ausgegangen. Statt dessen wartete er zwei Monate, dann rief er sie an, ob sie sich zum Mittagessen treffen könnten. Er hatte Sexphantasien über sie gehabt. Sie aßen zu Mittag, und dann machten sie den Nachmittag blau, gingen in ihre Wohnung und schliefen miteinander. Sie fingen an, sich mehrere Male die Woche zu treffen. Sie wohnten in derselben Gegend; entweder sie gingen irgendwo in der Nachbarschaft zum Essen, oder Libby kochte etwas. »Ich fand es unglaublich leicht, mit ihr über Gefühle zu reden«, sagte Walden. »Ich konnte vor ihr weinen. Ich erzählte ihr meine abgründigsten sexuellen Phantasien, und wir setzten sie um. Wir sprachen darüber, mit einer ihrer Freundinnen einen Dreier zu machen. Und sie erzählte mir ihre Phantasien, die unglaublich ausgefeilt waren. Sie bat mich, sie zu schlagen. Sie hatte Geheimnisse, aber sie war erstaunlich praktisch veranlagt. Ich habe mich immer gefragt, ob sie dieses komplizierte Innenleben konstruiert hatte, weil sie keine Frau war, mit der man ausgehen konnte. Du weißt schon, wenn du nicht an der Schönheits-Olympiade teilnimmst, kannst du eine sehr interessante Persönlichkeit entwickeln.«

Währenddessen machte ein in Waldens Worten »schlumpfiger Typ« Libby den Hof. Walden fühlte sich nicht bedroht.

Er lernte all ihre Freunde kennen, stellte sie seinen jedoch nicht vor. Er verbrachte nie ein ganzes Wochenende mit ihr – auch keinen ganzen Tag. Sie gingen nie zusammen auf eine Party. »Ich wollte nicht, daß sie das in den falschen Hals kriegt«, sagte Walden.

Aber sie beschwerte sich nie, stellte nie Bedingungen. Einmal fragte sie ihn, ob der Grund dafür, daß er sie so versteckt hielt, der wäre, daß sie nicht hübsch genug sei. »Ich log und sagte nein«, erzählte Walden. »Du weißt schon, wenn ich die Augen zumachte, dann war sie in jeder Hinsicht perfekt.«

Walden bestellte noch einen Drink. »Mit ihr mußte ich immer darüber nachdenken, ob ich mich tief im Innern häßlich fühle, und das verband mich mit ihr.«

»Na ja, jeder Mann haßt hübsche Mädchen insgeheim, weil sie die sind, die ihn auf der High-School abblitzen ließen«, sagte Stephen. Er hatte eine ähnliche Geschichte.

Ellens Großvater war ein berühmter Fernsehmacker. Ein richtiges Schwergewicht. Stephen lernte sie auf einer Firmenparty kennen. Sie standen beide draußen auf dem Balkon, um zu rauchen, und kamen ins Gespräch. Sie war witzig. Ein echtes Feuerwerk, und geistreich. Sie war mit jemandem zusammen. Danach liefen sie sich öfter bei Firmenveranstaltungen über den Weg.

»Wir wurden richtige Freunde«, sagte Stephen, »was bei mir mit einer Frau selten ist. Ich hatte kein sexuelles Interesse an ihr. Ich konnte mit ihr ausgehen und vom Leder ziehen wie ein Kerl. Sie konnte über Filme reden oder David Letterman, sie kannte sich mit Fernsehen aus – und die meisten Frauen verstehen das Fernsehen nicht. Wenn du versuchst, mit einem hübschen Mädchen übers Fernsehen zu reden, kriegt sie glasige Augen.«

Sie gingen ins Kino, aber »nur als gute Freunde«. Vielleicht schwärmte sie heimlich für ihn; aber falls das so war, merkte Stephen nichts davon. Sie sprachen über ihre Beziehungen. Ihre Unzufriedenheiten. Stephen war mit einer Frau liiert, die für drei Monate nach Europa gegangen war, und er schrieb ihr gezwungene, banale Briefe.

Eines Mittags, als sie gerade beim Essen waren, beschrieb Ellen ein sexuelles Erlebnis mit ihrem Freund. Sie hatte es ihm mit der Hand gemacht, mit Vaseline. Stephen bekam plötzlich einen Steifen. »Ich fing an, sie als sexuelles Wesen zu sehen«, sagte er. »Mit diesen Mädchen, die nicht schön sind, ist es so, daß sie das Thema Sex direkt aufs Tapet bringen müssen. Da gib es keine Abstufungen.«

Ellen trennte sich von ihrem Freund, und Stephen fing an, mit vielen Frauen auszugehen. Er erzählte Ellen von diesen Frauen.

Eines Abends waren sie in einem Restaurant beim Essen, und Ellen beugte sich zu ihm rüber und gab ihm einen Zungenkuß ins Ohr, daß er beinahe wie Hase Klopfer mit dem Fuß getrommelt hätte.

Sie gingen zu ihr und schliefen miteinander. »Es war großartig«, sagte Stephen. »Ich war, objektiv gesehen, besser als mit jeder anderen Frau. Ich konnte ein zweites Mal, ein drittes Mal. Ich gab ihr eine Fünfundvierzig-Minuten-Vorstellung.« Die ›Beziehung‹ entwickelte sich von da an weiter. Sie sahen zusammen vom Bett aus fern und hatten dann Sex, während der Fernseher weiterlief. »Eine schöne Frau würde es nie erlauben, daß während des Sex der Fernseher läuft«, sagte Stephen. »Aber es entspannt irgendwie. Du bist nicht der Mittelpunkt. Frauen wie Ellen erlauben dir, du selbst zu sein.«

Stephen gab zu, daß aus Ellens Sicht ihre Beziehung vermutlich nicht so toll war. »In den sechs Monaten, in denen wir fest zusammen waren … na ja, wahrscheinlich sind wir öfter ins Kino gegangen, als wir nur Freunde waren. Unsere Verabredungen waren die schlimmste Art von Verabredungen – wir ließen uns Essen kommen und guckten Videos. Ich fühlte mich enorm schuldig. Ich fühlte mich oberflächlich. Sie war nichts Besonderes, was das Aussehen anbetraf, und ich fühlte mich mies, weil ich an ihr Aussehen dachte. Sie war ein tolles Mädchen.«

Dann kam ihr Bruch

Ellen fing an, Druck zu machen. »Wann kommst du endlich mit zu meinem Großvater?« fragte sie mich immer wieder. »Er will dich wirklich kennenlernen.«

»Ich wollte ihren Großvater auch kennenlernen«, sagte Stephen. »Er war eine Berühmtheit. Aber ich konnte nicht. Ich meine, wenn man die Großeltern eines Mädchens trifft, dann heißt das, daß die Beziehung ernst ist.«

Um dieses Problem zu lösen, fing Stephen an, Typen für Ellen auszusuchen, um sie zu verkuppeln. Sie sprachen über Kerle, mit denen sie ausgehen könnte. Einmal ging Ellen abends zu einer Party, wo sie einen von Stephens Freunden treffen sollte. Aber der Typ interessierte sich nicht für sie, und sie war sauer. Sie fuhr zu Stephen, und sie schliefen miteinander.

Ein paar Wochen später traf Stephen ein richtig gutaussehendes Mädchen spätnachts auf einer Party in einem grungemäßigen Loft in TriBeCa. Fast umgehend stellte er sie seinen Eltern vor, obwohl er mit ihr nicht solche Gespräche führen konnte wie mit Ellen. Er schlief eine Weile mit beiden Frauen und setzte dabei das, was er sexuell mit Ellen gelernt hatte, bei der Neuen ein. Ellen wollte alles wissen. Was sie taten. Wie das neue Mädchen im Bett war, wie sie sich anfühlte, worüber sie redeten.

Dann kam ihr Bruch. An einem Sonntagnachmittag fuhr sie zu Stephens Wohnung. Sie hatten einen lautstarken Krach. Sie drosch auf ihn ein »wie auf einen Punchingball«, sagte er. Dann ging sie, rief aber zwei Wochen später wieder an.

»Am Telefon vertrugen wir uns wieder«, sagte Stephen, »und ich fuhr für das Übliche zu ihr. Aber als es ans Eingemachte ging, warf sie mich aus dem Bett. Ich war nicht sauer auf sie. Dazu ärgerte ich mich viel zu sehr über mich selbst, aber ich respektierte sie auch. Ich dachte: Recht hast du.«

Walden zog sein Knie hoch und klemmte es vor die Theke. »Ungefähr sechs Monate, nachdem ich mit Libby Schluß gemacht hatte, verlobte sie sich. Sie rief mich an und sagte, sie würde heiraten.«

»Ich war in Ellen verliebt, aber das hab ich ihr nie gesagt«, meinte Stephen.

»Ich war auch verliebt«, sagte Walden. »Verliebt auf eine ganz und gar prosaische Art.«

15

Ratlos in Manhattan

Es gibt Schlimmeres, als ein fünfunddreißigjähriger weiblicher Single in New York zu sein. Nämlich ein fünfundzwanzigjähriger weiblicher Single in New York zu sein.

Es ist ein rituelles Initiationserlebnis, das nur wenige Frauen noch einmal durchmachen möchten. Da schläft man mit den falschen Männern, trägt die falschen Kleider, wohnt mit der falschen Freundin zusammen, sagt die falschen Sachen, da wird man ignoriert, gefeuert, nicht ernst genommen und ganz allgemein wie Dreck behandelt. Aber man braucht das. Wenn Sie sich also je gefragt haben, wie fünfunddreißigjährige New Yorker Single-Frauen ... nun, wie sie fünfunddreißigjährige New Yorker Single-Frauen *werden*, dann lesen Sie weiter.

Auf der Party von Nobelkofferschneider Louis Vuitton traf Carrie vor ein paar Wochen Cici, 25 und Assistentin eines Blumen-Designers. Carrie versuchte gerade, fünf Leute gleichzeitig zu begrüßen, als Cici plötzlich aus dem Halbdunkel vor ihr auftauchte. »Hiiiiii«, sagte sie, und als Carrie sie kurz ansah, sagte sie noch einmal: »Hiiiii.« Dann starrte sie Carrie nur an.

Carrie mußte sich von der Verlagslektorin, mit der sie gerade sprach, abwenden. »Was ist, Cici?« fragte sie. *»Was ist los?«*

»Ich weiß nicht. Wie geht's dir?«

»Mir geht's gut. Fabelhaft«, sagte Carrie.

»Was hast du so gemacht?«

»Das Übliche.« Die Lektorin wollte gerade mit jemand anderem ein Gespräch anfangen. »Cici, ich ...«

»Ich hab dich schon so lange nicht mehr gesehen«, sagte Cici. »Du fehlst mir. Du weißt, ich bin dein größter Fan. Die Leute sagen, du bist ein Biest, aber ich sage immer: ›Nein, sie ist eine meiner besten Freundinnen, und sie ist gar nicht so.‹ Ich verteidige dich.«

»Danke.«

Cici stand einfach da und starrte wieder. »Und wie geht's *dir*?« fragte Carrie.

»Prima«, sagte Cici. »Jeden Abend style ich mich auf und gehe aus, und niemand will was von mir, und ich gehe nach Hause und heule.«

»Ach, Cici«, sagte Carrie. Und dann: »Mach dir keine Sorgen. Das ist nur eine Phase. Jetzt hör mal, ich muß ...«

»Ich weiß«, sagte Cici. »Du hast keine Zeit für mich. Ist okay. Wir reden später.« Und sie ging weg.

Cici York und ihre beste Freundin Carolyne Everhardt sind zwei Fünfundzwanzigjährige, die, wie die meisten mittlerweile Fünfunddreißgjährigen, nach New York kamen, um Karriere zu machen.

Carolyne Everhardt schreibt Kolumnen über das Nachtleben für ein Downtown-Magazin. Kam vor drei Jahren aus Texas hierher. Sie ist eines dieser Mädchen mit hübschem Gesicht, die ein kleines bißchen mollig sind, aber sie macht sich nichts daraus – zumindest nicht so, daß man es merken würde.

Cici ist das genaue Gegenteil – blond, knochendürr und mit einem dieser seltsam eleganten Gesichter, das die meisten Leute gar nicht bemerken, weil Cici sich selbst nicht für schön hält. Sie arbeitet als Assistentin bei Yorgi, dem hochgelobten, aber höchst zurückgezogenen Blumen-Designer.

Cici kam vor eineinhalb Jahren von Philadelphia nach New York. »Damals war ich ein bißchen wie Mary Tyler Moore«, sagt sie. »Ich hatte tatsächlich weiße Handschuhe in der Tasche stecken. Die ersten sechs Monate ging ich nicht mal aus. Ich hatte viel zuviel Angst, meinen Job zu verlieren.«

Und jetzt? »Wie sind keine netten Mädchen. Nett ist ein Wort, das du im Zusammenhang mit uns nicht benutzen würdest«, sagt

Cici mit ihrem Ostküstenakzent, der gleichzeitig sexy und gleichgültig klingt.

»Die ganze Zeit über demütigen wir Leute«, sagt Carolyne.

»Carolyne ist für ihre launischen Ausbrüche bekannt«, sagt Cici.

»Und Cici spricht nicht mit den Leuten. Sie wirft ihnen nur verächtliche Blicke zu.«

Tausendundeine Nacht

Carolyne und Cici sind auf eine für New York typische Weise beste Freundinnen geworden: durch einen Scheißtypen.

Ehe sie Cici kennenlernte, lernte Carolyne Sam kennen, einen zweiundvierzigjährigen Investment Banker. Immer wenn sie ausging, lief er ihr über den Weg. Sam hatte eine Freundin – ein Mädchen aus der Schweiz, das zum Radio wollte. Eines Abends waren Sam und Carolyne beide im *Spy* und beide betrunken, und sie fingen an rumzuknutschen. Dann begegneten sie sich kurz darauf wieder und gingen in Sams Wohnung und schliefen zusammen. Das geschah noch einige Male. Dann wurde seine Freundin ausgewiesen.

Dennoch ging ihre ›Beziehung‹ auf die gleiche Weise weiter. Immer wenn Carolyne und Sam sich begegneten, hatten sie Sex. Einmal traf sie ihn nachts im *System* und holte ihm in einer Ecke einen runter. Dann gingen sie nach draußen und hatten Sex in einer Seitengasse hinter einem Müllcontainer. Danach machte Sam seine Hose zu, küßte sie auf die Wange und sagte: »Ja, also, danke schön. Wir seh'n uns später.« Carolyne bewarf ihn mit Müll. »Ich bin noch nicht fertig mit dir, Samuel«, rief sie ihm hinterher.

Einige Wochen später war Cici im *Casa La Femme*, als sie zwei Typen sah, die sie kannte. Ein unbekannter Dritter war dabei. Er hatte dunkles Haar und trug ein dünnes weißes Sporthemd und eine Khaki-Hose; Cici konnte erkennen, daß er einen tollen Körper hatte. Er schien etwas schüchtern zu sein, und Cici fing an, mit ihm zu flirten. Sie hatte sich gerade die Haare schneiden lassen und schob ständig den Pony aus den Augen und sah zu ihm auf, während sie an ihrem Champagner nippte. Sie wollten alle zur Geburtstagsparty irgendeines Mädchens in einem Loft in SoHo und fragten Cici, ob sie mitkäme. Sie gingen zu Fuß. Cici kicherte und schlingerte dem Typen in die Spur, und irgendwann legte er dann den Arm um sie. »Wie alt bist du?« fragte er.

»Vierundzwanzig.«

»Das perfekte Alter«, sagte er.

»Perfekt? Für was?« wollte Cici wissen.

»Für mich«, sagte er.

»Wie alt bist du?« fragte Cici.

»Sechsunddreißig«, sagte er. Gelogen.

Die Party war ziemlich überfüllt. Bier in Krügen, Wodka und Gin in Plastikbechern. Cici hatte gerade an der Bar ein Bier geholt und wollte trinken, als sie plötzlich von der anderen Seite des Lofts eine Gestalt auf sich zukommen sah. Ein großes Mädchen mit langem dunklem Haar, rotem Lippenstift und – mysteriöserweise – einem langen ›Kleid‹ (wenn man das so nennen kann, dachte Cici), das aus geblümten Chiffontüchern zu bestehen schien. Tausendundeine Nacht ließ grüßen.

Der Typ drehte sich genau in dem Moment um, als sie zu ihnen stieß. »Carolyne!« rief er. »Tolles Kleid.«

»Danke, Sam«, erwiderte Carolyne.

»Ist das der neue Designer, von dem du mir erzählt hast?« fragte Sam. »Der dir ein paar Kleider umsonst machen will, wenn du über ihn schreibst?« Er grinste affektiert.

»Würdest du wohl die Klappe halten!« schrie Carolyne. Sie wandte sich an Cici. »Wer sind Sie, und was haben Sie auf meiner Geburtstagsparty zu suchen?«

»Er hat mich eingeladen«, erwiderte Cici.

»Sie nehmen also einfach Einladungen von den Freunden anderer Frauen an, ja?«

»Carolyne. Ich bin nicht dein Freund«, sagte Sam.

»Ach ja? Du hast nur ungefähr zwanzigmal mit mir geschlafen.

Und was ist mit dem letzten Mal? Wo ich dir im *System* einen runtergeholt habe?«

»Sie haben im *System* ihm einen runtergeholt?« fragte Cici.

»Carolyne. Ich habe schon eine Freundin«, sagte Sam.

»Sie ist ausgewiesen worden. Und jetzt kannst du deine dreckigen Finger nicht von mir lassen.«

»Sie ist wieder da«, sagte Sam. »Sie wohnt bei mir.«

»Du hast eine Freundin?« fragte Cici.

»Du kotzt mich an«, fuhr Carolyne ihn an. »Hau ab und nimm deine billige kleine Schlampe mit.«

»Du hast eine Freundin?« fragte Cici noch einmal. Sie wiederholte es den ganzen Weg die Treppe runter, bis sie draußen auf der Straße standen.

Zwei Wochen später liefen Carolyne und Cici sich in der Toilette eines Clubs über den Weg.

»Ich möchte Ihnen nur sagen, daß ich Sam gesehen habe«, sagte Carolyne und malte ihren roten Lippenstift nach. »Er kam auf Knien angekrochen, ich solle zu ihm zurückkehren. Er meinte, ich sei jenseits.«

»Jenseits von was?« fragte Cici und tat so, als müsse sie ihre Wimperntusche checken.

»Haben Sie mit ihm rumgemacht?« wollte Carolyne wissen. Sie ließ die Kappe ihres Lippenstifts zuschnappen.

»Nein«, sagte Cici. »Ich mache mit überhaupt niemandem rum.«

Und so wurden Carolyne und Cici die besten Freundinnen.

»Ich hasse Miami«

Carrie lernte Cici letztes Jahr um diese Zeit in der *Bowery Bar* kennen. Carrie saß in einer der Sitzecken, es war schon ziemlich spät und sie war ziemlich fertig, und dann kam dieses Mädchen angehüpft und sagte Sachen wie: »Sie sind mein Idol« und »Sie sind so schön« und »Wo haben Sie Ihre Schuhe her, die sind toll«. Carrie fühlte sich geschmeichelt. »Ich will Ihre beste Freundin werden«, sagte Cici mit einer Stimme, die sich an sie schmiegte wie eine Katze. »Kann ich Ihre beste Freundin werden? Bitte?«

»Ähhhm, hören Sie …«

»Cici.«

»Cici«, sagte Carrie, ein wenig streng. »So läuft das nicht.«

»Warum nicht?«

»Weil ich seit fünfzehn Jahren in New York bin. Fünfzehn Jahre und …«

»Oh«, sagte Cici und fiel in sich zusammen. »Aber darf ich Sie anrufen? Ich werde Sie anrufen.« Und dann hüpfte sie an einen anderen Tisch, setzte sich hin, drehte sich um und winkte.

Ein paar Wochen später rief sie Carrie an. »Sie müssen mit uns nach Miami kommen.«

»Ich hasse Miami. Ich würde nicht mal in die Nähe von Miami gehen«, sagte Carrie. »Wenn Sie mich je wieder anrufen und Miami erwähnen, lege ich sofort auf.«

»Sie sind einfach zu lustig«, sagte Cici.

In Miami wohnten Cici und Carolyne bei irgendwelchen reichen Typen, die Carolyne von der Universität Texas her kannte. Am Freitagabend gingen sie alle aus und betranken sich, und Cici knutschte mit einem von den Texanern rum, Dexter. Aber am nächsten Abend nervte er sie schon, weil er dauernd hinter ihr herdackelte und den Arm um sie legte und versuchte, sie zu küssen – als wären sie ein Paar oder so was. »Laß uns hochgehen und es tun«, flüsterte er ihr immer wieder ins Ohr. Cici wollte aber nicht, also fing sie an, ihn zu ignorieren, und Dexter stürmte aus dem Haus. Einige Stunden später kehrte er mit einem Mädchen zurück. »Hi, zusammen«, sagte er und winkte Cici zu, während er mit dem Mädchen durch das Wohnzimmer und die Treppe rauf ging. Das Mädchen blies ihm einen. Dann kamen sie wieder runter, und Dexter machte ein großes Theater daraus, ihre Telefonnummer aufzuschreiben.

Cici lief gerade heulend und kreischend aus dem Haus, als Carolyne mit einem Mietwagen die Auffahrt raufkam. Sie war ebenfalls am Heulen und Kreischen. Sie war Sam begegnet, der zufällig auch in Miami war und ihr vorgeschlagen hatte, mit ihm und einer blonden, blöden Stripperin einen Dreier zu machen. Als Carolyne »verpiß dich« sagte, schmiß er sie am South Beach in den Sand und sagte: »Der einzige Grund, weshalb ich jemals irgendwo mit dir hingegangen bin, war, weil sie auf Partys immer ein Foto von uns gemacht haben.«

Seite sechs!

Zwei Wochen später landete Carolyn in der Klatschspalte ›Seite sechs‹ der *New York Post.* Sie wollte zu einer Party in den *Tunnel,* und als der Türsteher sie nicht reinließ, fing sie an zu schreien; er versuchte, sie zu einem Taxi zu verfrachten, sie schlug ihn, er warf sie zu Boden. Am nächsten Tag ließ sie den Herausgeber des Magazins, für das sie arbeitete, im *Tunnel* anrufen, damit der Typ gefeuert würde, und dann rief sie die ›Seite sechs‹ an. Als die Chose veröffentlicht wurde, kaufte sie zwanzig Exemplare.

Dann wurde Cici aus der Wohnung geworfen, die sie mit einer Anwältin aus Philadelphia teilte – der älteren Schwester einer ihrer High-School-Freundinnen. Die Frau sagte: »Cici, du hast dich verändert. Ich mache mir wirklich Sorgen um dich. Du bist kein netter Mensch mehr, und ich weiß nicht, was ich tun soll.« Cici keifte sie an, daß sie nur eifersüchtig sei, dann quartierte sie sich bei Carolyne auf der Couch ein.

Um diese Zeit herum erschien eine unerfreuliche Notiz über Carrie in einer Klatschspalte. Sie versuchte, sie zu ignorieren, aber dann rief Cici ganz aufgeregt an.

»Omeingott, du bist berühmt«, sagte sie. »Du stehst in der Zeitung. Hast du's gelesen?« Dann fing sie an, es vorzulesen, und es war schrecklich, also begann Carrie, sie anzuschreien. »Hey, ich will dir was sagen. Wenn du in dieser Stadt überleben willst, dann ruf nie-niemals jemanden an und lies ihm etwas Schreckliches über ihn aus der Zeitung vor. Tu einfach so, als hättest du es nie gesehen, okay? Und wenn sie dich fragen, ob du's gesehen hast, dann lügst du und sagst: ›Nein, solchen Blödsinn lese ich nicht.‹ Auch wenn du's tust. Verstanden? Himmel nochmal, Cici«, sagte sie, »auf wessen Seite stehst du eigentlich?« Cici fing an zu weinen, und Carrie legte auf und fühlte sich dann schuldig.

Mr. Überrest

»Ich werde dich einem Typen vorstellen, und ich weiß, daß du dich in ihn verlieben wirst, aber laß es«, sagte Carolyne zu Cici. Also verliebte sie sich.

Ben war ein vierzigjähriger ehemaliger Restaurantbesitzer und Party-Promoter, der bereits zweimal verheiratet gewesen war (tatsächlich war er immer noch verheiratet, aber seine Frau lebte wieder in Florida) und ein Dutzend Entzüge hinter sich hatte. Alle in New York wußten über ihn Bescheid, und wenn sein Name fiel, verdrehten sie die Augen und wechselten das Thema. Nach all seiner Sauferei und Kokserei besaß er noch immer Überreste seiner früheren Reize – Charme, Witz, gutes Aussehen –, und Cici verliebte sich in diese Überreste. Sie verbrachten zwei großartige Wochenenden zusammen, obwohl sie nie richtig miteinander schliefen. Dann gingen sie auf eine Party, er verschwand, und Cici entdeckte ihn, wie er an einem sechzehnjährigen Model herumfummelte, das gerade in die Stadt gekommen war. »Du bist ekelhaft!« schrie sie.

»Ach, *komm schon*«, sagte er. »Du mußt mich doch meine Phantasien ausleben lassen. Ich habe diese Phantasie, es mit einer Sechzehnjährigen zu machen.« Er grinste, und man konnte sehen, daß seine Jacketkronen rissig wurden.

Am nächsten Morgen trudelte Cici unangemeldet in seiner Wohnung ein. Seine dreijährige Tochter war gerade zu Besuch. »Ich hab dir ein Geschenk mitgebracht«, sagte sie und tat so, als sei nichts geschehen. Das Geschenk war ein Hasenbaby. Sie setzte es auf die Couch, und es pinkelte mehrmals darauf.

Unterdessen zog Carolyne so gut wie bei Sam ein. Sie behielt ihre Wohnung, verbrachte aber jede Nacht bei ihm und ließ jedesmal etwas da – Schuhe, Parfüm, Ohrringe, Blusen von der Reinigung, sechs oder sieben verschiedene Tiegel Gesichtscreme. Das ging über drei Monate so. Am Abend vorm Valentinstag explodierte er. »Ich will, daß du verschwindest«, rief er. »Raus!« Er schrie und atmete schwer.

»Das versteh ich nicht«, sagte Carolyne.

»Da gibt es nichts zu verstehen«, sagte Sam. »Ich will nur, daß du und dein Krimskrams sofort von hier verschwinden!« Er riß ein Fenster auf und fing an, ihre Sachen rauszuwerfen.

Carolyne sagte: »Das wirst du mir büßen, Freundchen« und schlug ihn hart auf den Hinterkopf.

Er drehte sich um. »Du hast mich geschlagen.«

»Sam …«

»Ich kann es einfach nicht glauben … Du hast mich geschlagen.« Er wich Schritt für Schritt zurück. »Komm mir nicht zu nahe.« Vorsichtig griff er nach unten und nahm seine Katze hoch.

»Sam«, sagte Carolyne und ging auf ihn zu.

»Bleib, wo du bist«, sagte er. Er packte die Katze so, daß sie alle vier Beine nach vorn strecken mußte, und hielt sie Carolyne wie eine Waffe entgegen. »Ich sagte: bleib stehen!«

»Sam. Sam.« Carolyne schüttelte den Kopf. »Das ist so erbärmlich.«

»Für mich nicht«, sagte Sam. Er eilte in sein Schlafzimmer und wiegte die Katze dabei im Arm. »Sie ist eine Hexe, denkst du nicht auch, Puffy?« fragte er die Katze. »Eine richtige Hexe.«

Carolyne machte ein paar Schritte auf das Bett zu. »Ich wollte dich nicht …«

»Du hast mich geschlagen«, jammerte Sam in einer komischen Kleinjungenstimme. »Du darfst mich niemals schlagen. Schlag Sam nie mehr.«

»Okay …«, meinte Carolyne vorsichtig.

Die Katze strampelte sich frei. Sie rannte über den Teppich. »Komm, miez-miez«, lockte Carolyne. »Na komm. Möchtest du ein bißchen Milch?« Sie hörte, wie der Fernseher anging.

»Er war so gedemütigt«

Carrie hatte Cici und Carolyne so oft versprochen, einmal mit ihnen essen zu gehen, daß sie es eines Tages schließlich auch tun mußte. An einem Sonntagabend. Ihrem einzigen freien Abend. Carolyne und Cici saßen mit übereinandergeschlagenen Beinen da, rührten in ihren Drinks und sahen schmuck aus. Carolyne sprach in ihr Handy. »Ich muß jeden Abend ausgehen, geschäftlich«, sagte Cici und klang gelangweilt. »Ich bin einfach so *müde*, die ganze Zeit.«

Carolyne ließ ihr Handy zuschnappen und sah Carrie an. »Wir müssen heute noch auf diese Party. Downtown. Jede Menge Models. Du solltest mitkommen«, sagte sie, und zwar in einem Tonfall, der Carrie nahelegte, es auf keinen Fall zu tun.

»Na ja, wie *geht's* denn so?« fragte Carrie. »Ihr wißt schon, mit Sam und …«

»Alles okay«, sagte Carolyne.

Cici zündete sich eine Zigarette an und sah in eine andere Richtung. »Sam ist rumgelaufen und hat allen erzählt, daß er und Carolyne nie zusammen geschlafen hätten, obwohl Millionen von Leuten sie haben rumknutschen sehen, also haben wir ihn gedemütigt.«

»Wir fanden heraus, daß er mit diesem Mädchen ausging, das 'ne Geschlechtskrankheit hat, also rief ich ihn an und sagte: ›Sam, bitte, versprich mir – als guter Freund –, daß du nicht mit ihr schläfst‹«, sagte Carolyne.

»Dann sahen wir die beiden in diesem Brunch-Lokal.«

»Wir waren komplett aufgedonnert. Sie trugen Jogginghosen. Wir gingen zu ihnen hin, und sie baten uns um Zigaretten, und wir sagten: ›Zigaretten? Also wirklich! Fragt doch den Ober.‹«

»Wir saßen direkt neben ihnen. Absichtlich natürlich. Sie versuchten immer wieder, mit uns ins Gespräch zu kommen, aber Carolyne telefonierte ständig mit ihrem Handy. Dann sagte ich: ›Sam, wie geht's dem Mädchen, mit dem ich dich letzte Woche gesehen habe?‹«

»Es war ihm schrecklich peinlich. Wir schickten ihm kleine Zettelchen, auf denen stand ›Herpes simplex 19‹.«

»Gibt es Herpes simplex 19?« wollte Carrie wissen.

»Nein«, sagte Cici. »*Verstehst* du denn nicht?«

»Ach so«, sagte Carrie. Sie sagte eine Minute lang gar nichts mehr, während sie sich in Ruhe eine Zigarette anzündete, und dann sagte sie: »Was stimmt nicht mit euch?«

»Wieso?« fragte Cici. »Das einzige, was mir wichtig ist, ist meine Karriere. Wie bei dir. Du bist mein *Idol*.«

Die beiden Mädchen sahen auf ihre Armbanduhren. Dann sahen sie sich an.

»Du entschuldigst uns doch«, sagte Cici. »Wir müssen auf diese Party.«

16

In der Schwitze der Nacht Manhattans Spezialausgabe der Sommerschwüle erzeugt Gehsteigphantasien, Trinkgelage, Schlafzimmergefechte und vollklimatisierte Alpträume

Im August ist New York eine völlig andere Stadt. Als ob man irgendwo in Südamerika lebt, mit einem korrupten und betrunkenen Diktator, himmelwärtsstrebender Inflation, Drogenkartellen, staubbedeckten Straßen, verstopften Abflußrohren – wo nichts je besser wird und der Regen niemals kommt.

In dieser Hitze zerfließt die Psyche der meisten New Yorker. Schlechte Gedanken und schlechte Gefühle blubbern an die Oberfläche. Sie führen zu einer bestimmten Art von schlechtem Benehmen, auf das die New Yorker sich spezialisiert haben. Es ist verschwiegen. Es ist boshaft. Beziehungen zerbrechen. Menschen, die nicht zusammen sein sollten, kommen zusammen.

Die Stadt läuft heiß. Ein fünfunddreißig Grad heißer Tag folgt dem anderen. Alle sind gereizt.

In der Hitze kann man niemandem mehr trauen, am wenigsten sich selbst.

Carrie liegt um acht Uhr morgens in Mr. Bigs Bett. Sie glaubt nicht, daß sie sich beruhigen wird. Tatsächlich ist sie verdammt sicher, daß sie sich nicht beruhigen wird. Sie heult hysterisch in die Kissen.

»Carrie. Beruhige dich. Beruhige dich«, befiehlt Mr. Big. Sie rollt herum, und ihr Gesicht ist eine groteske, verschmierte Maske.

»Alles wird wieder gut. Ich muß jetzt zur Arbeit. Jetzt gleich. Du hältst mich von der Arbeit ab.«

»Kannst du mir helfen?« fragt Carrie.

»Nein«, sagt er und stöpselt goldene Manschettenknöpfe durch die Löcher seiner gestärkten Manschetten. »Du mußt dir selbst helfen. Überleg dir was.«

Carrie zieht sich, immer noch weinend, die Bettdecke über den Kopf. »Ruf mich in ein paar Stunden an«, sagt er und geht aus dem Zimmer. »Ciao.«

Zwei Minuten später ist er wieder da. »Ich hab meine Zigarren vergessen«, sagt er und beobachtet sie, während er durchs Zimmer geht. Sie ist jetzt ruhig.

»Ciao«, sagt er. »Ciao, ciao.«

Es ist der zehnte Tag andauernder Hitze und Luftfeuchtigkeit.

Mr. Bigs Hitzeritual

Carrie verbringt zu viel Zeit bei Mr. Big. Er hat eine Klimaanlage. Sie hat auch eine, aber ihre ist kaputt. Sie entwickeln ein kleines Ritual. Ein Hitzeritual. Falls sie nicht zusammen aus waren, ruft Mr. Big jede Nacht um elf Uhr an.

»Wie geht's in deiner Wohnung«, fragt er.

»Es ist heiß«, sagt sie.

»Und was machst du?«

»Ich schwitze.«

»Willst du rüberkommen und hier schlafen?« fragt er, fast ein wenig schüchtern.

»Sicher, warum nicht?« Sie gähnt.

Dann saust sie durch die Wohnung, stürmt aus der Tür (vorbei am Nachtportier, der ihr immer abfällige Blicke zuwirft) und springt in ein Taxi.

»Oh, hiiii«, sagt Mr. Big, wenn er die Tür aufmacht – nackt. Er sagt es ganz verschlafen, so als wäre er überrascht, sie zu sehen.

Dann gehen sie ins Bett. Letterman oder Leno. Mr. Big hat eine einzige Brille. Sie tragen sie abwechselnd.

»Hast du je daran gedacht, eine neue Klimaanlage einbauen zu lassen?« fragt Mr. Big.

»Ja«, sagt Carrie.

»Für ungefähr hundertfünfzig Dollar kannst du eine neue kriegen.«

»Ich weiß. Das hast du mir schon gesagt.«

»Na ja, es ist nur so, daß du nicht jede Nacht hier schlafen kannst.«

»Mach dir keine Sorgen«, sagt Carrie. »Die Hitze stört mich nicht.«

»Ich will nicht, daß du schwitzt. In deiner Wohnung, meine ich«, sagt Mr. Big.

»Wenn du mich nur herkommen läßt, weil ich dir leid tue, dann laß es«, sagt Carrie. »Ich will nur kommen, wenn ich dir fehle. Wenn du ohne mich nicht schlafen kannst.«

»Oh, du fehlst mir. Sicher. Natürlich fehlst du mir«, sagt Mr. Big. Und wenige Sekunden später: »Hast du genug Geld?«

Carrie sieht ihn an. »Reichlich«, sagt sie.

»Rangusten«

Diese Hitzewelle hat etwas. Sie lockert dich auf. Du fühlst dich fast betrunken, obwohl du's nicht bist. In der Upper East Side spielen Newberts Hormone verrückt. Er will ein Baby. Im Frühjahr hatte seine Frau Belle ihm gesagt, sie wolle nicht schwanger werden, weil sie sich dann im Sommer nicht im Badeanzug sehen lassen könne. Jetzt sagt sie, sie könne im Sommer auch nicht schwanger werden, weil sie in dieser Hitze die morgendliche

Übelkeit nicht ertragen würde. Newbert weist sie darauf hin, daß sie als Investment Bankerin ihre Tage hinter den grünen Fenstern eines vollklimatisierten Büroturms verbringt. Ohne Erfolg.

Newbert indessen verbringt seine Tage damit, in zerrissenen Boxershorts durch die Wohnung zu streifen und auf den Anruf seines Agenten zu warten, ob sein Roman irgendwo angenommen wurde. Er sieht Talkshows. Popelt mit stumpfen Gegenständen an seiner Nagelhaut herum. Ruft Belle zwanzigmal am Tag an. Sie ist immer lieb. »Hallo, Stinker«, sagt sie.

»Was hältst du von der Revlon Edelstahl-Pinzette mit den spitz zulaufenden Armen?« fragt er.

»Ich finde, sie klingt toll«, erwidert sie.

Eines Abends während der Hitzewelle hat Belle ein Geschäftsessen mit Kunden. Japaner. Viel Verbeugen und Händegeschüttel, und danach gehen sie allesamt – Belle und fünf Männer in dunklen Anzügen – zu *City Crab*. Mitten unterm Essen taucht unerwartet Newbert auf. Er ist schon ziemlich betrunken und sieht aus, als wolle er zum Campen gehen. Er beschließt, seine eigene Version des englischen Morris-Tanzes darzubieten. Er nimmt Stoffservietten, stopft sie sich in die Taschen seiner khakifarbenen Wanderhosen und behält zwei in den Händen. Dann tänzelt er ein paar Schritte vorwärts, hebt einen Fuß nach vorn, tänzelt ein paar Schritte rückwärts, hebt einen Fuß nach hinten. Er fügt ein paar wilde Hüpfer zur Seite hinzu, die in keinem echten Morris-Tanz zu finden wären.

»Ach, das ist nur mein Mann«, erklärt Belle ihren Kunden, als würden Dinge dieser Art andauernd passieren. »Er amüsiert sich gern.«

Newbert zieht eine kleine Kamera hervor und fotografiert die Kunden. »Sagt alle schön ›Rangusten‹!«

Kannibalen im *Le Zoo*

Carrie geht zum Abendessen in dieses neue Restaurant, *Le Zoo* – mit einem Haufen Leute, die sie gar nicht genau kennt, darunter auch das neue männliche Sexsymbol, Ra. Das Restaurant hat ungefähr drei Tische und zu viele Reservierungen angenommen, also stehen alle draußen auf dem Gehsteig. Immer wieder werden Weinflaschen rausgebracht, und bald findet auf der Straße eine Party statt. Es ist noch am Anfang der neuen Hitzewelle, und die Leute sind nett: »Oh, Sie wollte ich immer schon kennenlernen.« »Wir müssen unbedingt zusammen arbeiten.« »Wir müssen uns öfter treffen.« Carrie redet mit jedem und haßt niemanden. Hat zur Abwechslung einmal das Gefühl, daß niemand sie haßt.

Drinnen im Restaurant sitzt Carrie dann zwischen Ra und seiner Managerin. Jemand von der *New York Times* läuft rum und fotografiert ständig. Ra sagt nicht viel. Er starrt in die Gegend, befummelt seinen Ziegenbart und nickt mit dem Kopf. Nach dem Essen geht Carrie mit Ra in das Haus der Managerin, um zu rauchen. Es scheint in diesem Moment das richtige zu sein, im Sommer, in der Hitze. Das Zeug ist stark. Es ist spät. Sie bringen Carrie zu einem Taxi.

»Wir nennen das hier die Flugzone«, sagt die Managerin und starrt Carrie an.

Carrie glaubt, sie wüßte tatsächlich, wovon sie spricht, was die ›Flugzone‹ ist und warum sie plötzlich alle zusammen da sind.

»Warum kommst du nicht her und lebst mit uns in der Flugzone?« fragt Ra.

»Ich würde ja gern«, sagt Carrie und meint es auch so, denkt aber gleichzeitig: Ich muß nach Hause.

Sie fährt Richtung Uptown, aber bevor sie zu Hause ankommt, sagt sie: »Halten Sie an.« Sie steigt tatsächlich aus und geht zu Fuß. Sie denkt immer noch: Ich muß nach Hause. Die Stadt ist heiß. Sie fühlt sich stark. Wie ein Raubtier. Ein paar Schritte vor ihr geht eine Frau den Bürgersteig entlang. Sie trägt ein weites weißes Hemd, wie eine weiße Fahne, und es macht Carrie ganz verrückt. Sie kommt sich plötzlich vor wie ein Haifisch, der Blut wittert. Sie stellt sich vor, die Frau zu töten und aufzufressen. Es ist erschreckend, wie sehr sie diese Vorstellung genießt.

Die Frau merkt nicht, daß sie verfolgt wird. Sie wackelt selbstvergessen den Bürgersteig entlang. Carrie stellt sich vor, wie sie ihre Zähne in das weiche, weiße Fleisch der Frau gräbt. Die Frau hat selber schuld, sie sollte abnehmen oder irgendwas. Carrie bleibt stehen und geht in ihr Wohnhaus.

»Guten Abend, Miss Carrie«, sagt der Portier.

»Guten Abend, Carlos«, sagt Carrie.

»Alles in Ordnung?«

»Ja, alles okay.«

»Dann gute Nacht«, sagt Carlos. Er lächelt.

»Gute Nacht, Carlos.« Sie lächelt zurück und zeigt dabei alle ihre Zähne.

Gänseblümchen und Zellulite

In der Hitze nach draußen zu gehen, ist schlimm. Aber drinnen zu bleiben, allein, ist schlimmer.

Kitty liegt in der großen Wohnung an der Fifth Avenue herum, die sie mit ihrem Freund Hubert bewohnt, einem fünfundfünfzigjährigen Schauspieler. Hubert plant ein Comeback. Er dreht in Italien mit einem hippen, jungen Regisseur einen Film, und dann geht er nach L. A., um den Pilotfilm zu einer Fernsehserie zu drehen. Kitty will dann auch mit ihm nach L. A. gehen. Sie denkt: Ich bin erst fünfundzwanzig. Ich bin zu jung für das hier.

Um fünf klingelt endlich das Telefon.

»Hallo, Kitty?«

»Jaaaaaa?« Es ist ein Mann.

»Ist Hubert da?«

»Neeeiiin.«

»Oh. Hier ist Dash.«

»Dash«, wiederholt Kitty etwas verwirrt. Dash ist Huberts Agent. »Hubert ist in Italien«, sagt sie.

»Ich weiß«, sagt Dash. »Er hat mich gebeten, Sie anzurufen und mit Ihnen auszugehen, wenn ich in der Stadt bin. Er dachte, Sie könnten vielleicht einsam sein.«

»Ich verstehe«, sagt Kitty. Sie denkt, daß er vermutlich lügt, und ist gespannt.

Sie treffen sich um zehn in der *Bowery Bar.* Stanford Blatch ist auch dabei. Er ist ein Freund von Dash, aber eigentlich ist Stanford jedermanns Freund.

»Stanford«, sagt Dash. Er lehnt sich auf der Bank zurück. »Wo geht man jetzt so hin? Ich möchte sichergehen, daß mein Schützling sich heute amüsiert. Ich glaube, sie langweilt sich hier.«

Die Männer sehen sich an. »Mir gefällt's im *Blue Angel*«, sagt Stanford. »Aber ich hab natürlich auch einen ausgefallenen Geschmack.«

»Dann gehen wir ins *Blue Angel*«, sagt Dash.

Das Lokal befindet sich irgendwo in SoHo. Sie gehen rein, und es ist eine schäbige Bude mit Sperrholzpodesten für tanzende Mädchen. »Schäbig ist diesen Sommer ganz in«, sagt Stanford.

»Ich bitte dich. Ich mache schon seit Jahren auf schäbig«, sagt Dash.

»Ich weiß. Du bist der Typ, der am Autotelefon sagt: ›Ach, könntest du bitte einen Moment dranbleiben? Ich kriege grad auf dem Palisades Parkway in Santa Monica einen geblasen und bin kurz vorm Kommen.‹«, sagt Stanford.

»Nur auf dem Sunset Boulevard«, entgegnet Dash.

Sie setzen sich direkt vor eins der Podeste. Kurze Zeit später kommt eine Frau heraus. Sie hat einen Strauß Gänseblümchen in der Hand, der aussieht, als hätte sie ihn zwischen Pflastersteinen herausgepflückt. Sie ist ganz und gar nackt. Sie ist außerdem spindeldürr und hat Zellulite. »Wenn du ein dürres Mädchen mit Zellulite siehst, dann weißt du, daß etwas nicht stimmt«, flüstert Kitty Dash ins Ohr.

Dash sieht sie an und lächelt nachsichtig. Okay, das kriege ich in den Griff, denkt Kitty.

Die Frau schnappt sich eine Federboa und fängt an zu tanzen. Sie rupft die einzelnen Blütenblätter heraus. Sie ist schweißüberströmt. Sie legt sich hin und rollt auf dem dreckigen Podest herum, und als sie wieder aufsteht, kleben Hühnerfedern, Blütenblätter und Staubflusen an ihrem Körper. Dann spreizt sie die Beine und schmeißt sich direkt vor Kittys Gesicht. Kitty ist überzeugt, daß sie die Frau riechen kann. Aber sie denkt: Okay, ich hab's überlebt.

Dann kommt ein lesbisches Pärchen auf die Bühne. Sie ziehen eine Show ab. Die kleinere von ihnen stöhnt. Dann fängt die größere an, sie zu würgen. Kitty kann sehen, wie der Kleinen die Adern aus dem Hals treten. Sie wird wirklich gewürgt. Ich bin in einem Snuff-Club! denkt Kitty. Stanford bestellt noch ein Glas Weißwein.

Die große Frau packt die kleine an den Haaren und zieht. Kitty überlegt, ob sie eingreifen soll. Die Haare gehen ab, und unter der Perücke trägt die Frau einen fuchsiafarbenen Bürstenschnitt.

»Die Show ist vorbei«, sagt Dash. »Gehen wir nach Hause.«

Draußen ist es immer noch heiß. »Was zum Teufel sollte das?« fragt Kitty.

»Was hast du erwartet?« fragt Dash zurück.

»Ciao, Kitty«, sagt Stanford schadenfroh.

Der Knall

Am zehnten Tag der Hitzewelle hatte Carrie sich mittlerweile zu sehr an Mr. Big angehängt. Viel zu sehr. Das war die Nacht, in der sie ausflippte. Alles fing harmlos an: Mr. Big ging allein zu einem Geschäftsessen. Zunächst kein Problem. Carrie besuchte ihre Freundin Miranda. Sie wollten vor der Klimaanlage sitzen und aufgezeichnete Folgen von *Central Park West* anschauen. Aber dann fingen sie an zu trinken. Und Miranda rief ihren Drogendealer an. Und so weiter. Carrie hatte Miranda eine Zeitlang nicht gesehen, weil sie so sehr mit Mr. Big beschäftigt gewesen war, also fiel Miranda über sie her.

»Ich würde ihn gern mal kennenlernen, weißt du. Warum kenne ich ihn noch nicht? Warum habe ich dich so lange nicht gesehen?« Dann ließ sie die Bombe platzen. Miranda erzählte, sie kenne ein Mädchen, das im ersten Monat, als Mr. Big mit Carrie ausgegangen war, ebenfalls mit Mr. Big ausgegangen war.

»Ich dachte, er hätte sie nur einmal getroffen«, sagte Carrie.

»O nein. Sie haben sich ein paarmal getroffen. *Ein paarmal.* Darum habe ich dich einen ganzen Monat lang nicht angerufen. Ich wußte nicht, ob ich es dir sagen soll oder nicht.«

»Ich finde, das ist ein starkes Stück«, sagte Carrie.

Am nächsten Morgen, nachdem Carrie ausgeflippt war und in Mr. Bigs Bett lag, versuchte sie darüber nachzudenken, was sie eigentlich wollte. Das Leben schien sich verändert zu haben, aber hatte es das wirklich? Sie denkt: Ich bin immer noch nicht verheiratet. Ich habe immer noch keine Kinder. Wird es je geschehen?

Wann?

Entweder sind's Drogen in der ›Flugzone‹ oder es ist Mr. Big, denkt sie. ›Flugzone‹ oder Mr. Big.

Am Nachmittag schickt Mr. Big ihr Blumen. Auf der Karte steht: »Alles wird wieder gut. In Liebe, Mr. Big.«

»Warum hast du mir Blumen geschickt?« fragt Carrie ihn später. »Das war so lieb.«

»Ich wollte, daß du weißt, daß dich jemand liebt«, sagt Mr. Big.

Einige Tage später, am Wochenende, fahren Carrie und Mr. Big zu seinem Haus in Westchester, damit Mr. Big Golf spielen kann. Er startet schon früh am Morgen. Carrie steht spät auf, kocht Kaffee. Sie geht nach draußen und geht durch den Garten. Sie geht bis ans Ende der Straße. Geht zurück. Geht wieder ins Haus und setzt sich hin.

»Und was mache ich jetzt?« denkt sie und versucht, sich Mr. Big auf dem Golfplatz vorzustellen, wie er Golfbälle über unmögliche Entfernungen schlägt.

17

Männerfang in Manhattan: Ein Kurs für Fortgeschrittene

Vor ein paar Monaten erschien in der *New York Times* eine Anzeige, daß ›Cindy Ryan‹ geheiratet hat. An dieser Anzeige war nichts besonders Interessantes oder Ungewöhnliches, außer für die Leute, die Cindy gekannt und den Kontakt zu ihr verloren hatten, wie ich etwa. Diese Neuigkeit war umwerfend. Cindy hatte geheiratet! Mit vierzig! Das war geradezu inspirierend.

Cindy, müssen Sie wissen, war eine dieser New Yorker Frauen, die seit Jahren versucht hatten, geheiratet zu werden. Wir alle kennen sie. Das sind die Frauen, über die wir in den letzten zehn Jahren gelesen haben, die attraktiv aussehen (nicht notwendigerweise schön) und anscheinend imstande sind, alles zu bekommen – außer einen Ehemann. Cindy akquirierte Anzeigen für ein Automagazin. Sie kannte sich mit Stereoanlagen aus. Sie war so wichtig wie ein Mann. Sie konnte schießen und allein verreisen (einmal mußte sie auf dem Weg zum Flughafen einen betrunkenen Taxifahrer k. o. schlagen, ihn auf den Rücksitz werfen und selbst zum Flughafen fahren). Sie war nicht unbedingt die weiblichste aller Frauen, aber an Männern mangelte es ihr nie.

Sie wurde jedoch mit jedem Jahr älter, und immer wenn ich sie auf der Cocktailparty eines alten Freundes traf, erheiterte sie mich und alle anderen mit Geschichten über den Großmotz, der nochmal davongekommen war. Den Kerl mit der Yacht. Den berühmten Künstler, der ohne einen Pinsel im Hintern keinen Steifen bekam. Den Konzernchef, der in Häschenpantoffeln zu Bett ging.

Und wir konnten nicht anders. Wir sahen sie an und empfanden eine Mischung aus Bewunderung und Abscheu. Wir gingen weg und dachten: Sie wird nie einen Mann finden. Und wenn doch, dann einen langweiligen Bankdirektor aus New Jersey. Und außerdem ist sie zu alt. Dann gingen wir nach Hause und legten uns ins Bett, und die ganze Sache spukte uns immer wieder durch den Kopf, bis wir unsere Freundinnen anrufen und ganz gemein sagen mußten: »Schätzchen, wenn ich jemals so ende wie sie, dann erschieß mich bitte, ja?«

Tja, und dann? Wir hatten uns geirrt. Cindy hat doch geheiratet. Er ist nicht der Typ, bei dem sie dachte, daß sie einmal landen würde, aber sie ist so glücklich wie noch nie in ihrem Leben.

Die alten Zeiten sind langsam vorbei. Die Zeiten, sich über blöde Männer zu beschweren. Die Zeiten, alle halbe Stunde den Anrufbeantworter abzuhören, ob ein Mann angerufen hat. Die Zeiten, sich wie Heim-, Herd- und Garten-Päpstin Martha Stewart mit ihrem lausigen Liebesleben zu fühlen, auch wenn sie auf dem Titelblatt von *People* zu sehen ist.

Ja, es wird letztendlich Zeit, einen Mann in Manhattan zu heiraten, und das beste daran ist, daß es machbar ist! Also entspannen Sie sich. Sie haben genug Zeit. Und Martha: Paß auf!

Drei Kaschmirpullover

Es ist Wochenende im Herbst, und es regnet. Carrie und Mr. Big sind in ihrem Stammrestaurant in Bridgehampton. Es ist voll, was ziemlich nervt, und der Oberkellner, der ihnen immer einen Tisch gibt, ist nicht da. Also essen Carrie und Mr. Big eng gedrängt an der Bar. Zuerst wollten sie diese neue Idee ausprobieren, die sie an Mr. Bigs Geburtstag schon mal ausprobiert hatten – vier Vorspeisen bestellen, wie beim chinesischen Essen.

Aber Mr. Big will genau das gleiche essen wie Carrie, und am Ende bestellen sie zweimal dasselbe.

»Macht's dir was aus?« fragt Mr. Big.

»Nein, nein, macht nichts«, sagt Carrie mit dieser lächerlichen

Babystimme, in der sie jetzt praktisch immerzu miteinander reden.

»Da seid ihr zwei ja.« Sie drehen sich um, und da steht Samantha Jones und sieht aus, als hätte sie drei Kaschmirpullover um den Hals gewickelt. »Ich dachte mir, daß ihr hier sein könntet«, sagt sie. Mr. Big brummt: »M-hm.« Sam und Mr. Big mögen sich nicht besonders. Einmal, als Sam fragte warum, erklärte Carrie, es käme daher, weil Sam immer gemeine Sachen zu ihr sagt und Big das nicht mag. Sam schnaubte und sagte: »Ich glaube, du kannst allein auf dich aufpassen.«

Sam fängt an, über Kinofilme zu reden, und Carrie hat keine Wahl – sie muß auch über Kinofilme reden. Mr. Big redet nicht gern über Kinofilme. Carrie wünscht sich langsam, daß Sam verschwindet, damit sie mit Mr. Big allein über ihr neues Lieblingsthema reden kann: irgendwann nach Colorado zu ziehen. Sie kommt sich schlecht vor, weil sie sich wünscht, daß Sam verschwinden soll, aber wenn man mit einem Mann zusammen ist, dann ist das eben manchmal so, und man kann nicht anders.

Flaue Vögel, Verrückte und Verlierer

»David P. war der Auslöser«, sagte Trudie. Trudie ist die Chefredakteurin eines Teenager-Magazins für Mädchen. Sie ist einundvierzig, aber manchmal sieht sie aus wie süße sechzehn mit ihren großen blauen Augen und den schwarzen Haaren.

Sie lehnte sich in ihrem Sessel zurück und deutete auf ein Buchregal, in dem sich die Bilderrahmen drängten. »Ich nenne es die ›Trudie und …‹-Sammlung«, sagte sie. »Das sind Fotos von mir und all den Verlierern, mit denen ich zusammen war. Ich katalogisiere gern. Ich hatte mich mal auf die Zwei-Jahres-Beziehung spezialisiert. Ich tat alles, damit sie funktionierte. Paartherapie. Stundenlange Gespräche über Bindungsängste. Kämpfe. Und dann erkannte ich … weißt du, was? Ich werde mich nicht für einen vierzigjährigen Typen umkrempeln lassen, der Frauen haßt. Das ist – nicht – mein – Problem.

Ich setzte mir eine Frist. Ich sagte mir, bis ich vierzig bin, muß ich verheiratet sein. Ich war gerade mit David P. liiert. Er war fünfzig und nicht treu. Ich sagte ihm, ich wolle heiraten. Er hatte ständig irgendwelche Ausreden. Hielt mich hin. ›Laß uns noch nach China fahren, und wenn wir zurück sind, dann planen wir das‹, sagte er. Und dann waren wir in Venedig, im Gritti Palace, in einem dieser Zimmer mit hölzernen Fensterläden, die auf den Canal Grande rausgehen. ›Seien wir mal ehrlich‹, sagte er. ›Du wirst in Manhattan niemanden finden, der heiraten will. Warum lassen wir es also nicht so, wie es ist?‹ Da hab ich ihn dann verlassen.«

Als Trudie nach Manhattan zurückkam, grub sie all ihre alten Filofaxe aus und rief jeden Mann an, den sie je in Manhattan kennengelernt hatte. »Wirklich, jeden einzelnen: all die Typen, die ich abgehakt hatte, weil ich sie für flaue Vögel, Verrückte oder Verlierer gehalten oder weil sie nicht genug Haare gehabt hatten.«

»Der Name meines Mannes stand auch auf der Liste – er war der letzte«, fuhr Trudie fort. »Ich erinnere mich noch, daß ich dachte: Wenn's mit dem nicht klappt, dann weiß ich nicht, was ich noch tun soll.« (Dies sagte sie natürlich mit der typischen Bescheidenheit der New Yorker Frauen, denn New Yorker Frauen wissen immer, was sie tun sollen.) Tatsache ist, daß Trudie dreimal mit ihrem zukünftigen Ehemann zum Essen ging (da wußte sie aber noch nicht, daß es ihr zukünftiger Ehemann war) und er dann für zwei Monate nach Rußland flog. Es war Sommeranfang, und Trudie fuhr in die Hamptons und vergaß ihn. Tatsächlich fing sie an, mit zwei anderen Männern auszugehen.

Trudie lächelte und begutachtete ihre Fingernägel. »Okay, er meldete sich am Ende des Sommers, und wir fingen wieder an, uns zu treffen. Aber der entscheidende Punkt ist, daß du bereit sein mußt, einen Kerl zu jedem beliebigen Zeitpunkt zu verlassen. Du mußt dich auf die Hinterbeine stellen. Sie dürfen nicht denken, daß du die arme, leidende kleine Frau bist, die ohne sie nicht leben kann. Weil es nicht stimmt. Du kannst es.«

Wenn es darum geht, in Manhattan einen Mann zu heiraten, gibt es zwei Regeln. »Du mußt lieb sein«, sagte Lisa, 38, Korrespondentin für eine Nachrichtenshow. »Aber gleichzeitig«, so sagte Britta, Fotoreporterin, »darfst du ihnen nichts durchgehen lassen.«

Für diese Frauen ist das Alter ein Vorteil. Wenn eine Frau bis Mitte, Ende Dreißig als Single in New York überlebt hat, stehen die Chancen gut, daß sie ein, zwei Dinge darüber weiß, wie sie das bekommt, was sie will. Wenn also eine dieser New Yorker Frauen einen Mann als potentiellen Ehemann anvisiert, hat er für gewöhnlich wenig Chancen, ihr zu entkommen.

»Du mußt vom ersten Tag an darauf hinarbeiten«, sagte Britta. »Am Anfang wußte ich nicht, daß ich meinen Mann heiraten wollte. Ich wußte nur, daß ich ihn wollte und daß ich alles tun würde, um ihn zu kriegen. Und ich wußte, ich würde es schaffen.

Du darfst nicht wie diese dummen Mädchen sein, die nur reiche Typen heiraten wollen«, fuhr sie fort. »Du mußt ein bißchen berechnend sein. Du mußt immer mehr erwarten, als du schon hast. Nimm Barry (ihren Ehemann). So gräßlich er es auch fand, aber er wollte kein typisches Mädchen, die ihn machen ließ, wie er wollte. Wenn ihn jetzt eine bekäme, könnte sie sich wirklich glücklich schätzen. Er ist schlau, er ist süß, er kocht und putzt. Und weißt du was? Jeden Schritt auf dem Weg dorthin fand er gräßlich.«

Vor Barry war Britta die Art von Frau gewesen, die den Mann, mit dem sie ausging, zum Zigarettenholen schickte und sich dann mit einem anderen durch die Hintertür aus dem Staub machte. »Einmal rief ich Barry vom Gipfel eines Berges in Aspen aus an und machte ihn zehn Minuten lang nieder, weil er sich für Silvester mit einer anderen verabredet hatte. Na ja, das war erst einen Monat, nachdem wir uns kennengelernt hatten, aber trotzdem.«

Danach wurde Barry einigermaßen handsam, bis auf zwei etwas heikle Probleme. Er sah gern anderen Frauen nach, und er beklagte sich gelegentlich, nicht genügend Freiraum zu haben, besonders nachdem sie bei ihm eingezogen war. »Na ja, zunächst einmal sorgte ich dafür, daß wir jede Menge Spaß hatten«, sagt Britta. »Ich kochte. Wir nahmen beide fünfzehn Kilo zu. Wir ließen uns zusammen vollaufen. Wir beobachteten uns gegenseitig beim Vollaufen-lassen. Wir kümmerten uns um den anderen, wenn wir kotzen mußten.

Du mußt unerwartete Dinge tun. Wie einmal, als er nach Hause kam und ich überall Kerzen aufgestellt hatte und ihm ein Fertiggericht servierte. Dann hab ich ihn eine Zeitlang Klamotten von mir anziehen lassen. Aber du mußt diese Männer ständig beobachten. Es tut mir leid, aber achtzig Prozent ihrer Zeit verbringen sie ohne dich. Wenn sie mit dir zusammen sind, dann sollen sie gefälligst aufmerksam sein. Warum sollten sie sich nach einer anderen umdrehen, wenn sie mit dir essen sind? Einmal, als Barrys Blick wieder einmal abschweifte, schlug ich ihm so hart über den Kopf, daß er beinahe vom Stuhl gefallen wäre. Ich sagte: ›Nimm die Zunge wieder in den Mund und den Schwanz zwischen die Beine und iß deinen Teller leer.‹«

Ihn zu halten, ist jedoch eine ganz und gar andere Geschichte. »Frauen in dieser Stadt ist es egal, ob ein Mann verheiratet oder verlobt ist«, sagte Britta. »Sie wollen ihn trotzdem. Du mußt immer und überall auf der Hut sein.«

Manchmal scheint Mr. Big sich zurückzuziehen, und dann ist nur die Oberfläche noch Mr. Big. Freundlich zu jedermann. Vielleicht ist ›leutselig‹ das bessere Wort. Immer perfekt gekleidet. Weiße Manschetten. Goldene Manschettenknöpfe. Passende Hosenträger (auch wenn er fast nie sein Jackett auszieht). Er ist nicht einfach, wenn er auf diese Betriebsart umgestellt hat. Carrie tat sich schwer mit Leuten, die ihrer Meinung nach zu konservativ waren. Sie war das nicht gewohnt. Sie war es gewohnt, daß die Leute betrunken waren und Drogen nahmen (oder nicht nahmen). Mr. Big drehte durch, wenn Carrie so unmögliche Dinge sagte wie: »Ich trage keine Unterwäsche«, auch wenn sie es tat. Carrie fand auch, daß Mr. Big anderen Frauen gegenüber zu freundlich war, insbesondere gegenüber Models. Manchmal, wenn sie ausgingen, kam ein Fotograf und fragte: »Würde es Ihnen etwas ausmachen?« und bedeutete Mr. Big dann, sich mit einem Model fotografieren zu lassen. Es war beleidigend. Einmal setzte sich ein Model auf seinen Schoß, und Carrie drehte sich um und sagte: »Ich muß gehen«, und machte ein stinksaures Gesicht.

»Ach, komm schon«, sagte Mr. Big.

Carrie sah das Model an. »Entschuldigung, aber Sie sitzen auf dem Schoß meines Freundes.«

»Ich stütze mich nur ab«, sagte das Model. »Das ist ein großer Unterschied.«

»Du mußt lernen, damit klarzukommen«, sagte Mr. Big.

Vergleiche

Rebecca, 39, eine Journalistin, die letztes Jahr geheiratet hat, erinnert sich an einen Moment, als sie die Telefonnummer einer anderen zwischen den Visitenkarten ihres Banker-Freundes fand.

»Ich rief die Nummer an und fragte die Schlampe geradeheraus, was Sache war«, sagte Rebecca. Die Frau verriet ihr tatsächlich, daß Rebeccas Freund sie zum Essen eingeladen hatte. »Ich bin ausgerastet. Ich schrie sie nicht an, aber ich hab mich aufgeführt wie in einer dieser Seifenopern im Spätprogramm. Ich hab ihr doch tatsächlich gesagt, sie solle die Finger von meinem Freund lassen und ihn nie wieder anrufen. Sie sagte: ›Sie haben einen tollen Typen erwischt, Sie sollten nett zu ihm sein.‹ Ich sagte: ›Na, wenn er so toll ist, wieso hat er Sie dann angerufen, wo er doch mit mir zusammenlebt?‹

Dann rief ich ihn an. Er hatte tatsächlich den Nerv, mich anzuscheißen, weil ich ›in seine Privatsphäre eingegriffen‹ hätte. Ich sagte: ›Eins kannst du dir merken, Freundchen. Wenn du mit mir zusammen bist, gibt es keine Privatsphäre.‹ Zwei Tage lang war ich sicher, daß es aus sei zwischen uns. Dann kamen wir darüber hinweg, und drei Monate später hielt er um meine Hand an.«

Es gibt andere Methoden. Nachdem Lisa zwei Monate lang mit ihrem zukünfitgen Ehemann Robert ausgegangen war, fing er an, sich zu winden.

»Wie denkst du darüber, wenn ich mit anderen ausgehe?« wollte er wissen.

»Ich finde, du solltest ruhig Vergleiche anstellen«, antwortete Lisa supercool. »Wie sollst du sonst wissen, was du an mir hast? Ich bin keine Gefängniswärterin.«

Das haute ihn von den Socken.

»Es geht immer ums Selbstwertgefühl«, meinte Lisa. »Männer müssen das Gefühl haben, daß es Grenzen gibt und du nicht alles hinnimmst.«

Ein wohlbekanntes Problem ist das Zusammenwohnen, ehe du einen Typen heiraten willst, wenn ihm dann nicht einfällt, dich überhaupt zu fragen, ob du ihn heiraten willst. Hier kann schnell Abhilfe geschaffen werden. »Ich hab da grad eine Geschichte gehört«, erzählt Marguerite. »Frau, lebt schon ein Jahr mit Typ zusammen. Eines Morgens wacht sie auf. ›Werden wir heiraten?‹ Typ sagt nein. Sie sagt: ›Dann zieh sofort aus.‹ Noch an dem Wochenende bittet er sie um ihre Hand.«

»Einer der größten Fehler, den Frauen begehen, ist, daß sie nicht von Anfang an übers Heiraten sprechen«, sagte Lisa.

Ich sollte gehen

Ich ertrage es nicht mehr, denkt Carrie, als sie eines Morgens aufwacht. Sie liegt da und beobachtet Mr. Big, bis er die Augen aufschlägt. Anstatt sie zu küssen, steht er auf und geht ins Badezimmer. Das war's, denkt sie.

Als er zum Bett zurückkommt, sagt sie: »Hör zu, ich hab nachgedacht.«

»Ach ja?« sagt Mr. Big.

»Wenn du nicht unsterblich in mich verliebt und verrückt nach mir bist und wenn du mich nicht für die schönste Frau hältst, die du je gesehen hast, dann denke ich, ich sollte gehen.«

»M-hm«, sagt Mr. Big.

»Wirklich, das ist kein Problem.«

»Okay«, sagt Mr. Big vorsichtig.

»Na dann … ist es das, was du willst?«

»Ist es das, was du willst?« fragt Mr. Big zurück.

»Nein, eigentlich nicht. Aber ich will mit jemandem zusammen sein, der in mich verliebt ist«, sagt Carrie.

»Na ja, ich kann dir im Moment einfach keine Garantien geben. Aber wenn ich du wäre, würde ich dranbleiben. Abwarten, was passiert.«

Carrie sinkt zurück auf die Kissen. Es ist Sonntag. Es wäre irgendwie anstrengend, jetzt gehen zu müssen. Was sollte sie mit dem Rest des Tages anfangen?

»Okay«, sagt sie, »aber nur vorübergehend. Ich hab nicht ewig Zeit, weißt du. Wahrscheinlich werde ich bald sterben. In fünfzehn Jahren oder so.« Sie zündet eine Zigarette an.

»Okay«, sagt Mr. Big. »Aber könntest du in der Zwischenzeit wohl Kaffee kochen? Bitte?«

Naomi, die letztes Jahr mit siebenunddreißig geheiratet hat, ist die Direktorin einer Anzeigenagentur und eine typische New Yorker Frau. »Ich bin mit jeder Sorte von Mann ausgegangen – alle Größen und Formen. Dann, eines Tages, kam der Richtige durch die Tür, und er war das genaue Gegenteil von allem, was ich immer dachte, das ich wollte.« Mit anderen Worten: er war nicht der sprichwörtliche böse Bube.

Als sie fünfunddreißig war, wartete Naomi im Kostüm und mit hohen Hacken in der Madison Avenue auf ein Taxi. Da brauste ein langhaariger Typ auf einem Motorrad vorbei und sah sie nicht einmal an. »Plötzlich war es bei mir mit der Attraktivität der hungernden und leidenden Künstler vorbei«, sagte sie. »Ich mußte immer nur für ihr verdammtes Essen bezahlen.«

Carrie geht zu einer Buchvorstellung in einem Museum und nimmt Sam mit. Sie hat sie schon eine Weile nicht mehr gesehen.

Sie hat alle ihre Freundinnen schon eine Weile nicht mehr gesehen, weil sie anscheinend ihre ganze Zeit mit Mr. Big verbringt. Sie tragen beide schwarze Hosen und schwarze Lacklederstiefel, und als sie die Treppe erreichen, kommt Z. M., der Medienmogul, herunter und steigt in sein Auto.

Er lacht. »Ich hab mich schon gefragt, wer die zwei Frauen sind, die da den Gehsteig entlanggestampft kommen.«

»Wir sind nicht gestampft«, sagt Sam. »Wir sind gegangen.«

Der Fahrer hält die Tür seiner Limousine auf. »Ruf mich mal an, ja?« sagt Z. M..

»Ruf du mich an«, sagt Sam, und du weißt, daß keiner von beiden es tun wird.

Sam seufzt. »Und? Wie geht's Mr. Big?«

Carrie fängt an, herumzudrucksen und sich zu räuspern und ihre ›Ich weiß nicht‹-Show abzuziehen. Sie wollen nach Aspen fliegen, und er spricht davon, daß sie nächsten Sommer ein Haus zusammen kaufen, aber sie ist sich nicht sicher und …

»Ach, komm schon«, sagt Sam. »Ich wünschte, ich hätte überhaupt einen Freund. Ich wünschte, ich hätte jemanden, mit dem ich das Wochenende verbringen könnte, verdammt nochmal.«

In New York besteht ein großer Unterschied zwischen Frauen, die heiraten, und solchen, die es nicht tun. »Im Grunde geht es ums Loslassen«, sagte Rebecca. »Laß diesen Gedanken los, daß du Mort Zuckerman heiraten solltest.«

»Ich hab's auf drei Eigenschaften reduziert«, sagte Marguerite. »Schlau, schnucklig und erfolgreich.«

Sie glauben außerdem nie, daß sie nicht heiraten werden. »Ich dachte immer, daß es eben so lange dauert, wie es dauert, aber daß es auf jeden Fall passieren würde«, sagte Marguerite. »Es wäre fürchterlich, wenn es nicht passieren würde. Warum sollte ich nicht heiraten?«

Aber Manhattan ist immer noch Manhattan. »Was man sich einfach klarmachen muß, wenn es um die Sozialisation der Männer geht, also ihre Bereitschaft, zu heiraten – da ist New York ein furchtbares Pflaster«, sagte Lisa. »Alleinstehende Männer haben kaum Kontakt zu Pärchen. Behaglichkeit und Familie sagen ihnen nichts. Also muß man sie mental darauf vorbereiten.«

Behaglichkeit ausstrahlen

Carrie und Mr. Big gehen zu einer Wohltätigkeitsveranstaltung in einem alten Theater und haben einen wunderbaren Abend. Carrie hat sich die Haare machen lassen. Es scheint, daß sie sich jetzt ständig die Haare machen läßt, und wenn sie ihrem Hair-Stylisten sagt: »Ich kann mir das nicht mehr leisten«, dann sagt er: »Sie können sich nicht leisten, es nicht zu tun.«

Vor dem Abendessen stürzt Mr. Big mit seiner Zigarre an den Tisch und tauscht ihre Namensschildchen aus, so daß sie nebeneinander sitzen. »Was soll's?« sagt er, und sie halten den ganzen Abend Händchen, und einer der Klatschkolumnisten kommt an und sagt: »Unzertrennlich, wie immer.«

Danach haben sie eine gute Woche, und dann zwickt Carrie etwas in ihrem Kopf. Vielleicht kommt es daher, daß sie bei einem Freund zu Hause zum Essen eingeladen und Leute mit Kindern dabei waren. Carrie war mit den Kindern in kleinen Plastikautos auf der Straße rumgefahren, und eins der Kinder fiel immer wieder aus dem Auto. Die Eltern kamen raus und brüllten ihre Kinder an, sie sollten wieder ins Haus gehen. Es schien nicht fair, da ja keins der Kinder sich weh getan hatte.

Carrie beschließt, daß sie Mr. Big wieder ein wenig quälen muß. »Glaubst du, wir sind uns richtig nahe?« fragt sie vor dem Einschlafen.

»Manchmal«, sagt Mr. Big.

»Manchmal ist mir nicht genug«, sagt sie. Sie nervt ihn weiter, bis er darum bettelt, endlich schlafen zu dürfen. Aber als sie am nächsten Morgen aufwacht, ist das blöde Gefühl noch da.

»Warum tust du das?« fragt Mr. Big. »Warum kannst du nicht an die guten Sachen denken, zum Beispiel letzte Woche?«

Er geht am Bett vorbei. »Ooch, nun sieh dir das kleine traurige Gesicht an«, sagt er, und sie möchte ihn am liebsten erwürgen.

»Ich werde später mit dir darüber reden, das versprech ich«, sagt Mr. Big.

»Ich weiß nicht, ob es noch ein ›später‹ gibt«, sagt Carrie.

Lisa war auf der überfüllten Party einer berühmten Publizistin (nennen wir sie einmal Sandy) in einem Stadthaus in einer der Midtown East-Straßen. Ihren Ehemann, einen gutaussehenden Typen mit irgendeiner Firma, hatte sie dabei. Zwischen zwei Schlückchen ihrer Pink Margarita erklärte sie: »Als ich schließlich beschloß, nach jemandem Ausschau zu halten, dachte ich an all die Orte, an denen ich Männer kennengelernt hatte. Das war nicht in der *Bowery Bar*, das war auf Partys in anderer Leute Häuser. Also spann ich sozusagen mein Netz. Ich ging zu allen Leuten auf Partys nach Hause.

Wenn du einen Typen kennenlernst, dann ist meine Regel für die ersten Verabredungen: keine großen Partys. Das ist der reine Selbstmord. Style dich nicht auf. Trink nicht zuviel. Erzwinge nichts. Männer wollen sich behaglich fühlen. Du mußt Behaglichkeit ausstrahlen. Sprich über die Person, die sie sind, denn das Selbstbild der meisten Männer sieht aus wie der Junge, der sie mit vierzehn waren.«

Wieder in ihrem Büro nickt Marguerite in Richtung eines großen Fotos auf ihrem Schreibtisch mit einem dunkelgelockten Mann, der am Strand an einer Düne lehnt. »Mein Mann ist wirklich ein Goldstück. Er versteht mich. Wenn du den richtigen Menschen gefunden hast, ist es so einfach. Leute, die immer streiten und kämpfen – na ja, da läuft irgendwas falsch. Mein Mann widerspricht mir nie. Wir streiten uns eigentlich über gar nichts. Er gibt in neunundneunzig Prozent der Fälle nach, und wenn er wirklich mal etwas will, dann gebe ich eben nach.«

Und dann auf einmal ist alles – seltsamerweise – wieder gut.

Mr. Big ruft an. »Was machst du gerade?«

»Ach, du weißt schon – das, was ich manchmal mache«, sagt Carrie. »Eine Geschichte schreiben.«

»Worüber?«

»Erinnerst du dich, wie wir gesagt haben, daß wir eines Tages nach Colorado ziehen und Pferde züchten und diesen Kram? Darüber schreibe ich.«

»Oh«, sagt Mr. Big. »Das ist eine schöne Geschichte.«

18

Manhattans Psycho-Mütter: plemplem bei Pipifax

Mr. Big ruft aus China an. Er ist ein bißchen sauer. Er hatte sein Gepäck per Express aufgegeben, und jetzt ist es weg, und er sitzt in seinem Hotelzimmer und hat nur eine Jeans und ein Hemd und keine saubere Unterwäsche. »Wenn mir das vor fünf Jahren passiert wäre, wäre jetzt jemand entlassen worden«, sagt er. »Aber ich hab mich geändert. Ich bin das neue Ich. Wenn sie mich nicht in dreckigen Jeans wollen, zum Teufel mit ihnen!«

»Stell dir vor«, sagt Carrie, »dein Freund Derrick hat angerufen. Er sagt, Laura will schwanger werden, aber er will das nicht, also tut er jede Nacht so, als ob er kommt, kommt aber nicht und geht dann ins Badezimmer und wichst sich einen. Und sie guckt jede Nacht ›Du und dein Baby‹-Videos.«

»Was für ein Schlappschwanz«, sagt Mr. Big.

»Und er sagt, er will deswegen nicht, weil er noch nicht genug Karriere gemacht hat, um sich ein Kind leisten zu können.«

»Und wie geht's dir?« fragt Mr. Big in seiner Singsang-Art.

»Oh, mir geht's gut«, sagt Carrie düster. »Ich glaube, ich bin vielleicht schwanger.«

»Ein Baby. Wir kriegen ein Baby«, sagt Mr. Big.

Carrie weiß nicht genau, was sie davon halten soll.

Sehen Sie, wenn Leute in New York Kinder haben, dann geschieht etwas mit ihnen. Manche Eltern bleiben normal. Andere aber ganz entschieden nicht. Sie werden ein bißchen verrückt. Nehmen Sie all die Energie und Aggression und ungelösten Probleme, die man in seine Karriere steckt, und stellen Sie sich vor, das alles auf ein Kind zu übertragen. Wenn es um Kinder geht, dann kann der ganz normale Stadtneurotiker plötzlich total durchdrehen.

Eben dies wurde offensichtlich, als Carrie zum Brunch ins SoHo-Loft ihrer Freunde Packard und Amanda Deale ging. Packard und Amanda (normal) sind die Eltern von Chester, der durch den Loft marschierte und dabei mit einem Regenschirm auf dem Boden herumhaute. Eine Mutter (nicht so normal) konnte nicht umhin, darauf hinzuweisen, daß er »ein paralleles Spielverhalten aufweist und nicht teilen kann, was aber okay ist, da er erst ein Jahr alt ist und niemand von ihm erwartet, daß er sein Spielzeug teilt – noch nicht«.

Wie die meisten Paare, die plötzlich Kinder bekommen, hatten die Deales auf mysteriöse Weise einen ganz neuen Freundeskreis mit Leuten, die ebenfalls Kinder haben. Wie kommt so was zustande? Hatten Packard und Amanda sie auf einem Informationsabend für frühzeitige Kindergarten-Zulassung getroffen? Oder waren es Freunde, die bereits vorher Kinder gehabt und Amanda und Packard auf kleiner Flamme hatten kochen lassen, bis sie aufholten? Unter den neugewonnenen Freunden befinden sich: Jodi, die darauf bestand, daß ihr alle nur weiße Babykleidung schenken, da sie überzeugt ist, gefärbte Kleidung rufe bei ihrem Baby Hautallergien hervor; Suzanne, die ihren Kindermädchen verbietet, Parfüm anzulegen, weil sie ihr Baby nicht nach fremdem (billigem) Parfüm riechend vorfinden will, wenn sie nach Hause kommt; und Maryanne, die einen Babysitter nach dem anderen unter irgendwelchen Vorwänden entlassen hat, bis sie schließlich ihren Job aufgeben und sich selbst um das Kind kümmern mußte, hurra.

Diese Art von Verhalten ist nicht auf Mütter beschränkt. Ist es denn nicht auch ein ganz klein wenig plemplem, wenn Vater und Sohn in identischen Patagonia-Jacken und dazu passenden Rollerblade-Helmen losziehen? Oder wenn ein Vater, der seinen Sohn immer wieder auf den Kopf küßt, erklärt, während er dessen Mini-Fäustlinge in der Hand hält und um die Kinderkarre tanzt (sollte es einem Zweijährigen möglich sein, verlegen dreinzublicken, dann in diesem Augenblick): »Alles, was du brauchst, ist eins von diesen hier, und dann drei oder vier Jahre Urlaub.«

Natürlich ist es etwas anderes, wegen deines Kindes oder ganz einfach bloß so verrückt zu sein. Im Extremfall gibt es nur ein Wort für einen gewissen Typ New Yorker Eltern: Psychos. Du weißt nicht, wen es treffen wird oder in welcher Form, aber, wie Packard sagt, »es geht nicht um Liebe oder Fürsorge; es geht um Besessenheit«.

»Alexandra!«

Carrie saß im Loft auf der Couch und sprach mit einer Frau, die ziemlich normal schien. Becca hatte glattes blondes Haar und eine so lange dünne Nase, daß man dachte, sie könne sie als Strohhalm benutzen. Sie war gerade in eine neue Wohnung in der Upper East Side gezogen und erklärte das Für und Wider, einen Innenarchitekten anzuheuern – »Eine Freundin von mir konnte ihre Innenarchitektin nicht davon abhalten, ständig neue Sachen zu kaufen, es war schrecklich!« –, als sie plötzlich von einem fünfjährigen Mädchen im Blümchenkleid und mit schwarzer Haarschleife unterbrochen wurde. »Mommy, ich will Titti«, verlangte das Kind.

»Alexandra!« (Warum heißen neuerdings fast alle Kinder Alexander oder Alexandra?) erwiderte Becca in dramatischem Theaterflüstern. »Jetzt nicht. Geh und guck Video.«

»Aber er kriegt Tittimilch«, sagte das Kind und deutete auf eine Frau, die in einer Ecke ihr Baby stillte.

»Er ist noch ein Baby. Ein winzig kleines Baby«, sagte Becca. »Du kannst Saft haben.«

»Ich will keinen Saft«, plärrte Alexandra. Sie stemmte doch tatsächlich die Hände in die Hüften.

Becca verdrehte die Augen. Sie zog das Mädchen auf ihren Schoß. Das Kind begann sofort, ungeduldig an ihrer Bluse rumzufummeln.

»Du ... stillst noch?« fragte Carrie so höflich sie konnte.

»Manchmal«, erwiderte Becca. »Mein Mann wollte sofort ein zweites Kind, ich aber nicht. Es ist so anstrengend, in New York ein Kind zu haben. Nicht wahr, mein kleines Monster?« Sie sah auf ihre Tochter hinunter, die jetzt am Daumen lutschte und erwartungsvoll zu ihr aufblickte. Dann starrte das Kind mit bösem Blick zu Carrie hinüber. »Tittimilch. Tittimilch«, sagte es.

»Komm mit, Alexandra. Wir gehen ins Badezimmer«, sagte Becca. »Und wir wollten doch schon lang damit aufhören, nicht wahr?«

Das Kind nickte.

Becca war nicht die einzige Mutter auf der Party, die das Verhältnis zu ihrem Kind nicht so ganz in den Griff kriegte. Drüben im Schlafzimmer hockte Julie, eine kleine, dunkelhaarige Frau und Geschäftsführerin eines Restaurants, neben ihrem sechsjährigen Sohn Barry auf dem Boden. Barry war ein bewundernswertes Kind, das mit seinen dunklen Locken seiner Mutter auf unheimliche Weise ähnlich sah. Er sah allerdings nicht glücklich aus. Er klammerte sich verzweifelt an Julie fest; wenn jemand mit ihr sprechen wollte, kletterte er auf ihr herum. »Ach, geh weg. Du nervst mich«, sagte Julie zu Barry, aber sie unternahm eigentlich nichts dagegen. Barry will nicht mit anderen Kindern spielen, und er will nicht, daß Julie sich mit anderen Erwachsenen unterhält. Späer fand Carrie heraus, daß es bei den beiden immer so ist – sie gehen auf Partys, auch Erwachsenenpartys, und bleiben immer für sich. Sie erfuhr auch, daß Julie in Barrys Zimmer eine Matratze liegen hat; die meisten Nächte schläft sie dort. Julies Mann schläft im Schlafzimmer. Sie wollen sich scheiden lassen.

»Na ja, das ist ganz normal«, sagte Janice, Rechtsanwältin in einem Großkonzern, die zu den wenigen Psycho-Müttern gehört, die das ohne weiteres zugeben können. »Ich liebe meinen Sohn«, sagte sie. »Andy ist elf Monate alt. Er ist ein Gott, und das erzähle ich ihm jeden Tag. Neulich lag er in seiner Wiege und sagte dauernd: ›Ich, ich, ich.‹

Seit ich dreißig war, wollte ich unbedingt ein Kind haben«, fuhr sie fort. »Als ich ihn schließlich bekam (jetzt ist sie sechsunddreißig), dachte ich: ›Das ist meine Bestimmung. Ich bin Mutter.‹ Ich ging nicht wieder zur Arbeit, aber ehrlich gesagt wußte ich schon nach drei Monaten, daß ich wieder arbeiten sollte. Ich kümmere mich zu sehr um ihn. Im Park springe ich vor ihm auf und nieder – die Kindermädchen halten mich bestimmt für verrückt. Ich küsse ihn tausendmal am Tag. Ich kann es kaum erwarten, mit ihm nach Hause zu gehen und ihn zu baden. Sein Körper macht mich verrückt. Bei einem Mann hab ich so was noch nie gefühlt.«

Janice erzählte weiter, daß, wenn sie Andy auf das Spielzeug eines anderen Kindes starren sieht, sie es ihm sofort kauft. Einmal dachte sie, er betrachte etwas, das ›Lerntasse‹ heißt. Schließlich fand sie so etwas in der 14. Straße und lief im Regen mit dem Ding auf dem Kopf nach Hause, weil sie kein Taxi bekommen und es kaum erwarten konnte, Andy damit zu beglücken. »Die Leute auf der Straße haben buchstäblich mit Fingern auf mich gezeigt«, sagte sie. »Sie dachten bestimmt, ich hätte nicht mehr alle Lerntassen im Schrank. Dann komme ich nach Hause und gebe es ihm, und er fängt an zu weinen.«

Warum tut sie das?

»Das hat was mit New York zu tun«, meinte sie und zuckte mit den Schultern. »Konkurrenzdenken, nicht wahr? Ich will, daß mein Sohn all das hat, was andere auch haben, und mehr. Außerdem wollte ich immer einen Jungen. Söhne kümmern sich um ihre Mütter.«

Die versteckte Kindermädchen-Kamera

Mit anderen Worten: Nach all den Jahren mit Männern, die keine festen Bindungen eingehen wollen und unzuverlässig sind, wird der Sohn zum Mann-Ersatz. »O ja«, sagte Janice. »Du kannst Männern nicht trauen. Du kannst niemandem trauen, der nicht Blut von deinem Blut ist.

Mein Mann ist eigentlich ein Bürger zweiter Klasse«, fuhr sie fort. »Früher war ich ziemlich verrückt nach ihm, aber dann kam das Baby. Wenn er jetzt sagt: ›Könntest du mir bitte eine Cola light holen?‹, dann sag ich ihm, er soll sich verpissen.«

Indessen hatte sich in der Mitte des Lofts eine etwas ängstliche kleine Gruppe versammelt. Ein kleines Mädchen mit rosa Ballettschuhen und Tutu stand etwas unsicher auf den Beinen. »Brooke bestand darauf, heute ihre Ballettsachen zu tragen. Ist das nicht entzückend?« fragte eine große, über das ganze Gesicht strahlende Frau. »Als ich versuchte, ihr eine Hose anzuziehen, fing sie an zu weinen. Sie wußte es. Sie wußte, daß sie heute ihre Ballettsachen tragen muß, damit sie eine Vorstellung geben kann, stimmt's, mein kleines Häschen? Stimmt's, Häschen?« Die Frau stand vornübergebeugt, hielt die Hände vor der Brust zusammengepreßt. Sie hatte den Kopf leicht zur Seite geneigt, und ihr Gesicht, das nur wenige Zentimeter vom Gesicht ihres Kindes entfernt war, wurde von einem breiten, eingefrorenen Grinsen verzerrt. Dann fing sie an, komische Gesten zu machen.

»Küßchen pusten. Küßchen pusten«, zwitscherte sie. Das kleine Mädchen lächelte starr, hob die kleine Hand an den Mund und pustete Luft über die Handfläche. Die Mutter schrie ekstatisch auf.

»Sie kann auch knicksen«, bemerkte Amanda etwas spöttisch zu Carrie. »Sie macht kleine Kunststückchen. Ihre Mutter hat Brooke auf die Titelseite einer dieser Babyzeitschriften gebracht, und seither ist sie komplett durchgedreht. Immer wenn wir sie anrufen, will sie mit Brooke gerade zu einem Vorstellungstermin. Sie ist bei einer Model-Agentur. Ich meine, sie ist ja süß, aber ...«

In diesem Moment kam eine andere Mutter mit einem zweijährigen Jungen an der Hand vorbei. »Schau mal, Garrick, Tisch. Tisch, Garrick. Kannst du Tisch sagen? Was machen wir am Tisch, Garrick? Essen. Wir essen an einem Tisch. Kannst du Tisch buchstabieren? T-i-s-c-h. Garrick, Teppich. Garrick. T-e-p-p-i-c-h, Teppich, Garrick ...«

Amanda fing an, Zwiebeldip anzurühren. »Entschuldige bitte«, sagte Georgia, eine Frau im karierten Kostüm. »Du machst Zwiebeldip? Ach, sorg doch bitte dafür, daß die Kinder da nicht drankommen. Das Salz und Fett machen sie sonst verrückt.« Trotz dieses Verdikts steckte sie ihren Finger in die verabscheute Mixtur und leckte ihn genüßlich ab.

»Hey, wart ihr schon im Sutton-Fitneßstudio?« fragte Georgia. »Es ist phantastisch. Du mußt Chester ins Sutton bringen. Das ist wie ein David Barton-Studio, aber für Kids. Hat er schon angefangen zu sprechen? Wenn ja, könnten wir doch einen Spieltreff ausmachen. Rosie ist fast eins, und ich will, daß sie jetzt schon Verabredungen hat, die sie fördern.

Außerdem kann ich den Babymassage-Kurs in der 92. Straße empfehlen. Das stärkt die Beziehung echt total. Du stillst doch nicht mehr, oder? Nein, dacht ich mir.« Georgia tunkte ihren Finger erneut in den Zwiebeldip. »Und? Wie geht's mit deinem Kindermädchen?«

»Gut«, sagte Amanda und warf Packard einen Blick zu.

»Sie ist aus Jamaika. Wir sind froh, daß wir sie haben«, sagte Packard.

»Ja, aber seid ihr auch sicher, daß sie gut auf den kleinen Chester aufpaßt?« bohrte Georgia nach.

»Er scheint mir in Ordnung zu sein«, meinte Packard.

»Ja, aber ich meine: wirklich gut«, beharrte Georgia und warf Amanda einen bedeutungsschwangeren Blick zu, woraufhin Packard entschwand.

»Man kann mit Kindermädchen nicht vorsichtig genug sein«, sagte Georgia und beugte sich zu Amanda hinüber. »Ich hatte elf Stück. Dann hab ich die Kamera installieren lassen.«

»Eine Kamera?« fragte Carrie.

Georgia betrachtete Carrie, als sähe sie sie zum ersten Mal. »Du hast keine Kinder, oder? Na, jedenfalls dachte ich, es würde ein Vermögen kosten, aber das tut es gar nicht. Eine Freundin von mir hat das bei ›Oprah‹ gesehen. Ein Typ kommt zu dir ins Haus und installiert das Ding. Du kannst dein Kindermädchen fünf Stunden lang beobachten. Ich rief meins an und fragte: ›Was habt ihr heute gemacht?‹ Und sie sagte: ›Oh, ich bin mit Jones in den Park gegangen, und dann haben wir gespielt.‹ Das war gelogen. Sie hatte das Haus gar nicht verlassen! Sie hatte den ganzen Tag nur ferngesehen und telefoniert und sich um Jones praktisch überhaupt nicht gekümmert. Ich hab alle meine Freundinnen dazu überredet. Eine von ihnen hat ihr Kindermädchen dabei beobachtet, wie sie die versteckte Kamera abmontieren wollte!«

»Wow!« sagte Amanda.

Ich glaube, mir wird schlecht, dachte Carrie.

»Sex in der Ehe«

Carrie ging zur Toilette. Julie saß immer noch mit Barry im Schlafzimmer. Er lag auf dem Bett und hatte den Kopf auf ihrem Schoß. Becca und Janice waren auch da und sprachen über ihre Ehemänner.

»Ich sag dir was über Sex in der Ehe«, meinte Becca. »Wozu überhaupt?«

»Wozu überhaupt einen Ehemann?« gab Julie zurück. »Ich meine, wer braucht schon zwei Babys?«

»Da stimme ich dir voll und ganz zu«, sagte Janice. »Abgesehen davon, daß ich jetzt ein zweites will. Ich hatte mir schon überlegt, ob ich meinen Mann nicht verlassen soll, aber jetzt bin ich mir nicht so sicher – noch nicht.«

Julie beugte sich über ihren Sohn. »Wann wirst du erwachsen werden, Baby Baby?«

Carrie kehrte ins Wohnzimmer zurück. Sie ging ans Fenster, um frische Luft zu schnappen. Irgendwie war Garrick von seiner Mutter getrennt worden und stand mit verlorenem Blick in einer Ecke.

Carrie beugte sich leicht nach vorn. Sie nahm etwas aus ihrer Handtasche. »Pssst. Hey, Kleiner«, sagte sie und winkte ihm. »Komm her.«

Neugierig kam Garrick angetrabt. Carrie hielt ein kleines Plastikpäckchen hoch. »Kondom, Garrick«, flüsterte sie. »Kannst du Kondom sagen? K-O-N-D-O-M. Wenn deine Eltern so was beizeiten benutzt hätten, dann wärst du heute vielleicht gar nicht hier.«

Garrick griff nach dem Plastikpäckchen. »Kondom«, sagte er.

Zwei Tage später rief Amanda Carrie an. »Das war heute der schlimmste Tag meines Lebens«, sagte sie. »Mein Kindermädchen hat selbst ein Kind, einen Sohn, drei Monate älter als Chester. Er wurde krank, also mußte ich zu Hause bleiben.

Zuerst versuchte ich, mit ihm in den Park zu gehen. Ich wußte nicht, wo das Tor zum Spielplatz war, und es war mir schrecklich peinlich, weil die ganzen Kindermädchen schon drin waren und ich nicht wußte, wie ich reinkommen soll. Dann sahen sie mich alle an, als ob sie sagen wollten: ›Wer sind Sie denn?‹ Dann wollte Chester auf die Rutsche. So ungefähr zwanzigmal. Ich sah immer wieder auf die große Uhr an der Fifth Avenue. Fünf Minuten waren vergangen. Ich schaukelte Chester auf der Schaukel. Wieder fünf Minuten. Ich ließ ihn im Sandkasten spielen. Dann wieder auf der Rutsche. Insgesamt waren fünfzehn Minuten vergangen. ›Hast du jetzt genug?‹ fragte ich. Als ich ihn in die Karre packte, trat er mit den Füßen und schrie herum. ›Wir müssen einkaufen gehen‹, sagte ich.

Armer Chester. Ich rannte mit ihm über den Gehsteig, und er wurde total durchgerüttelt und wußte nicht, was los war. Ich versuchte, einkaufen zu gehen, konnte aber den Wagen nicht in die Umkleidekabine kriegen. Dann gingen wir zur Bank, und der Wagen blieb in der Drehtür stecken. Ich meine, woher sollte ich wissen, daß man mit einem Kinderwagen nicht durch die Drehtür gehen darf? Wir waren gefangen. Ein Mann mußte uns Zentimter für Zentimeter durchschieben.

Schließlich war es halb zwölf. Ich brachte ihn nach Hause und kochte ihm Mittagessen. Ein Ei.«

Später am Abend rief Carrie Mr. Big an. Sie hatte den Zeitunterschied vergessen – er schlief schon. »Ich wollte dir nur sagen«, begann sie, »daß ich meine Tage bekommen habe.«

»Oh. Na dann … kein Baby«, sagte er.

Sie legten auf, aber zwei Minuten später rief er zurück.

»Mir fiel nur gerade der Traum ein, den ich neulich hatte«, sagte er. »Ich habe geträumt, wir hätten ein Baby.«

»Ein Baby?« fragte Carrie. »Was für ein Baby?«

»Ein winzig kleines«, sagte Mr. Big. »Du weißt schon. Ein Neugeborenes. Und es lag mit bei uns im Bett.«

19

Der Duft der Männer: Ewige Junggesellen? Und tschüs!

In den letzten paar Wochen geschahen einige scheinbar unzusammenhängende Dinge.

Simon Piperstock, der Inhaber einer Software-Firma, lag in seiner feudalen Drei-Zimmer-Wohnung im Bett und kurierte eine Grippe aus, als das Telefon klingelte.

»Du stinkendes Stück Scheiße«, sagte eine Frauenstimme.

»Wie bitte?« fragte Simon. »Wer ist da?«

»Ich bin's.«

»Oh. M. K.. Ich wollte dich anrufen, aber ich hab die Grippe bekommen. Tolle Party neulich.«

»Freut mich, daß sie dir gefallen hat«, sagte M. K.. »Denn sonst hat sie niemandem gefallen.«

»Wirklich?« Simon setzte sich auf.

»Das lag an dir, Simon. Dein Benehmen ist absolut unerträglich. Abstoßend.«

»Was hab ich denn getan?« wollte Simon wissen.

»Du hast diese Dumpfbacke mitgebracht. Du bringst immer Dumpfbacken mit. Niemand kann das mehr ertragen.«

»Hey, wart mal 'ne Sekunde«, sagte Simon. »Teesie ist keine Dumpfbacke. Sie ist ein sehr kluges Mädchen.«

»Natürlich, Simon«, sagte M. K.. »Warum führst du nicht endlich ein normales Leben? Warum heiratest du nicht endlich?«

Sie legte auf.

Harry Samson, 46, wohlbekannter Kunsthändler und ›begehrenswerter Junggeselle‹, saß bei einem seiner typischen Saufabende im *Frederick's*, als ihm eine sehr attraktive Frau Mitte Zwanzig vorgestellt wurde. Sie war gerade nach New York gezogen, um als Assistentin für einen Künstler zu arbeiten, mit dem Harry Geschäfte machte.

»Hi. Ich bin Harry Samson«, sagte er mit seinem Ostküstenakzent, der vermutlich durch die Zigarette in seinem Mundwinkel noch akzentuiert wurde.

»Ich weiß, wer Sie sind«, sagte das Mädchen.

»Trinken Sie mit mir?« fragte Harry.

Sie sah kurz zu ihrer Freundin, die sie begleitete. »Sie sind doch dieser Typ, oder?« erwiderte sie. »Nein, danke. Ihr Ruf ist mir bekannt.«

»Blödes Publikum heute«, sagte Harry zu niemand Bestimmtem.

An der New Yorker Gesellschaft ist etwas faul, und zwar das, was vormals als ›begehrter Junggeselle‹ bekannt war. Das bilden Sie sich nicht nur ein. Diese Männer in den Vierzigern und Fünfzigern, die noch nie verheiratet waren, die noch nie – zumindest nicht seit einigen Jahren – eine ernsthafte Beziehung hatten, haben einen gewissen, unverkennbaren Gestank angenommen. Man riecht es allerorten.

Miranda Hobbes war auf einer Weihnachtsparty, als sie Packard und Amanda Deale über den Weg lief, einem Pärchen, das sie vor kurzem durch Sam kennengelernt hatte, den Investment Banker, mit dem sie im Sommer drei Monate lang ausgegangen war.

»Wo bist du gewesen?« fragte Amanda. »Wir haben dich ein paarmal angerufen, um dich auf Partys einzuladen, aber nie etwas von dir gehört.«

»Ich konnte nicht«, sagte Miranda. »Ich weiß, ihr seid Freunde von Sam, und es tut mir leid, aber um die Wahrheit zu sagen: ich kann ihn einfach nicht mehr ertragen. Ich kann es nicht ertragen, im selben Raum mit ihm zu sein. Dieser Mann ist krank. Ich glaube, er haßt Frauen. Er macht dir was vor, sagt, daß er dich heiraten möchte, und dann ruft er nicht mehr an. Inzwischen versucht er, Einundzwanzigjährige aufzureißen.«

Packard kam näher. »Wir sind auch nicht mehr mit ihm befreundet. Amanda kann ihn nicht ausstehen und ich auch nicht. Er hat sich mit diesem Typen Barry zusammengetan, und die beiden ziehen jeden Abend durch die Restaurants in SoHo und versuchen, Frauen aufzureißen.«

»Sie sind über Vierzig!« sagte Amanda. »Es ist widerlich.«

»Wann werden die mal erwachsen?« fragte Miranda.

»Oder outen sich endlich«, sagte Packard.

Die Duftmarke

Eines grauen Spätnovembernachmittags verbreitete sich ein Mann, den wir mal ›Chollie Wentworth‹ nennen wollen, über eines seiner Lieblingsthemen – die New Yorker Gesellschaft. »Diese ewigen Junggesellen?« fragte er und ließ die Namen einiger wohlbekannter Szenetypen vom Stapel. Im Rhett Butler-Tonfall fuhr er fort: »Ehrlich gesagt, meine Liebe, sind sie einfach langweilig.«

Chollie hielt seinen zweiten Scotch ans Licht. »Es gibt eine Menge Gründe, warum ein Mann nicht heiratet«, sagte er. »Manche Männer wachsen nie über den Sex hinaus, und einige Menschen meinen ja, die Ehe verdirbt den Sex. Dann ist da die schwierige Entscheidung zwischen einer Frau in den Dreißigern, die dir Kinder gebären kann, oder einer Frau wie Carol Petrie, die dein Leben organisieren kann.

Mütter können auch ein Hinderungsgrund sein«, fuhr Chollie fort. »Wie zum Beispiel bei X.« Er nannte den Namen eines Finanziers und Multimillionärs, der inzwischen Ende Fünfzig und noch immer nicht in den Ehehafen gesegelt war. »Er leidet an einem chronischen Fall von Dumpfbackitis. Andererseits, an X's Stelle, wen sollst du auch nach Hause bringen? Willst du etwa deine Mutter mit einer richtig tollen Frau konfrontieren, die dann die Familie auseinanderbringt?

Trotzdem«, sagte Chollie und lehnte sich in seinem Sessel vor, »eine Menge Leute haben die Bindungsunfähigkeit dieser Typen satt. Wenn ich eine alleinstehende Frau wäre, würde ich denken: Warum soll ich mich mit diesen Typen herumplagen, wenn da draußen 296 Millionen amüsanter Schwuler herumlaufen, die etwas hermachen? Ich würde mir einen netten Schwulen zum Ausgehen suchen, der zu hundert Themen witzig sein kann. Warum meine Zeit mit X verschwenden? Wer will dasitzen und sich das Gelaber über seine Geschäfte anhören? Ihm dauernd den Bauch pinseln? Er ist alt. Zu alt, um sich zu ändern. Ein Mann wie X ist die Mühe nicht wert. Diese Männer haben inzwischen eine Duftmarke.

Schließlich und endlich sind es die Frauen, die entscheiden, ob ein Mann begehrenswert ist oder nicht. Und wenn ein Mann nie die Anstrengung unternimmt, zu heiraten, dann steht er irgendwann auf der Abschußliste ... na ja, ich glaube, die Frauen haben die Schnauze voll. Und mit Recht.«

Jacks Thanksgiving

»Ich erzähl dir, was passiert«, meinte Norman, ein Fotograf. »Nimm Jack. Du kennst doch Jack – jeder kennt Jack. Ich bin seit drei Jahren verheiratet. Jack kenne ich seit zehn. Neulich denk ich so: Während der ganzen Zeit, die ich Jack kenne, hat er nie länger als sechs Wochen eine Freundin gehabt. Wir gehen also alle zu einem Thanksgiving-Essen bei Freunden. Jeder kennt da jeden schon seit Jahren. Okay, nicht jeder ist verheiratet, aber sie haben zumindest ernsthafte Beziehungen. Dann taucht Jack auf und wieder einmal mit so einer Dumpfbacke. Zwanzig-plus. Blond. Erwartungsgemäß stellt sich heraus, daß sie eine Bedienung ist, die er die Woche zuvor kennengelernt hat. Also, zum einen ist sie eine Fremde, paßt nicht in die Runde und beeinträchtigt die ganze Stimmung beim Essen. Und mit ihm ist auch nichts anzufangen, weil er an nichts anderes denkt, als sie flachzulegen. Egal, wann und wo man Jack trifft, es ist immer dasselbe. Warum soll man sich noch mit ihm abgeben? Nach diesem Thanksgiving beschlossen die Frauen also, daß Jack draußen ist. Verbannt.«

Samantha Jones traf sich zum Abendessen mit Magda, der Schriftstellerin, im *Kiosk*. Sie sprachen über Junggesellen – insbesondere über Jack und Harry.

»Jemand hat gesagt, daß Jack immer noch davon spricht, mit wem er alles im Bett war«, sagte Magda. »Es ist immer noch genau das, was er vor fünfzehn Jahren erzählt hat. Männer denken, ein schlechter Ruf ist etwas, das nur Frauen sich einhandeln können. Aber sie irren sich. Kapieren diese Typen denn nicht, daß, wenn man sieht, mit wem *sie* zusammen sein wollen – eben einer Dumpfbacke –, daß man dann nicht mit einem Mann zusammen sein will, der mit so einer ausgeht?«

»Nimm einen Typen wie Harry«, sagte Samantha. »Jack kann ich irgendwie verstehen – er ist ganz auf Karriere und das große Geld aus. Aber Harry will nicht mal das. Er sagt, er macht sich nichts aus Geld und Macht. Andererseits macht er sich auch nichts aus Liebe und Beziehung. Also, was will er eigentlich? Worin besteht der Sinn seines Daseins?«

»Und außerdem«, sagte Magda, »wer weiß, wo diese Typen schon überall ihre Schwänze reingesteckt haben?«

»Das ist das letzte, was mich interessiert«, bemerkte Samantha.

»Neulich hab ich Roger getroffen, vor *Mortimer's* natürlich«, sagte Magda.

»Er muß mittlerweile fünfzig sein«, meinte Samantha.

»Ja, fast. Weißt du, mit dem bin ich ausgegangen, als ich fünfundzwanzig war. Er war gerade von diesem Landsitz-Glanzblatt *Town & Country* zu einem der begehrtesten Junggesellen von New York gekürt worden. Ich weiß noch, wie ich dachte: Das ist doch alles totaler Bockmist! Zunächst einmal wohnte er noch bei seiner Mutter – okay, er hatte das ganze obere Stockwerk für sich, aber trotzdem. Dann war da das tolle Haus in Southampton und das tolle Haus in Palm Beach und die tolle Mitgliedschaft im ›Bath & Tennis‹. Und weißt du was? Das war alles. Das war sein

Leben. Diese Rolle als begehrter Junggeselle. Mehr steckte nicht dahinter.«

»Was macht er jetzt?« fragte Samantha.

»Das Übliche«, sagte Magda. »Er hat alle Mädchen in New York durch, und nachdem die seine Nummer kannten, zog er nach L. A.. Dann nach London und jetzt Paris. Er sagte, er sei für zwei Monate in New York, um seine Mutter zu besuchen.«

Die beiden Frauen kreischten vor Lachen.

»Stell dir vor«, sagte Magda. »Er erzählt mir eine Geschichte. ›Die französischen Mädchen mag ich wirklich gern‹, sagt er. Er ist bei diesem französischen Großmotz und seinen drei Töchtern zum Essen eingeladen. ›Ich würde jede von ihnen nehmen‹, sagt er. Er sitzt beim Abendessen, er denkt, es läuft ganz gut, und er erzählt ihnen von seinem Freund, irgendeinem arabischen Prinz, der drei Frauen hat, alles Schwestern. Die Mädchen sehen ihn entsetzt an, und das Abendessen ist augenblicklich gelaufen.«

»Glaubst du, diese Typen kapieren das? Glaubst du, sie merken, wie erbärmlich sie sind?« fragte Samantha.

»Keine Spur«, meinte Magda.

»Ich leide«

Am nächsten Tag saß Simon Piperstock in der First-Class-Lounge des Kennedy International Airport und führte einige Telefongespräche. Eines davon mit einer jungen Frau, mit der er einige Jahre zuvor ausgegangen war.

»Ich bin auf dem Weg nach Seattle«, sagte Simon. »Mir geht's nicht gut.«

»Ach, tatsächlich?« Die Frau klang beinahe froh darüber.

»Aus irgendeinem Grund erzählt mir jeder, daß mein Verhalten unerträglich ist. Sie sagen, es sei abstoßend.«

»Findest du es denn abstoßend?«

»Ein klein bißchen.«

»Ich verstehe.«

»Meine Beziehung mit Mary funktioniert nicht, da hab ich ein hübsches junges Mädchen, eine Freundin von mir, auf diese Party mitgenommen. Sie ist echt nett. Eine gute Freundin. Und jetzt hacken alle deswegen auf mir rum.«

»Deine Beziehungen funktionieren nie, Simon.«

»Dann hab ich diese Frau im Theater getroffen, die ich vor ein paar Jahren mal kennengelernt hatte. Und ich wollte eigentlich gar nichts von ihr, also wurden wir Freunde. Sie kam auf mich zu und sagte: ›Weißt du, mit dir würde ich nie etwas haben wollen. Ich würde auch nicht wollen, daß eine meiner Freundinnen etwas mit dir hat. Du hast zu viele Frauen verletzt.‹«

»Das hast du auch.«

»Was soll ich denn machen? Ich hab dieses Problem, daß ich nie überzeugt bin, die richtige Frau getroffen zu haben. Also gehe ich einfach nur mit ihnen aus. Himmel. Alle machen das.« Er schwieg einen Moment. »Gestern ging's mir wirklich schlecht«, sagte er dann.

»Na, wie furchtbar«, sagte die Frau. »Hast du dir gewünscht, daß jemand da ist, der sich um dich kümmert?«

»Eigentlich nicht«, sagte Simon. »Ich meine, mir ging's nur eine kurze Zeit lang schlecht ... Verdammt. Ja. Es stimmt. Ich hab so was gedacht. Glaubst du, ich habe ein Problem? Ich würde dich gern sehen. Darüber reden. Vielleicht kannst du mir helfen.«

»Ich habe jetzt einen festen Freund«, sagte die Frau. »Ich nehme an, daß wir irgendwann heiraten. Ehrlich gesagt glaube ich nicht, daß er begeistert wäre, wenn ich mit dir gesehen werde.«

»Oh«, sagte Simon. »Okay.«

»Aber wenn du anrufen willst – jederzeit.«

20

Der Bock und der weisse Nerz: Carries Weihnachtsgeschichte

Weihnachtszeit in New York. Partys. Der Stern in der 57. Straße. Der Baum. Die meiste Zeit ist es nicht so, wie es sein soll. Aber hin und wieder passiert etwas, und es stimmt.

Carrie war am Rockefeller Center und dachte über die Schatten vergangener Weihnachtszeiten nach. Wie viele Jahre war es her, dachte sie, während sie ihre Schlittschuhe anzog, daß sie zuletzt hier gewesen war? Ihre Finger zitterten ein wenig, als sie die Bänder um die Haken schlang. Vorfreude. Sie hoffte, das Eis wäre hart und glatt.

Samantha Jones hatte ihre Erinnerungen wachgerufen. In letzter Zeit beschwerte sie sich dauernd, daß sie keinen festen Freund hatte. Daß sie schon seit Jahren über die Feiertage keinen Liebsten hatte. »Du kannst froh sein«, sagte sie zu Carrie, und sie wußten beide, daß das stimmte. »Ich frage mich, ob mir das auch einmal passiert.« Und beide wußten, was ›das‹ war. »Ich gehe an den Weihnachtsbäumen vorbei und leide«, sagte Sam.

Sam geht an Weihnachtsbäumen vorbei, und Carrie läuft Schlittschuh. Und sie erinnert sich …

Es war Skipper Johnsons zweites Weihnachtsfest in New York, und er machte alle wahnsinnig. Eines Abends ging er auf drei Cocktailpartys hintereinander.

Auf der ersten sah er James, einen Maskenbildner. Auf der zweiten und dritten Cocktailparty war James dann auch, und Skipper redete mit ihm. Er redete mit jedem, er konnte nicht anders. Remy, ein Hair-Stylist, ging zu Skipper und fragte: »Was willst du mit diesem Typen: James? Du bist zu gut für ihn.«

»Was meinst du?« fragte Skipper.

»Ich hab euch zwei überall zusammen gesehen. Und ich sag dir was. Er ist ein Dreckskerl. Ein Schwein. Du hast was Besseres verdient.«

»Aber ich bin nicht schwul«, sagte Skipper.

»Ja, sicher, Schätzchen.«

Am nächsten Morgen rief Skipper Stanford Blatch an, den Drehbuchautor. »Die Leute denken, ich bin schwul, das ist schlecht für meinen Ruf«, sagte er.

»Oh, bitte«, sagte Stanford. »Ein Ruf ist Katzenpisse. Der kann sich täglich ändern. Tatsächlich sollte er das auch. Außerdem hab ich im Moment genug eigene Probleme.«

Skipper rief River Wilde an, den berühmten Schriftsteller. »Ich möchte dich gern se-e-ehn«, sagte er.

»Das geht nicht«, sagte River.

»Warum nicht?«

»Weil ich beschäftigt bin.«

»Beschäftigt womit?«

»Mit Mark. Meinem neuen Freund.«

»Das versteh ich nicht«, sagte Skipper. »Ich dachte, ich bin dein Freund.«

»Er tut Dinge für mich, die du nicht tun willst.«

Schweigen.

»Aber ich tue Dinge für dich, die er nicht tun kann«, sagte Skipper.

»Zum Beispiel?«

Wieder Schweigen.

»Das heißt aber nicht, daß du die ganze Zeit mit ihm zusammen sein mußt«, sagte Skipper.

»Kapierst du denn nicht, Skipper?« fragte River. »Er ist hier. Seine Sachen sind hier. Seine Unterhosen. Seine CDs. Seine Haarknäuel.«

»Haarknäuel?«

»Er hat eine Katze.«

»Oh«, meinte Skipper. Dann: »Du läßt eine Katze in deine Wohnung?«

Skipper rief Carrie an. »Ich halt das nicht mehr aus. Es ist Weihnachten, und alle haben eine Beziehung. Alle außer mir. Was machst du heute abend?«

»Big und ich bleiben zu Hause«, sagte Carrie. »Ich koche.«

»Ich will auch ein Zuhause«, sagte Skipper. »Ich brauche ein Haus. Vielleicht in Connecticut. Ich will ein Nest.«

»Skipper«, sagte Carrie, »du bist fünfundzwanzig.«

»Warum kann nicht alles so sein wie letztes Jahr, als niemand eine Beziehung hatte?« klagte Skipper. »Letzte Nacht hatte ich einen höchst erstaunlichen Traum über Gae Garden«, erzählte er über die ob ihrer Gefühlskälte bekannte Dame der oberen Zehntausend, die mittlerweile Mitte Vierzig war. »Sie ist so-o-o schön. Und ich hatte diesen Traum, wo wir Händchen halten und ganz verliebt sind. Und dann bin ich aufgewacht und war total fertig, weil es nur ein Traum war. Es war einfach dieses Gefühl. Glaubst du, ich kann dieses Gefühl im richtigen Leben auch haben?«

Im Jahr zuvor waren Skipper, Carrie und River Wilde zusammen zu Belles Weihnachtsparty auf ihren Familienlandsitz gefahren. Skipper fuhr seinen Mercedes, und River saß wie ein päpstlicher Nuntius auf dem Rücksitz und ließ Skipper die Radiostationen durchwählen, bis eine Musik kam, die er billigen konnte. Danach fuhren sie zu Rivers Wohnung, und River und Carrie unterhielten sich, während Skipper darüber jammerte, daß sein Wagen im Halteverbot stand. Dann sah Skipper zum Fenster hinaus, und natürlich wurde sein Wagen gerade abgeschleppt. Er fing an zu schreien, und Carrie und River sagten ihm, er solle aufhören und etwas Koks sniffen oder einen Joint rauchen oder zumindest noch was trinken. Und sie fanden es zum Brüllen.

Am nächsten Tag fuhr Stanford Blatch mit Skipper zum Abstellplatz, um den Wagen abzuholen. Er hatte einen Platten, und

Stanford setzte sich in den Wagen und las Zeitung, während Skipper den Reifen wechselte.

Der Bock – mal wieder

»Du mußt mir einen Gefallen tun«, sagte Stanford Blatch.

Er und Carrie saßen bei ihrem alljährlichen Weihnachtsessen bei *Harry Cipriani.* »Ich muß auf der Auktion bei *Sotheby's* ein paar Bilder verkaufen und möchte, daß du dich dazusetzt und die Preise hochtreibst.«

»Gern«, sagte Carrie.

»Um ehrlich zu sein, ich bin pleite«, sagte Stanford. Nachdem er in eine Rockband investiert und das Geld verloren hatte, bekam er von zu Hause nichts mehr. Dann hatte er das ganze Geld für sein letztes Drehbuch verpulvert. »Ich war so dumm«, sagte er.

Und dann war da der Bock. Stanford hatte ein Drehbuch für ihn geschrieben und dem Bock Schauspielunterricht bezahlt. »Natürlich hat er gesagt, daß er nicht schwul ist«, meinte Stanford, »aber ich hab ihm nicht geglaubt. Keiner versteht mich. Ich habe mich um diesen Jungen gekümmert. Er ist nachts eingeschlafen, während wir telefonierten. Mit dem Telefonhörer im Arm. Noch nie habe ich jemanden kennengelernt, der so verletztlich ist. So durcheinander.«

In der Woche davor hatte Stanford den Bock gefragt, ob er zu der Wohltätigkeitsgala des Kostümmuseums in der Met gehen wolle. Der Bock flippte aus. »Ich hab ihm gesagt, es wäre gut für seine Karriere. Er hat mich angeschrien«, erzählte Stanford. »Rief immer wieder, daß er nicht schwul wäre. Daß ich ihn in Ruhe lassen sollte. Meinte, er würde nie wieder mit mir sprechen wollen.«

Stanford nippte an seinem Bellini. »Die Leute dachten, ich wäre insgeheim in ihn verliebt. Ich dachte, ich wäre es nicht.

Einmal hat er mich geschlagen. Ich war in seiner Wohnung, und wir stritten uns. Ich hatte für ihn ein Vorsprechen bei einem Regisseur arrangiert. Er sagte, er wäre zu müde und ich sollte gehen. Ich sagte: ›Reden wir darüber.‹ Da hat er mich gegen die

Wand geworfen, buchstäblich wieder aufgesammelt und dann die Treppe runtergeschmissen. Natürlich wohnte er in einem billigen Mietshaus. Ein hübscher Junge wie er. Meine Schulter ist seitdem immer noch nicht wieder ganz in Ordnung.«

Der weiße Nerz

Carrie hört immer wieder Beschwerden über Skipper. Von Frauen, die älter sind als er – Carries Agentin, zum Beispiel, und einer Redakteurin bei einer Zeitschrift. Skipper hat ihnen bei diversen Abendessen in diversen Restaurants der Stadt unter dem Tisch die Hand aufs Knie gelegt.

Am Abend der Wohltätigkeitsgala des Kostümmuseums machte Carrie sich gerade die Haare zurecht und schrie Skipper am Telefon an, als Mr. Big nach Hause kam. Er hatte ein großes Paket unter dem Arm. »Was ist das?« wollte Carrie wissen.

»Ein Geschenk für dich«, sagte Mr. Big.

Er ging rasch ins Schlafzimmer und kam mit einem weißen Nerzmantel in den Händen wieder heraus. »Fröhliche Weihnachten.«

»Skipper, ich muß auflegen«, sagte Carrie.

Weihnachten vor drei Jahren wohnte Carrie in einem Studio-Apartment, in dem zwei Monate zuvor eine alte Dame gestorben war. Carrie hatte kein Geld. Eine Freundin hatte ihr ein Stück Schaumstoff als Bett geliehen. Alles, was sie hatte, war ein Nerzmantel und ein Louis Vuitton-Koffer, die beide verschwanden, als erwartungsgemäß die Wohnung irgendwann ausgeraubt wurde. Aber bis dahin schlief sie unter dem Nerzmantel auf dem Stück Schaumstoff und ging jeden Abend aus. Die Leute mochten sie, und niemand stellte Fragen. Eines Abends wurde sie wieder zu einer Party in jemandes Riesenwohnung an der Park Avenue eingeladen. Sie wußte, daß sie dort nicht wirklich hinpaßte, und es war immer verlockend, sich am Büfett mit all den Gratisleckerbissen vollzustopfen, aber das gehörte sich natürlich nicht. Statt dessen lernte sie einen Mann kennen, der einen Namen hatte. Er lud sie zum Essen ein, und sie dachte: Scheiß auf euch alle.

Sie gingen zu *Elio's* und saßen an einem der besten Tische. Der Mann lachte viel und aß Grissini mit kalter Butter. »Sind Sie eine erfolgreiche Journalistin?« wollte er wissen.

»In *Woman's Day* kommt nächsten Monat eine Geschichte von mir«, sagte Carrie.

»*Woman's Day?* Wer liest schon *Woman's Day?*«

Dann sagte er: »Ich fahre über Weihnachten nach St. Barts. Sind Sie schon mal dagewesen?«

»Nein.«

»Dann sollten Sie hinfahren. Wirklich, das sollten Sie. Ich miete dort jedes Jahr eine Villa. Alle fahren nach St. Barts.«

»Sicher«, sagte Carrie.

Bei ihrem nächsten Essen hatte er seine Meinung geändert und konnte sich nicht entscheiden, ob er in Gstaad oder in Aspen oder in St. Barts zum Skifahren gehen sollte. Er fragte sie, auf welche Schule sie gegangen war.

»Nayaug High-School«, sagte sie. »In Connecticut.«

»Nayaug?« fragte er. »Nie davon gehört. Hey, glaubst du, ich sollte meiner Exfreundin was zu Weihnachten schenken? Sie sagt, sie schenkt mir was. So oder so.«

Carrie sah ihn nur an.

Dennoch besserte sich ihre Laune für einige Tage – bis sie erkannte, daß er womöglich nicht wieder anrufen würde.

Zwei Tage vor Weihnachten rief sie bei ihm an. »Oh, ich bin gerade auf dem Sprung«, sagte er.

»Wohin geht's denn nun?«

»St. Barts. Doch noch. Wir haben eine tolle Hausparty organisiert. Jason Mould, der Filmregisseur, und seine Freundin Stelli Stein kommen direkt aus L. A.. Ich wünsch dir fröhliche Weihnachten, okay? Ich hoffe, der Weihnachtsmann meint's gut mit dir, Baby.«

»Dir auch fröhliche Weihnachten«, sagte sie.

Hi, Mom

Am Nachmittag ging sie Schlittschuhlaufen und drehte eine Pirouette nach der anderen in der Mitte der Eisbahn, bis alle gehen mußten, weil geschlossen wurde. Carrie rief ihre Mutter an. »Ich komm nach Hause«, sagte sie. Es fing an zu schneien. Sie stieg an der Penn Station in den Zug. Es gab keine Sitzplätze. Sie mußte im Verbindungsteil zwischen zwei Waggons stehen.

Der Zug fuhr durch Rye und Greenwich. Der Schnee wurde zum Sturm. Sie kamen durch Greens Farms und Westport und dann durch die kleinen schmutzigen Industriedörfer. Der Zug mußte wegen des vielen Schnees anhalten. Fremde redeten miteinander. Es war Weihnachten.

Carrie zündete sich eine Zigarette an. Sie dachte immerzu an diesen Mann und Jason Mould und Stelli Stein (wer immer das sein mochte), wie sie unter dem blauen Himmel von St. Barts um einen Pool lungerten. Stelli Stein würde einen weißen Bikini und einen schwarzen Hut tragen. Sie würden Drinks mit Strohhalmen schlürfen. Leute würden zum Mittagessen kommen. Und alle wären schlank und braun und schön.

Carrie beobachtete, wie der Schnee durch einen Türspalt in den Waggon staubte. Sie überlegte, ob sie wohl jemals etwas richtig machen würde.

Es war Mitternacht. Skipper saß in seiner Wohnung und telefonierte mit Kalifornien. Er ging ans Fenster. Vor dem Haus gegenüber hielt ein Taxi. Er konnte einen Mann und eine Frau auf dem Rücksitz herumknutschen sehen. Dann stieg die Frau aus. Sie trug einen dicken Pelzmantel und hatte ungefähr zwölf Kaschmirpullover um den Kopf gewickelt. Das Taxi fuhr weiter.

Es war Samantha Jones.

Zwei Minuten später klingelte es an seiner Tür.

»Sam«, sagte Skipper. »Ich hab dich schon erwartet.«

»Ach, Skipper. Laß deine Kindereien. Könntest du mir wohl etwas Shampoo borgen?« fragte sie.

»Shampoo? Wie wär's mit einem Drink?« fragte Skipper.

»Einen kleinen«, sagte Sam. »Und komm nicht auf dumme Gedanken und tu Ecstasy rein oder so etwas.«

»Ecstasy? Ich nehme keine Drogen. Ich hab noch nicht mal gekokst, das schwöre ich. Wow! Ich kann nicht glauben, daß du tatsächlich hier in meiner Wohnung bist.«

»Ich auch nicht«, sagte Sam. Sie fing an, durch das Wohnzimmer zu tigern. Dinge anzufassen. »Weißt du, ich habe nicht alles so im Griff, wie jeder denkt.«

»Warum ziehst du nicht deinen Mantel aus?« fragte Skipper. »Setz dich hin. Willst du Sex?«

»Ich will wirklich nur mein Haar waschen«, sagte Sam.

»Du kannst es hier waschen«, sagte Skipper. »Danach.«

»Träum weiter.«

»Wer war der Mann, den du im Taxi geküßt hast?« wollte Skipper wissen.

»Nur einer von den Männern, die ich entweder nicht will oder nicht haben kann«, sagte Samantha. »Wie du.«

»Aber mich kannst du haben«, sagte Skipper. »Ich bin verfügbar.«

»Eben«, sagte Sam.

River's Party

River Wildes alljährliche Weihnachtsparty. Laute Musik. Überall Leute. Im Treppenhaus. Drogen. Irgend jemand pinkelte vom Balkon und traf den Kopf des ahnungslosen Hausverwalters. Der Bock ignorierte Stanford Blatch, der mit zwei männlichen Models auftauchte, Zwillingen, die neu in der Stadt waren. Skipper knutschte in der Ecke eine Frau. Der Weihnachtsbaum kippte um.

Skipper riß sich los und ging zu Carrie. Sie fragte ihn, warum er immer versuchen würde, Frauen zu küssen. »Ich hab das Gefühl, es ist meine Pflicht«, sagte er und fragte dann Mr. Big: »Bist du nicht beeindruckt, wie schnell ich sie rumgekriegt habe?«

Skipper ging zu River. »Wie kommt es, daß du mich nie mehr einlädst? Es kommt mir vor, als ob mich alle meine Freunde meiden. Es ist wegen Mark, oder? Er kann mich nicht leiden.«

»Wenn du so weitermachst, wird dich niemand mehr leiden können«, erwiderte River. Im Badezimmer wurde gekotzt.

Um ein Uhr war der Fußboden in Alkohol getränkt, und eine Meute Drogis hatte das Badezimmer belegt. Der Baum war dreimal umgefallen, und niemand konnte seinen Mantel finden.

Stanford sagte zu River: »Ich hab's endlich aufgegeben mit dem Bock. Ich hab mich vorher noch nie getäuscht, aber vielleicht ist er wirklich hetero.« River starrte ihn benommen an.

»Komm her, River«, rief Stanford plötzlich ganz fröhlich. »Sieh dir deinen Weihnachtsbaum an. Sieh nur, wie schön er ist!«

21

Das Lied von Liebe und Leid: Er war reich, romantisch und ... hässlich

Carrie kam gerade vom Einkaufen bei Bergdorf's, als ihr Bunny Entwistle über den Weg lief.

»Schätzchen!« rief Bunny. »Dich hab ich ja schon seit Jahren nicht mehr gesehen. Du siehst großartig aus!«

»Du auch«, sagte Carrie.

»Du mußt mit mir zu Mittag essen. Auf der Stelle. Amalita Amalfi – ja, sie ist auch in der Stadt, und wir sind immer noch befreundet – hat mich versetzt.«

»Wahrscheinlich, weil sie auf einen Anruf von Jake wartet.«

»Oh, ist sie immer noch mit ihm zusammen?« Bunny warf ihr weißblondes Haar über den Kragen ihres Zobelmantels. »Ich hab einen Tisch im *21*. Bitte komm mit mir essen. Ich bin seit einem Jahr nicht mehr in New York gewesen, und ich *muß* meinen Tratsch loswerden.«

Bunny war um die Vierzig, immer noch schön und L. A.-gebräunt. Sie drehte ab und zu fürs Fernsehen, hatte davor jedoch jahrelang in New York gelebt. Sie war der Inbegriff des Partygirls und so wild, daß kein Mann je in Erwägung zog, sie zu heiraten, obwohl ihr viele an die Wäsche wollten.

»Ich will einen Tisch hinten in der Ecke, wo ich rauchen kann und uns niemand stört«, sagte Bunny. Sie setzten sich hin, und Bunny zündete eine kubanische Zigarre an. »Das allererste, was ich besprechen möchte, ist diese Hochzeitsanzeige.« Sie meinte die Zeitungsnotiz über die Hochzeit von Chloe – sechsunddreißig, galt einst als klassische Schönheit – mit einem unscheinbaren Typen namens Jason Jingles auf den Galapagos-Inseln.

»Na ja, er ist reich, schlau und schnucklig«, meinte Carrie. »Er war immer nett zu mir.«

»Darling, ich bitte dich«, sagte Bunny. »Männer wie Jingles, und davon gibt's in New York eine Menge, sind nicht die Art von Typen, die man heiratet. Sie sind prima Freunde – aufmerksam, immer da, wenn du in der Klemme steckst –, und spät in der Nacht, wenn du einsam und verzweifelt daliegst, dann flüsterst du dir zu: ›Na ja, ich kann immer noch einen Typen wie Jingles heiraten. Dann muß ich mir zumindest keine Sorgen machen, wie ich die Miete bezahlen soll.‹ Aber du wachst auf und denkst noch mal drüber nach, und dann fällt dir ein, daß du im selben Bett mit ihm schlafen müßtest und ihm beim Zähneputzen zugucken und all diesen Mist.«

»Sandra erzählte, daß er mal versucht hat, sie zu küssen«, sagte Carrie. »Sie sagte: ›Wenn ich einen Haarball in meinem Bett will, dann kauf ich mir eine Katze.‹«

Bunny klappte eine Puderdose auf und tat so, als wolle sie ihre Wimpern überprüfen, aber in Wirklichkeit, dachte Carrie, wollte sie prüfen, ob irgend jemand im Lokal sie beobachtete. »Ich würde Chloe ja liebend gern anrufen und sie direkt danach fragen, aber ich kann nicht, weil sie seit Jahren schon nicht mehr mit mir spricht«, sagte sie. »Seltsamerweise habe ich jedoch wieder mal eine dieser Einladungen auf eine dieser Museums-Wohltätigkeitsveranstaltungen in der Upper East Side bekommen, und erwartungsgemäß ist Chloe wieder einmal zweite Vereinsvorsitzende. Ich gehe da schon seit Jahren nicht mehr hin, aber ich habe tatsächlich daran gedacht, die 350 Dollar zu bezahlen und ganz allein dort aufzukreuzen. Nur um zu sehen, wie sie aussieht.«

Bunny lachte ihr berühmtes Lachen, und einige Köpfe drehten sich nach ihr um. »Vor ein paar Jahren, als ich ziemlich fertig war und manchmal sogar Koksreste um die Nasenlöcher kleben hatte, rief mein Vater mich immer mal wieder an und sagte: ›Komm nach Hause.‹ ›Warum?‹ fragte ich dann. ›Damit ich dich seeeehen kann‹, anwortete er immer. ›Wenn ich dich seeeehe, dann weiß ich, ob es dir gut geht oder nicht.‹

Mit Chloe ist es dasselbe. Wenn ich sie nur sehen könnte, dann wüßte ich alles. Leidet sie unter Selbstverachtung? Schluckt sie Prozac?«

»Ich glaube nicht«, begann Carrie.

»Oder denkst du, sie hatte eine Art tiefgreifendes religiöses Erlebnis?« fuhr Bunny fort. »Heutzutage haben die Leute so was ja. Es ist ziemlich schick.

Jedenfalls habe ich meine Gründe, warum ich das wissen will. Vor ein paar Jahren hätte ich nämlich selbst fast einen Typen wie Jingles geheiratet«, sagte Bunny nachdenklich. »Die Situation ist immer noch nicht ganz geklärt und wird es vermutlich auch nie sein. Laß uns Champagner trinken. Ober!«

Bunny schnippte mit den Fingern. Sie holte tief Luft. »Also. Alles fing nach der unschönen Trennung von einem Mann an, den ich mal Dominique nenne. Er war Italiener, ein Banker, mieser Euro-Jet-set und stolz darauf, mit der Persönlichkeit eines Skorpions. Genau wie seine Mutter. Natürlich behandelte er mich wie den letzten Dreck, und ich ließ mir das gefallen, und seltsamerweise machte es mir kaum etwas aus. Zumindest nicht bis zum Schluß, wo ich dann in Jamaika zuviel von diesem psychedelischen Pilztee trank und erkannte, daß er mich eigentlich überhaupt nicht liebte. Aber damals war ich selbst noch ganz anders. Ich hatte mein Aussehen – du weißt schon, wenn sogar Fremde einen auf der Straße ansprechen und so – und meine gute Erziehung, wie man sie eben hat, wenn man in einer Kleinstadt in Maine aufgewachsen ist. Aber innendrin war ich nicht nett. Ich hatte überhaupt keine Gefühle, weder emotional noch körperlich. Ich war nie verliebt gewesen.

Die einzigen Gründe, warum ich drei Jahre mit Dominique zusammenlebte, waren erstens, weil er mich bei unserem ersten Rendezvous darum gebeten hatte, und zweitens, weil er eine tolle

Drei-Zimmer-Wohnung in einem Vorkriegsgebäude mit Blick auf den East River sowie ein großes Haus in den Hamptons hatte. Ich hatte kein Geld und keine Arbeit – bis auf ein paar Synchronjobs und Jingles für Werbespots.

Als Dominique und ich uns also trennten – er fand heraus, daß ich Affären hatte und verlangte allen Schmuck zurück, den er mir geschenkt hatte –, beschloß ich, daß ich heiraten müßte. Und zwar schnell.«

Rinderwahn

»Ich zog zu einer Freundin in die Wohnung«, erzählte Bunny weiter, »und ungefähr zwei Wochen später lernte ich Dudley im *Chester's* kennen – dieser East Side-Bar für feine Jungpinkel. Nach fünf Minuten war ich bedient. Er trug diese englischen Schuhe mit Troddeln, einen weichen Filzhut und einen Ralph Lauren-Anzug. Seine Lippen waren ständig feucht. Er war groß und dünn und sein Kinn praktisch nicht vorhanden. Seine Augen sahen aus wie gekochte Eier, und sein Adamsapfel war riesig und hüpfte dauernd rauf und runter. Er setzte sich ungefragt an unseren Tisch und bestand darauf, allen einen Martini zu spendieren. Er erzählte schlechte Witze und machte sich über meine Ponyfell-Designerschuhe lustig. ›Ich bin eine Kuh, muh, zieh mich an‹, sagte er. ›Entschuldigung, aber ich glaube, Sie sind ein Riesenrindvieh‹, sagte ich. Es war mir peinlich, daß ich gesehen wurde, wie ich mit ihm sprach.

Am nächsten Tag – welch eine Überraschung! – ruft er mich an. ›Shelby hat mir Ihre Telefonnummer gegeben‹, sagte er. Shelby ist ein Freund von mir und irgendwie mit George Washington verwandt. Ich kann zwar gemein sein, aber nur bis zu einem gewissen Grad. ›Ich wußte nicht, daß Sie Shelby kennen‹, sagte ich also. ›Aber sicher‹, sagte er. ›Seit dem Kindergarten. Er war schon als Kind ein ulkiger Vogel.‹

›Ach ja? Und Sie?‹ fragte ich.

Ich war natürlich selber schuld. Ich hätte ihn gleich abwimmeln müssen. Aber eh ich mich versah, erzählte ich ihm alles über meine Trennung von Dominique, und am nächsten Tag schickte er mir Blumen, ›weil ein schönes Mädchen nicht traurig sein sollte, wenn es verlassen wird‹.

Dann rief Shelby an. ›Dudley ist ein toller Typ‹, sagte er.

›Ach ja?‹ fragte ich. ›Was ist denn so toll an ihm?‹

›Seiner Familie gehört halb Nantucket.‹

Dudley war hartnäckig. Er schickte mir Geschenke – Teddybären und einmal einen Präsentkorb mit Käse aus Vermont. Er rief drei- oder viermal am Tag an. Zuerst stellten sich mir immer die Nackenhaare auf, aber nach einer Weile gewöhnte ich mich an seinen eigenartigen Humor und freute mich fast schon auf seine Anrufe. Er lauschte fasziniert jedem noch so albernen Detail meiner Tagesereignisse: du weißt schon, daß ich sauer war, weil Yvonne sich ein neues Chanel-Kostüm gekauft hatte und ich mir keins leisten konnte; daß ein Taxifahrer mich aus dem Taxi warf, weil ich geraucht hatte; daß ich mir beim Beine-Rasieren wieder einmal in den Knöchel geschnitten hatte. Er baute mir eine Falle, und ich merkte es –, aber ich dachte trotzdem immer noch, daß ich – ausgerechnet ich – da wieder rauskommen würde.

Und dann kam die Wochenendeinladung, via Shelby, der mich anrief und sagte: ›Dudley möchte, daß wir mit ihm in sein Haus auf Nantucket fahren.‹

›Nie im Leben‹, sagte ich.

›Er hat ein schönes Haus. Antik. An der Hauptstraße. Ich glaube, es ist eins von den Backsteinhäusern.‹

›Du glaubst?‹

›Ich bin ziemlich sicher. Aber immer, wenn ich da war, war ich zugedröhnt, deshalb erinnere ich mich nicht so genau.‹

›Wenn es eins von den Backsteinhäusern ist, dann denke ich darüber nach‹, sagte ich.

Zehn Minuten später rief Dudley selbst an. ›Ich hab eure Flugtickets schon gekauft‹, sagte er. ›Und ja, es ist eins von den Backsteinhäusern.‹«

»Ich kann mir immer noch nicht erklären, was da an dem Wochenende passiert ist. Vielleicht war's der Alkohol oder das Marihuana. Oder vielleicht war's das Haus selber. Als ich noch ein Kind war, verbrachte ich viele Sommer mit meiner Familie auf Nantucket. Ich sag das jetzt so, aber in Wirklichkeit waren wir da einfach zwei Wochen in einer Pension. Ich mußte mir mit meinen Brüdern ein Zimmer teilen, und meine Eltern kochten die Hummer fürs Abendessen auf einer Kochplatte.

An dem Wochenende schlief ich mit Dudley. Ich wollte es eigentlich nicht. Wir standen auf dem Treppenabsatz und wünschten uns gute Nacht, als er plötzlich wie ein Vogel herabstieß, gewissermaßen, und mich küßte. Ich wehrte mich nicht. Wir landeten in seinem Bett, und als er auf mir lag, erinnere ich mich, daß ich zuerst das Gefühl hatte, erstickt zu werden, was vermutlich sogar stimmte, denn Dudley ist einsachtundachtzig groß. Und dann hatte ich das Gefühl, mit einem kleinen Jungen zu schlafen, denn er wog bestimmt nicht mehr als zweiundsiebzig Kilo und hatte nirgends Haare am Körper.

Aber zum ersten Mal in meinem Leben war der Sex toll. Ich hatte eine Art Erleuchtung: Vielleicht würde ich mit einem Typen, der nett war und mich verehrte, glücklich werden. Trotzdem hatte ich noch Angst, ihn anzusehen, als wir aufwachten – Angst, daß er mich vielleicht abstößt.

Zwei Wochen, nachdem wir wieder in der Stadt waren, gingen wir zu einer Wohltätigkeitsveranstaltung für ein Museum. Es war unser erster offizieller Auftritt als Pärchen. Und wie es für unsere Beziehung bald typisch werden sollte, war es ein einziges Fiasko. Er war eine Stunde zu spät dran, und dann konnten wir kein Taxi finden, weil es vierzig Grad heiß war. Wir mußten zu Fuß gehen, und Dudley hatte – wie üblich – fast den ganzen Tag nichts gegessen und war kurz vorm Umfallen, und jemand mußte ihm Gläser mit Eiswasser holen. Dann bestand er darauf zu tanzen, wobei er im Prinzip nichts anderes tat, als mich in andere Tanzpaare hineinzuschleudern. Dann rauchte er eine Zigarre und mußte sich übergeben. In der Zwischenzeit erzählte mir jeder, was für ein toller Typ er doch sei.

Abgesehen von meinen Freunden. Amalita sagte: ›Du kannst was Besseres haben. Das ist doch lächerlich.‹

Ich sagte: ›Aber er ist toll im Bett.‹

Sie sagte: ›Bring mich bitte nicht zum Kotzen.‹

Einen Monat später hielt Dudley inoffiziell um meine Hand an, und ich sagte ja. Ich schämte mich irgendwie wegen ihm, aber ich dachte immer, das würde schon noch vergehen. Außerdem hielt er mich auf Trab. Wir gingen ständig einkaufen. Eine Wohnung. Verlobungsringe. Antike Möbel. Orientteppiche. Tafelsilber. Wein. Und dann waren da die Wochenendausflüge nach Nantucket und nach Maine zu meinen Eltern, aber Dudley verspätete sich ständig und bekam nichts auf die Reihe, so daß wir fortlaufend Züge und Fähren verpaßten.

Der Wendepunkt kam in einer Nacht, als wir schon zum vierten Mal die Fähre nach Nantucket verpaßt hatten. Wir mußten in einem Motel übernachten. Ich war am Verhungern und wollte, daß Dudley loszieht und chinesisches Essen holt, aber statt dessen kam er mit einem Kopf Eisbergsalat und einer trübseligen Tomate zurück. Während ich im Bett lag und versuchte, den Lärm des vögelnden Pärchens nebenan zu ignorieren, saß Dudley in seinen Boxershorts am Formicatisch und schnippelte die angefaulten Teile der Tomate mit seinem silbernen Schweizer Armeemesser von Tiffany weg. Er war erst dreißig, aber er hatte die oberpingeligen Angewohnheiten eines Fünfundsiebzigjährigen.

Am nächsten Morgen fing ich an: ›Findest du nicht, du solltest Sport treiben? Ein bißchen zunehmen?‹

Danach begann plötzlich alles an Dudley, mich aufzuregen. Seine alberne, protzige Kleidung. Seine Art, als ob jeder sein bester Freund wäre. Die drei langen blonden Haare auf seinem Adamsapfel. Sein Geruch.

Jeden Tag versuchte ich, ihn ins Fitneßstudio zu treiben. Ich stand da und zwang ihn, die Fünf-Pfund-Hanteln zu stemmen, weil er mehr nicht schaffte. Er nahm tatsächlich fünf Kilo zu, aber dann nahm er alles wieder ab. Einmal waren wir abends bei seinen Eltern in der Fifth Avenue zum Essen eingeladen. Die Köchin machte Lammkoteletts. Dudley bestand darauf, daß er kein Fleisch essen könne, und schrie seine Eltern an, sie würden keine Rücksicht auf seine Eßgewohnheiten nehmen. Die Köchin mußte zum nächten Lebensmittelladen rennen und ihm braunen Reis und Broccoli kaufen. Wir aßen mit zwei Stunden Verspätung, und selbst dann stocherte Dudley nur auf seinem Teller herum. Es war mir schrecklich peinlich. Sein Vater sagte hinterher zu mir: ›Sie können jederzeit wieder zum Essen kommen, aber bitte lassen Sie Dudley zu Hause.‹

Da hätte ich eigentlich Schluß machen sollen, aber es waren noch zwei Wochen bis Weihnachten. Heiligabend hielt Dudley offiziell um meine Hand an, mit einem Acht-Karat-Ring, vor meiner ganzen Familie. Er hatte schon immer so was Boshaftes an sich gehabt, und in seiner typischen Art hatte er den Ring in eine Praline gepopelt und überreichte mir nun die Schachtel. ›Hier ist dein Weihnachtsgeschenk‹, sagte er. ›Fang am besten gleich an zu essen.‹

›Ich will jetzt aber keine Schokolade essen‹, sagte ich und warf ihm diesen bösen Blick zu, der ihn normalerweise zum Schweigen brachte.

›Ich denke, du willst doch‹, sagte er irgendwie drohend, also fing ich an zu essen. Meine Familie sah voller Entsetzen zu. Ich hätte mir einen Zahn ausbeißen oder noch schlimmer: ersticken können. Trotzdem sagte ich ja.

Ich weiß ja nicht, ob du jemals mit dem falschen Mann verlobt warst, aber wenn es erst einmal passiert, dann ist das wie eine Lawine, die du nicht mehr stoppen kannst. Es gab reihenweise Partys in der Park Avenue, kleine Dinner bei *Mortimer's* und im *Bilboquet.* Frauen, die ich kaum kannte, hatten von dem Ring gehört und wollten ihn sehen. ›Er ist ein so toller Mann‹, sagten alle.

›Ja, das ist er‹, sagte ich. Und ich kam mir vor wie das letzte Schwein.

Und dann kam der Tag, an dem wir in unsere neu gekaufte, perfekt eingerichtete, klassische Sieben-Zimmer-Wohnung in der East 72nd Street einziehen sollten. Meine Kisten waren alle gepackt und die Möbelleute bereits unten im Haus, als ich Dudley anrief.

›Ich kann das nicht‹, sagte ich.

›Was kannst du nicht?‹ fragte er.

Ich legte auf.

Er rief zurück. Er kam zu mir. Er ging. Seine Freunde riefen an. Ich ging raus und zog durch die Kneipen. Dudleys Upper East Side-Freunde wetzten die Messer. Sie dachten sich irgendwelche Sachen aus: Ich sei morgens um vier in irgend jemandes Haus gesehen worden, nur mit Cowboystiefeln an. Ich hätte einem anderen in einer Bar einen geblasen. Ich hätte versucht, den Verlobungsring zu verpfänden. Ich sei scharf aufs Geld gewesen. Ich hätte Dudley verarscht.

Es gibt keine gute Art, so was zu beenden. Ich zog in ein winziges Studio-Apartment in einem dreckigen Mietshaus an der York Avenue, das ich mir tatsächlich allein leisten konnte, und begann, an meiner Karriere zu arbeiten. Dudley erging es schlimmer. Der Immobilienmarkt brach zusammen, und er konnte die Wohnung nicht verkaufen. Es war alles meine Schuld. Dudley verließ die Stadt. Zog nach London. Das war auch meine Schuld. Auch wenn ich immer wieder hörte, wie großartig es ihm da ging. Er lernte die unscheinbare Tochter irgendeines Grafen kennen.

Keiner denkt mehr daran, daß die nächsten drei Jahre für mich die reinste Hölle waren. Obwohl ich kein Geld hatte und Hot Dogs auf der Straße essen mußte und die Hälfte der Zeit Selbstmordgedanken hegte – einmal hab ich tatsächlich den Selbstmord-Notruf angerufen, aber dann klingelte plötzlich jemand und lud mich auf eine Party ein –, schwor ich mir, daß ich nie wieder in solch eine Situation geraten würde. Ich würde nie mehr auch nur einen Penny von einem Mann annehmen. Es ist schrecklich, jemanden so zu verletzen.«

»Aber glaubst du, das war wirklich nur wegen seines Aussehens?« wollte Carrie wissen.

»Darüber hab ich oft nachgedacht. Und eins hab ich vergessen zu erzählen, nämlich daß ich immer, wenn ich mit ihm im Auto fuhr, eingeschlafen bin. Ich konnte meine Augen buchstäblich nicht offen halten. Die Wahrheit ist, er hat mich gelangweilt.«

Vielleicht kam das von all dem Champagner, aber Bunny lachte ein wenig unsicher. »Ist das nicht schrecklich?« fragte sie.

22

Aspen

Carrie flog mit dem Lear-Jet nach Aspen. Sie trug den weißen Nerzmantel, ein Minikleid und weiße Lacklederstiefel. Sie dachte, in einen Lear-Jet kleidet man sich so, aber das stellte sich als Irrtum heraus. Die anderen Leute, mit denen sie flog – die, denen der Jet gehörte –, trugen Jeans und hübsch bestickte Pullover und vernünftige Schneestiefel. Carrie hatte einen ziemlichen Kater. Als der Jet zum Auftanken in Lincoln, Nebraska, landete, mußte sie sich vom Piloten die Treppe hinunterführen lassen. Es war ein bißchen warm, und sie wanderte mit ihrem dicken Nerz und einer Sonnenbrille herum, rauchte Zigaretten und starrte auf die endlos weiten, gelbtrockenen Felder.

Mr. Big wartete am Flughafen von Aspen. Er saß draußen, mit einem braunen Wildledermantel und braunem Wildlederhut nur zu perfekt gekleidet, und rauchte eine Zigarre. Er kam über das Rollfeld, und das erste, was er sagte, war: »Ihr habt Verspätung. Ich erfriere.«

»Warum hast du nicht drinnen gewartet?« fragte Carrie. Sie fuhren durch den winzigen Ort, der wie eine Spielzeugstadt aussah, die ein Kind unter dem Weihnachtsbaum aufgebaut hatte. Carrie preßte ihre Finger an die Stirn und seufzte. »Ich werde mich entspannen. Gesund werden«, verkündete sie. »Kochen.«

Stanford Blatch traf ebenfalls per Privatjet ein. Er wohnte im Haus seiner Sandkastenfreundin Suzannah Martin. Nach der Party bei River Wilde hatte er ihr gesagt: »Ich möchte ein neues Kapitel aufschlagen. Wir sind so gute Freunde, wir sollten ernsthaft darüber nachdenken, ob wir nicht heiraten sollten. Auf diese Weise bekomme ich meine Erbschaft, und mit deinem Geld und meinem Geld können wir so leben, wie wir es immer wollten.«

Suzannah war eine vierzigjährige Bildhauerin, die sich dramatisch schminkte und große Schmuckstücke trug. Eine traditionelle Ehe hatte sie sich ohnehin nie vorstellen können. »Getrennte Schlafzimmer?« wollte sie wissen.

»Natürlich«, erwiderte Stanford.

Skipper Johnson kam mit einer normalen Fluggesellschaft und ließ sein Ticket in erste Klasse umschreiben, weil er noch einen Flugmeilen-Bonus hatte. Er reiste mit seinen Eltern und seinen beiden jüngeren Schwestern. Ich muß eine Freundin finden, dachte er. Das ist doch lächerlich. Vor seinem geistigen Auge war diese glückliche Frau etwas älter, so Anfang bis Mitte Dreißig, schön, klug und lustig. Eine Frau, die sein Interesse wachhalten konnte. Im letzten Jahr hatte er gemerkt, daß die Mädchen in seinem Alter langweilig waren. Sie sahen zu sehr zu ihm auf, und das flößte ihm Angst ein.

Mr. Big brachte Carrie das Skifahren bei. Er hatte ihr einen Skianzug gekauft, Handschuhe, Mütze, Skiunterwäsche. Außerdem ein winziges Thermometer, das sie an ihre Handschuhe klipsen konnte – das einzige Teil, das sie sich von ihm gewünscht hatte. Er war dagegen gewesen, bis sie schmollte; schließlich kaufte er es im Tausch gegen einmal Blasen, obwohl es nur vier Dollar kostete. In dem Haus, das sie gemietet hatten, zog er den Reißverschluß ihres Skianzugs hoch, und sie streckte ihm die Hände entgegen, über die er ihre Handschuhe stülpte. Dann klipste er das Thermometer fest, und sie sagte: »Du wirst noch froh sein, daß wir das haben. Hier ist es nämlich kalt.« Er lachte, und sie küßten sich.

Mr. Big rauchte im Skilift Zigarren und telefonierte mit seinem Handy. Dann glitt er hinter Carrie die Hänge hinunter und sorgte dafür, daß niemand sie umfuhr. »Du schaffst es«, rief er vor jedem Stemmbogen, während sie langsam den Berg runterfuhr. Dann stellte sie sich an den Fuß des Abhangs, hielt sich die Hand über die Augen und beobachtete, wie Mr. Big über die Buckelpiste jagte.

Abends ließen sie sich massieren und gingen ins Dampfbad. Nachts, wenn sie zusammen im Bett lagen, sagte Mr. Big: »Jetzt sind wir uns richtig nahe, oder?«

»Ja«, sagte Carrie.

»Erinnerst du dich, wie du immer gesagt hast, wir müßten uns noch näherkommen? Das sagst du jetzt nicht mehr.«

Jetzt kann es nicht mehr besser werden, dachte Carrie.

»Ich guck mir Schwänze an«

Stanford Blatch spazierte mit einem Paar Ponyfell-Après-Skistiefeln an den Füßen und einem Fernglas um den Hals am Gipfel des Aspen Mountain herum. Er war auf dem Weg zur Hütte, wo er mit Suzannah zu Mittag essen wollte, als er eine bekannte Stimme rufen hörte. »Stanford!« Und dann: »Paß auf!« Er drehte sich genau in dem Moment um, als Skipper Johnson kurz davon war, in ihn hineinzufahren, und sprang in eine Schneewehe, um ihm auszuweichen. »Mein lieber, lieber Skipper«, sagte er.

»Findest du es nicht auch toll, in den Ferien deinen Freunden über den Weg zu laufen?« fragte Skipper. Er trug Skikleidung, die aussah wie ein Schlechtwettermodell für Pfadfinder: eine schlabbrige gelbe Skijacke und eine Mütze mit rechtwinklig abstehenden Ohrenklappen.

»Das kommt auf die Freunde an und *wie* man ihnen über den Weg läuft«, meinte Stanford.

»Ich wußte gar nicht, daß du Vogelforscher bist«, sagte Skipper.

»Ich gucke nicht nach Vögeln, ich guck mir Schwänze an«, sagte Stanford. »Ich checke die Triebwerke der Privatjets ab, damit ich weiß, was für einen ich kaufen soll.«

»Du willst einen Jet kaufen?« fragte Skipper.

»Ja, bald. Ich überlege mir, zu heiraten, und ich will sicher sein, daß meine Frau anständig fliegen kann.«

»Deine Frau?«

»Ja, Skipper«, antwortete Stanford geduldig. »Tatsächlich bin ich gerade auf dem Weg, um mit ihr zu essen. Möchtest du sie kennenlernen?«

»Das glaub ich einfach nicht«, sagte Skipper. »Na ja«, meinte er dann und schnallte sich die Skier ab. »Ich habe auch schon drei verschiedene Mädchen an der Angel, warum nicht du?«

Stanford sah ihn mitleidig an. »Mein lieber, lieber Skipper«, sagte er. »Wann wirst du endlich aufhören, so zu tun, als wärst du nicht schwul?«

Carrie und Mr. Big gingen im *Pine Creek Cookhouse* romantisch essen. Sie fuhren durch die Berge, und dann nahmen sie einen Pferdeschlitten zum Restaurant. Der Himmel war schwarz und klar, und Mr. Big redete über die Sterne und wie er als Kind arm war und mit dreizehn die Schule verlassen und arbeiten und dann zur Luftwaffe gehen mußte.

Sie hatten eine Polaroidkamera mitgenommen und fotografierten sich im Restaurant gegenseitig. Sie tranken Wein und hielten Händchen, und Carrie war ein bißchen betrunken. »Hör zu«, sagte sie. »Ich muß dich etwas fragen.«

»Schieß los«, sagte Mr. Big.

»Weißt du noch, am Anfang des Sommers? Als wir schon zwei Monate zusammen ausgingen und du sagtest, du wolltest auch mit anderen ausgehen?«

»Ja?« meinte Mr. Big vorsichtig.

»Und dann bist du eine Woche lang mit diesem Model ausgegangen? Und als ich dich zufällig traf, warst du total blöd, und ich hab dich angeschrien, und wir hatten diesen Riesenkrach in der *Bowery Bar?*«

»Ich hatte Angst, du sprichst nie mehr ein Wort mit mir.«

»Ich will nur wissen«, sagte Carrie, »wenn du ich wärst, was hättest du da getan?«

»Ich nehme an, ich hätte nie wieder ein Wort mit dir gesprochen.«

»Ist es das, was du wolltest?« fragte Carrie. »Wolltest du, daß ich dich verlasse?«

»Nein«, sagte Mr. Big. »Ich wollte, daß du bei mir bleibst. Ich war durcheinander.«

»Aber *du* wärst gegangen.«

»Ich wollte nicht, daß du gehst. Ich wollte … ach, ich weiß nicht. Es war ein Test«, sagte Mr. Big.

»Ein Test?«

»Um zu sehen, ob du mich wirklich mochtest. Genug, um dranzubleiben.«

»Aber du hast mir wirklich weh getan«, sagte Carrie. »Wie konntest du mich nur so verletzen? Das werde ich nie vergessen – weißt du das?«

»Ich weiß, Baby. Es tut mir leid«, sagte er.

Als sie ins Haus zurückkamen, war eine Nachricht von ihrem Freund Rock Gibraltar auf dem Anrufbeantworter, dem Filmproduzenten. »Ich bin hier«, sagte er. »Bei Tyler Kydd. Ihr werdet ihn lieben.«

»Meint er Tyler Kydd, den Schauspieler?« fragte Mr. Big.

»Hört sich ganz danach an«, sagte Carrie und merkte, daß sie versuchte, so zu klingen, als sei das völlig egal.

Der gefesselte Prometheus

»Das war einfach wunderbar«, sagte Stanford. Er und Suzannah saßen auf der Couch vor dem Kaminfeuer. Suzannah rauchte eine Zigarette. Ihre Finger waren schlank und fein und hatten lange, perfekt manikürte, rote Fingernägel. Sie war in einen schwarzen Seidenkimono gehüllt. »Danke, Darling«, sagte sie.

»Du bist die perfekte Ehefrau, weißt du das«, sagte Stanford. »Ich kann gar nicht fassen, daß du noch nicht verheiratet bist.«

»Heterosexuelle Männer langweilen mich«, sagte Suzannah. »Irgendwann jedenfalls. Es fängt immer gut an, und dann werden sie unglaublich fordernd. Ehe du dich's versiehst, tust du alles, was sie wollen, und du hast kein Leben mehr für dich.«

»Bei uns wird das nicht so sein«, sagte Stanford. »So ist es perfekt.«

Suzannah stand auf. »Ich geh ins Bett«, sagte sie. »Ich will früh aufstehen und Ski fahren. Bist du sicher, daß du nicht mitkommen willst?«

»Auf die Pisten? Niemals«, erwiderte Stanford. »Aber du mußt mir eins versprechen. Daß wir morgen wieder genau so einen Abend haben wie heute.«

»Gewiß.«

»Du bist eine tolle Köchin. Wo hast du kochen gelernt?«

»In Paris.«

Stanford erhob sich. »Gute Nacht, meine Liebe.«

»Gute Nacht«, sagte sie. Stanford beugte sich vor und gab ihr einen keuschen Kuß auf die Wange. »Bis morgen«, sagte er und winkte, während sie in ihr Zimmer ging.

Ein paar Minuten später betrat Stanford sein Zimmer. Aber er ging nicht ins Bett. Statt dessen stellte er den Computer an und sah nach, ob E-mail für ihn da war. Wie erhofft, fand er eine Nachricht. Er nahm den Telefonhörer ab und bestellte ein Taxi. Dann wartete er am Fenster.

Als das Taxi kam, schlich er aus dem Haus. *»Caribou Club«,* sagte er zum Fahrer.

Und dann war alles wie ein Alptraum. Das Taxi brachte ihn in eine kopfsteingepflasterte Straße im Zentrum. Stanford ging durch eine schmale Gasse mit kleinen Läden, dann durch eine Tür und einige Stufen hinunter. Eine blonde Frau, die vermutlich vierzig war, durch die wundervollen Segnungen von Gesichtschirurgie und Silikonimplantaten aber fünf Jahre jünger aussah, stand hinter einem hölzernen Pult.

»Ich treffe mich hier mit jemandem«, sagte Stanford, »aber ich weiß nicht, wie er heißt.«

Die Frau musterte ihn argwöhnisch.

»Ich bin Stanford Blatch. Der Drehbuchautor«, sagte er.

»Ja?« erwiderte sie.

Stanford lächelte. »Haben Sie den Film *Laufsteg-Opfer* gesehen?«

»Oh!« sagte die Frau. »Den Film fand ich wunderbar. Den haben Sie geschrieben?«

»Ja, ich.«

»Woran arbeiten Sie jetzt?« wollte sie wissen.

»Ich denke da an einen Film über Leute, die zu viele Schönheitsoperationen hinter sich haben«, erwiderte er.

»Omeingott«, sagte sie. »Meine beste Freundin ...«

»Ich glaube, ich suche jetzt mal meine Freunde«, sagte Stanford.

In einer Ecke saßen zwei Männer und eine Frau, tranken und lachten. Stanford ging zu ihnen. Der Typ in der Mitte sah zu ihm hoch. Er war um die Vierzig, braungebrannt, mit gebleichtem Haar. Stanford konnte sehen, daß er seine Nase und Wangen hatte machen lassen und wahrscheinlich auch Haarwurzelimplantate. »Herkules?« fragte Stanford.

»Yeah«, sagte der Typ.

»Ich bin Prometheus«, sagte Stanford.

Das Mädchen sah von Stanford zu dem Kerl und wieder zu Stanford. »Herkules? Prometheus?« fragte sie. Sie hatte eine unangenehm schrille Stimme und trug einen billigen rosafarbenen Wuschelpullover. Die dürfte nicht mal den Dachboden meiner Großmutter aufräumen, dachte Stanford und beschloß, sie zu ignorieren.

»Für mich sehen Sie aber nicht gerade wie ein Prometheus aus«, sagte Herkules und musterte Stanfords lange Haare und schicke Kleider.

»Wollen Sie mich bitten, mich zu setzen und ein Glas zu trinken, oder wollen Sie mich einfach nur beleidigen?« fragte Stanford.

»Ich finde, wir sollten Sie einfach nur beleidigen«, sagte der andere Typ. »Wer sind Sie überhaupt?«

»Wieder so ein Verlierer, den ich im Internet aufgegabelt habe«, sagte Herkules. Er nahm einen Schluck von seinem Drink.

»Man erkennt nur das, was man selber ist«, meinte Stanford.

»Huh. Ich weiß nicht mal, wie man einen Computer anstellt«, sagte das Mädchen.

»Ich checke jeden Kerl ab, der nach Aspen kommt. Dann treffe ich meine Wahl«, sagte Herkules. »Und Sie … haben nicht bestanden.«

»Nun, zumindest weiß ich, wie man den richtigen Gesichtschirurgen aussucht«, entgegnete Stanford ruhig. »Es ist schon peinlich, wenn die Leute sich an deine Gesichtskorrekturen erinnern und nicht an dich.« Er lächelte. »Einen schönen Abend noch. Meine Herren.«

Kannst du ein Geheimnis bewahren?

Carrie und Mr. Big aßen draußen im *Little Nell* zu Mittag, als ihnen Rock Gibraltar über den Weg lief. Mit Tyler Kydd.

Tyler Kydd entdeckte sie als erster. Er sah nicht so gut aus wie Mr. Big. Aber er war cool. Zerfurchtes Gesicht. Etwas längere blonde Haare. Schlaksiger Körper. Sein und Carries Blick trafen sich. »Oh-oh«, dachte sie.

Dann sagte Mr. Big: »Rocko. Baby.« Er steckte die Zigarre in den Mund, klopfte Rock auf den Rücken und schüttelte ihm inbrünstig die Hand.

»Ich hab euch schon gesucht«, sagte Rock. Und dann: »Kennst du Tyler Kydd?«

»Nein, Mann«, sagte Mr. Big, »aber ich kenne Ihre Filme. Wann kriegen Sie die Heldin endlich?« Alle lachten.

»Big ist gerade von einer Bergwachttussi gerüffelt worden«, sagte Carrie. »Weil er im Lift Zigarre geraucht hat.«

»O Mann«, sagte Mr. Big. »Jeden Tag rauche ich meine Zigarre im Lift, und jedesmal erzählt mir die Kleine, daß Rauchverbot ist. Ich sage einfach, sie brennt nicht«, erzählte er Tyler.

»Kubanisch?« fragte Tyler.

»Ja, Mann.«

»In Gstaad ist mir so was ähnliches passiert«, sagte Tyler zu Carrie. Sie dachte bei sich, er wäre perfekt für Samantha Jones.

»Hey, Baby, kannst du mir bitte mal das Salz geben?« fragte Mr. Big und tätschelte ihr Bein.

Sie lehnte sich vor und küßte ihn kurz auf die Lippen. »Entschuldige mich bitte«, sagte sie.

Sie stand auf. Sie ging zur Toilette. Sie war ein wenig nervös. Wenn ich nicht mit Mr. Big zusammen wäre ..., dachte sie. Und dann dachte sie, daß es nicht gut wäre, überhaupt so etwas zu denken.

Als sie wieder zum Tisch kam, rauchte Tyler mit Mr. Big eine Zigarre.

»Hey, Baby, stell dir vor«, sagte Mr. Big. »Tyler hat uns eingeladen, Schneemobile auszuleihen. Und dann fahren wir mal alle zu seinem Haus und veranstalten ein Go-Cart-Rennen.«

»Go-Cart-Rennen?« fragte Carrie.

»Auf meinem Grundstück ist ein zugefrorener See.«

»Ist das nicht toll?« fragte Mr. Big.

»Yeah«, sagte Carrie. »Toll.«

Später aßen Carrie und Mr. Big mit Stanford und Suzannah zu Abend. Jedesmal, wenn Suzannah irgend etwas sagte, beugte Stanford sich vor und raunte: »Ist sie nicht phantastisch?« Er hielt ihre Hand, und sie sagte: »Ach, Stanford, du bist ein Esel«, und lachte und zog ihre Hand weg, um das Weinglas zu nehmen.

»Ich bin so froh, daß du letztendlich doch noch zur anderen Seite gewechselt hast«, sagte Mr. Big.

»Wer sagt das?« meinte Suzannah.

»Ich werde immer eine Tunte sein, falls du das meinst«, sagte Stanford.

Carrie ging nach draußen, um eine Zigarette zu rauchen. Eine Frau kam auf sie zu. »Könnte ich wohl Feuer haben?« bat sie. Und es stellte sich heraus, daß diese Frau Brigid war. Die zickige Frau von der Brautparty, letzten Sommer.

»Carrie?« sagte sie. »Bist du es wirklich?«

»Brigid!« sagte Carrie. »Was machst du denn hier?«

»Skifahren«, sagte Brigid. Und dann sah sie sich vorsichtig um, als hätte sie Angst, belauscht zu werden. »Mit meinem Mann. Aber ohne die Kinder. Die haben wir bei Mutter gelassen.«

»Warst du nicht, ähhm … schwanger?« erkundigte sich Carrie.

»Fehlgeburt«, sagte Brigid. Sie sah sich wieder um. »Sag mal, du hättest wohl nicht zufällig auch eine Zigarette zum Feuer, hm?«

»Sicher«, sagte Carrie.

»Ich rauche schon seit Jahren nicht mehr. Seit Jaaaahren. Aber jetzt brauche ich das.« Sie nahm einen tiefen Zug. »Als ich noch geraucht hab, gab's für mich nur Marlboro ohne Filter.«

Carrie lächelte fies. »Natürlich.« Sie ließ ihre Zigarette auf den Gehsteig fallen und zertrat sie mit dem Stiefel.

»Kannst du ein Geheimnis bewahren?« fragte Brigid.

»Yeah …«, sagte Carrie.

»Na ja.« Brigid nahm noch einen Zug und blies den Rauch durch die Nase. »Ich war letzte Nacht nicht zu Hause.«

»M-hm«, sagte Carrie und dachte: Warum erzählst du mir das?

»Nein, ich meine, *ich war nicht zu Hause.*«

»Oh«, sagte Carrie.

»Genau. Ich hab letzte Nacht nicht bei meinem Mann geschlafen. Ich war die ganze Nacht weg. Ich hab in Snowmass übernachtet.«

»Ich verstehe«, sagte Carrie und nickte. »Hast du, ähhm, du weißt schon, Drogen genommen?«

»Neeeiiiin«, sagte Brigid. »Ich war mit einem Kerl zusammen. Nicht mit meinem Mann.«

»Du meinst, du …«

»Ja. *Ich hab mit einem anderen geschlafen.*«

»Das ist erstaunlich«, sagte Carrie. Sie zündete sich noch eine Zigarette an.

»Seit fünfzehn Jahren hab ich mit keinem anderen mehr geschlafen. Na ja, okay, eigentlich sieben«, sagte Brigid. »Aber in letzter Zeit überlege ich mir, ob ich meinen Mann verlassen soll, und da war dieser unglaublich tolle Skilehrer, und ich dachte mir, was mache ich nur mit meinem Leben? Also hab ich meinem Mann gesagt, daß ich ausgehe, und mich mit Justin, das ist der Skilehrer, in dieser Bar in Snowmass getroffen. Und dann bin ich mit ihm in seine kleine Wohnung gegangen, und wir haben die ganze Nacht gevögelt.«

»Weiß dein, eh … Mann – weiß er davon?« wollte Carrie wissen.

»Ich hab's ihm heut morgen gesagt, als ich zurückkam. Aber was konnte er schon tun? Es war passiert.«

»Himmel«, sagte Carrie.

»Jetzt sitzt er im Restaurant«, sagte Brigid. »Und flippt aus. Und ich hatte Justin gesagt, daß wir uns später noch treffen.« Brigid nahm einen letzten Zug. »Weißt du, ich wußte, daß du der einzige Mensch bist, der mich verstehen würde«, sagte sie. »Ich wollte dich anrufen. Wenn wir zurückkommen. Wir sollten mal losziehen und einen Frauenabend veranstalten.«

»Ja, toll«, sagte Carrie. Und dachte: Das fehlt mir gerade noch.

»Meine Füße sind kalt«

Sie fuhren mit Tyler und Rock zusammen Schneemobil. Tyler und Mr. Big fuhren zu schnell und wurden von ein paar Leuten angebrüllt. Dann ließ Mr. Big Carrie bei sich hintendrauf mitfahren, und sie kreischte die ganze Zeit, er solle sie runterlassen, weil sie Angst hatte, daß sie umkippen würden.

Ein paar Tage später besuchten sie Tyler in seinem Haus. Es war ein großes Holzhaus im Wald, das einmal einem Pornostar gehört hatte. Überall lagen Bärenfelle herum und hingen ausgestopfte Tierköpfe an den Wänden. Sie schluckten Tequila und viel frische Luft. Sie gingen bogenschießen. Sie fuhren Go-Carts, und Carrie gewann jedes Rennen. Dann machten sie einen Spaziergang duch den Wald.

»Ich will wieder rein. Meine Füße sind kalt«, sagte Mr. Big.

»Warum hast du dir keine vernünftigen Schuhe angezogen?« fragte Carrie. Sie stand am Bachrand und schob mit der Stiefelspitze Schnee ins Wasser. »Nicht«, sagte Mr. Big. »Du fällst noch rein.«

»Nein, tu ich nicht«, sagte Carrie. Sie trat noch mehr Schnee in den Bach und beobachtete, wie er im Wasser schmolz. »Als Kind hab ich das auch immer gemacht.«

Tyler stand hinter ihnen. »Du lebst wohl immer gern gefährlich«, sagte er. Carrie drehte sich um, und für den Bruchteil einer Sekunde sahen sie einander in die Augen.

An ihrem letzten Abend gingen sie alle zu einer Party im Haus von Bob Milo, dem berühmten Hollywood-Filmstar. Er wohnte auf der anderen Seite des Berges, und um dort hinzugelangen, mußten sie die Autos stehenlassen und mit Schneemobilen weiterfahren. Haus und Garten waren mit Lichterketten geschmückt, obwohl es schon Februar war. Drinnen im Haus war eine Art Grotte angelegt, mit Zierkarpfen und einer Brücke, über die man ins Wohnzimmer gelangte.

Bob Milo hielt Audienz vor dem Kamin. Seine Freundin und seine zukünftige Exfrau waren da und sahen fast wie Zwillinge aus, nur daß die Frau ungefähr fünf Jahre älter war als die Freundin. Bob Milo trug einen Pullover und eine lange Skiunterhose. Er war ungefähr einen Meter fünfzig groß und hatte Filzpantoffeln an, die vorne spitz zuliefen, so daß er wie ein Wichtelmännchen aussah.

»Ich trainiere sechs Stunden pro Tag«, erzählte er gerade, als Stanford ihn unterbrach. »Entschuldigen Sie«, sagte er, »aber wer hat Ihren Jet ausgestattet?«

Milo musterte ihn ungehalten.

»Nein, ich meine es ernst«, sagte Stanford. »Ich überlege, selbst einen Privatjet zu kaufen, und will sichergehen, den richtigen Ausstatter zu beauftragen.«

Carrie saß an einem Tisch und futterte sich durch einen riesigen Berg Steinscherenkrabben und Shrimps. Sie unterhielt sich mit Rock, und die beiden genossen ihren bösartigen Klatsch, flüsterten sich ständig bissige Bemerkungen über die Partygäste zu und lachten und wurden immer gehässiger. Mr. Big saß neben Carrie und unterhielt sich mit Tyler, um den sich zwei Frauen drapiert hatten. Carrie sah zu Tyler hinüber und dachte: Ich bin so froh, daß ich mich mit solch einem Mann nicht herumärgern muß.

Sie widmete sich wieder ihren Shrimps. Und dann gab es ein ganz klein wenig Tumult, als eine blonde Frau auf sie zukam, dabei mit den Armen herumfuchtelte und etwas mit komischem Akzent plapperte. Carrie dachte: Oh-oh, die Stimme kenn ich doch, und beschloß, sie zu ignorieren.

Die Frau kam zu ihnen und setzte sich Mr. Big praktisch auf den Schoß. Sie lachten zusammen über irgend etwas. Carrie drehte sich nicht um. Dann sagte jemand zu Mr. Big: »Wie lange kennt ihr euch schon?«

»Ich weiß nicht. Wie lange wohl?« fragte die Frau Mr. Big.

»Vielleicht zwei Jahre?« meinte Mr. Big.

»Wir haben einander im *Le Palais* entdeckt. In Paris«, sagte die Frau.

Carrie drehte sich um. Sie lächelte. »Hallo Ray«, sagte sie. »Was hast du da gemacht? Ihm in irgendeiner Ecke einen geblasen – deine Spezialität?«

Einen Augenblick lang herrschte schockiertes Schweigen, dann brüllten alle los vor Lachen, bis auf Ray. »Wovon sprichst du? Was meinst du damit?« fragte sie mit ihrem dämlichen Akzent.

»Das war ein Witz«, sagte Carrie. »Verstehst du nicht?«

»Das ist wohl dein Sinn für Humor, Schätzchen. Ich finde das *nicht* lustig.«

»Ach, wirklich?« sagte Carrie. »Tut mir ja schrecklich leid. Alle anderen fanden es offensichtlich zum Brüllen. Wenn du dich jetzt bitte vom Schoß meines Freundes entfernen würdest, könnte ich endlich mit meinem Gespräch fortfahren.«

»Das hättest du nicht sagen sollen«, meinte Mr. Big. Er stand auf und ging davon.

»Mist«, sagte Carrie. Sie lief los, um ihn zu suchen, aber statt dessen geriet sie in einen erneuten Tumult. Stanford stand mitten im Zimmer und schrie. Vor ihm stand ein blonder Mann und dahinter der Bock.

»Du billiges kleines Flittchen«, keifte Stanford den Bock an. »Hat dir schon mal jemand gesagt, was für ein Flittchen du bist? Wie kannst du dich mit diesem Abschaum abgeben?«

»Hey«, sagte der Bock. »Ich hab den Typen gerade erst kennengelernt. Er hat mich zu einer Party eingeladen. Er ist nur ein Bekannter.«

»O bitte«, sagte Stanford. »Erspar mir das. Würde mir wohl jemand einen Drink geben, damit ich ihn dir ins Gesicht schütten kann?«

Ray kam mit Skipper Johnson im Schlepptau vorbei. »Ich wollte schon immer meine eigene Fernsehshow«, sagte sie. »Übrigens, hab ich dir erzählt, daß ich ein Kind habe? Ich kann Sachen mit meiner Muschi machen, die dir noch nie eine Frau gemacht hat.«

Danach überredete Carrie alle, mit ihr ins Badezimmer zu gehen und Marihuana zu rauchen, und dann kamen alle wieder raus, und sie tanzte wild mit Mr. Big, und die Leute gingen zu ihnen hin und sagten: »Ihr zwei seid die besten Tänzer hier.«

Um eins verließen sie die Party, und ein Haufen Leute kam noch mit in ihr Haus. Carrie trank und kiffte weiter, bis sie kaum mehr gehen konnte, dann schleppte sie sich ins Badezimmer, übergab sich und legte sich auf den Fußboden. Sie übergab sich wieder, und Mr. Big kam rein und versuchte, ihr den Kopf zu halten, und sie sagte: »Fffaßmichnichan.« Dann schleifte er sie ins Bett, aber sie stand auf und ging ins Badezimmer und übergab sich erneut. Schließlich kroch sie wieder zurück ins Schlafzimmer. Sie blieb eine Weile neben dem Bett auf dem Boden liegen, und als sie den Kopf wieder anheben konnte, kletterte sie ins Bett und fiel ins Koma. Sie wußte, daß kleine Stückchen Erbrochenes in ihrem Haar klebten, aber das war ihr egal.

Es war eine kalte, klare Nacht. Stanford Blatch wanderte auf dem Aspener Flughafen zwischen den Privatflugzeugen umher. Er ging an den Lear-Jets und Gulf Streams vorbei, den Citations und Challengers. Und während er vorbeiging, berührte er die Nummern auf den Triebwerken und suchte nach einer, die er kannte. Suchte nach einem Flugzeug, das ihn mit nach Hause nehmen könnte.

Und fing zu weinen an

»Ich bin nicht blöd, weißt du«, sagte Mr. Big. Sie saßen in der ersten Klasse. Auf dem Rückflug.

»Ich weiß«, sagte Carrie.

Mr. Big nahm einen Schluck von seiner Bloody Mary. Er holte sein Taschenbuch raus. »Weißt du, ich bin ziemlich aufmerksam.«

»M-hm«, sagte Carrie. »Wie ist das Buch?«

»Mir entgeht so leicht nichts.«

»Natürlich nicht«, sagte Carrie. »Deshalb verdienst du ja auch soviel Geld.«

»Ich merke alle möglichen Dinge, die unter der Oberfläche brodeln«, sagte Mr. Big. »Und ich weiß, daß dieser Typ dir gefallen hat.«

Carrie nippte an ihrem Drink. »Mmmmmmm«, sagte sie. Dann: »Welcher Typ?«

»Du weißt ganz genau, wen ich meine. Tyler.«

»Tyler?« fragte Carrie. Sie holte ihr Buch hervor. Schlug es auf. »Ich finde, er war ganz nett. Und … du weißt schon. Interessant. Aber was soll's?«

»Er hat dir gefallen«, bemerkte Mr. Big beiläufig. Er schlug sein Buch auf.

Carrie tat so, als lese sie. »Ja, wie ein guter Freund eben.«

»Ich war dabei. Ich hab alles gesehen. Es wäre besser, wenn du nicht lügen würdest«, sagte er.

»O-kay«, sagte Carrie. »Ich fand ihn attraktiv. Ein *kleines* bißchen.« Und sobald sie es gesagt hatte, merkte sie, daß es nicht stimmte, daß sie ihn eigentlich überhaupt nicht attraktiv gefunden hatte.

»Ich bin ein erwachsener Mann«, sagte Mr. Big. Er legte sein Buch weg und schlug die Beine übereinander. Er zog eine Zeitschrift aus der Tasche vor ihm. »Ich kann das vertragen. Es tut mir nicht weh. Geh zurück. Geh zurück zu ihm und leb mit ihm in seiner Holzhütte. Du kannst in seiner Hütte wohnen und den ganzen Tag lang bogenschießen.«

»Aber ich will nicht in einer Holzhütte leben«, sagte Carrie. Und fing zu weinen an. Sie weinte in ihre Hand und drehte den Kopf zum Fenster. »Warum tust du das?« fragte sie. »Du willst mich nur loswerden. Du denkst dir das alles aus, damit du mich loswerden kannst.«

»Du hast doch *gesagt*, du hättest ihn attraktiv gefunden.«

»Ein kleines bißchen«, zischte Carrie. »Und ich hab's auch nur gesagt, weil du mich dazu gebracht hast, es zu sagen. Ich wußte, daß das passiert. Ich wußte es.« Sie schluchzte. »Sobald ich ihn sah, wußte ich, daß du denken würdest, daß er mir gefällt, und ich hätte nie darüber nachgedacht, ob er mir gefällt, wenn du dich nicht so benommen hättest, als würdest du denken, daß er das tut. Also muß ich die ganze Zeit über so tun, als würde er mir nicht gefallen, nur damit du dich bloß nicht aufregst, und das Blödeste daran ist, daß er mir ja wirklich nicht gefällt. Überhaupt nicht.«

»Ich glaub dir nicht«, sagte Mr. Big.

»Es ist die Wahrheit. O Gott«, stöhnte Carrie. Sie drehte sich um und weinte noch ein bißchen, und dann lehnte sie sich rüber und flüsterte ihm laut ins Ohr: »Ich bin total verrückt nach dir, und das weißt du. Ich würde nie mit jemand anderem zusammen sein wollen. Und es ist nicht fair. Es ist einfach nicht fair, wenn du so was machst.« Sie schlug ihr Buch auf.

Mr. Big tätschelte ihre Hand. »Mach dir keine Sorgen«, sagte er.

»Jetzt bin *ich* sauer«, sagte sie.

Sie waren schon zwei Tage wieder in New York, als Samantha Jones bei Carrie anrief. »Naaaaa?« sagte sie.

»Na was?« fragte Carrie.

»Irgendwas passiert in Aspen?« fragte Sam mit dieser einschmeichelnden, singenden Stimme.

»Zum Beispiel?« fragte Carrie.

»Ich war mir sicher, wenn ihr zurückkommt, seid ihr verlobt.«

»Nööööö«, sagte Carrie. Sie lehnte sich in ihrem Sessel zurück und legte die Füße auf den Tisch. »Wie, um alles in der Welt, kommst du denn darauf?«

23
Das letzte Kapitel

»Hey! Komm mit auf eine Party.« Samantha Jones; sie rief Carrie von einer Kunstgalerie in SoHo aus an. »Ich hab dich schon seit Ewigkeiten nicht mehr gesehen.«

»Ich weiß nicht«, meinte Carrie. »Ich hab Mr. Big gesagt, ich würde ihm heut abend was kochen. Er ist aus, auf einer Cocktailparty …«

»Er ist aus, und du sitzt zu Hause und wartest auf ihn? Ich *bitte* dich«, sagte Samantha. »Er ist ein großer Junge. Er kann sich selbst was zu essen machen.«

»Dann sind da noch die Pflanzen.«

»Pflanzen?«

»Ja, Zimmerpflanzen«, sagte Carrie. »Ich habe da so eine komische Besessenheit entwickelt. Manche Leute haben Zimmerpflanzen wegen ihrer Blätter, aber ich interessiere mich nicht für die Blätter, sondern nur für die Blüten.«

»Blüten«, sagte Sam. »Wie süß.« Sie lachte ihr glockenhelles Lachen. »Steig ins Taxi. Du wirst nur eine halbe Stunde weg sein – eine Dreiviertelstunde höchstens.«

Als Carrie auf die Party kam, sagte Sam: »Na, du siehst aber nett aus. Wie eine Nachrichtensprecherin.«

»Danke«, sagte Carrie. »Das ist mein neues Image. Biedere Villengemahlin.« Sie trug ein taubenblaues Kostüm mit einem Rock, der das Knie fast ganz bedeckte, und Satinpumps im Fünfziger-Jahre-Stil.

»Champagner?« fragte Sam, als ein Kellner mit einem Tablett vorbeikam.

»Nein, danke. Ich versuche, nicht zu trinken«, sagte Carrie.

»Gut. Dann nehme ich deins.« Sam nahm zwei Gläser vom Tablett. Sie nickte in Richtung einer hochgewachsenen, sonnengebräunten Frau mit kurzen blonden Haaren, die auf der anderen Seite des Raumes stand. »Siehst du die Frau da?« fragte sie Carrie. »Sie ist eine von denen, die ein perfektes Leben haben. Mit fünfundzwanzig hat sie Roger geheiratet, den Typen neben ihr. Den Drehbuchautor. Seine letzten drei Filme waren Kassenschlager. Sie war bloß ein Mädchen wie wir, kein Model, aber hübsch – und dann traf sie Roger, den ich für anbetungswürdig, klug, sexy, nett und echt witzig halte. Sie mußte niemals arbeiten, und sie haben zwei Kinder und ein Kindermädchen und eine große Wohnung in der Stadt und das perfekte Haus in den Hamptons, und sie hat sich nie um irgend etwas Sorgen machen müssen.«

»Ja und?«

»Und ich hasse sie«, sagte Sam. »Außer natürlich, daß sie echt nett ist.«

»Was für einen Grund hätte sie auch, nicht nett zu sein?«

Sie beobachteten die Frau. Wie sie durch den Raum ging, hie und da eine Bemerkung machte, sich vorbeugte, um in jemandes Ohr zu kichern. Ihre Kleidung war perfekt, ihr Make-up war perfekt, ihre Frisur war perfekt, und sie hatte eine Leichtigkeit, die nur jemand ausstrahlt, der sich seiner Position absolut sicher ist. Sie sah auf, erblickte Sam und winkte.

»Wie geht's dir?« fragte sie Sam überschwenglich und kam zu ihnen. »Ich hab dich nicht gesehen seit ... der letzten Party.«

»Dein Mann ist jetzt groß im Geschäft, wie?« sagte Sam.

»O ja«, erwiderte sie. »Gestern abend waren wir essen mit ...«, sagte sie und nannte einen bekannten Hollywood-Schauspieler. »Ich weiß, daß man da nicht allzu ehrfürchtig sein soll, aber es war wirklich aufregend«, erzählte sie und sah Carrie an.

»Und du?« fragte Sam. »Wie geht's den Kindern?«

»Prima. Und ich hab grade Geld gekriegt, um meinen ersten Dokumentarfilm zu machen.«

»Tatsächlich?« sagte Sam gedehnt. »Über was denn?«

»Über Frauen, die zur Zeit für politische Ämter kandidieren. Ich hab schon ein paar Schauspielerinnen in Hollywood, die den Text sprechen wollen. Wir machen es für eine der großen Fernsehanstalten. Ich werde viel Zeit in Washington verbringen müssen, also hab ich Roger und den Kindern gesagt, daß sie eben eine Weile ohne mich auskommen müssen.«

»Wie kommen sie dann zurecht?« fragte Sam. Sie schob den Riemen ihrer Handtasche hoch.

»Tja, Sam, das ist etwas, was ich mich bei dir immer frage«, erwiderte die Frau. »Ich meine, dieses Projekt könnte ich nicht durchziehen, wenn ich nicht verheiratet wäre. Roger hat mir soviel *Selbstvertrauen* gegeben. Immer, wenn etwas schiefgeht, renne ich heulend in sein Büro. Wenn ich ihn nicht hätte, könnte ich das alles nicht fertigbringen. Ich würde zusammenbrechen und nie mal ein Risiko eingehen. Ich weiß nicht, wie ihr Mädels das schafft, so jahrelang ganz ohne Mann.«

»Mir wird übel«, sagte Sam, als die Frau wegging. »Warum bekommt *die* Geld für einen Dokumentarfilm? Die hat ihr ganzes Leben noch nie auch nur einen Strich gefilmt!«

»Jeder Mensch ist ein Künstler«, sagte Carrie.

»Ich glaube, Roger kann etwas Gesellschaft gebrauchen, während sie weg ist«, sagte Sam. »Einen Typen wie den würde ich sofort heiraten.«

»Du würdest *nur* einen Typen wie den heiraten«, sagte Carrie und zündete sich eine Zigarette an. »Einen Typen, der schon verheiratet ist.«

»Du bist ein Miststück«, sagte Sam.

»Gehst du gleich noch aus?«

»Essen mit ....« Sam nannte einen bekannten Künstler. »Und du?«

»Ich habe Big gesagt, daß ich koche.«

»Das find ich ja so süß! Essen kochen«, sagte Sam.

»Yeah. Sicher«, sagte Carrie. Sie zertrat ihre Zigarette und ging durch die Drehtür nach draußen.

Eine Beziehung? Wie lächerlich

Sam hatte eine großartige Woche. »Hattest du je eine von diesen Wochen, wo – ich weiß nicht, wie ich's erklären soll – du in einen Raum kommst und jeder Typ will was von dir?« fragte sie Carrie.

Sam ging auf eine Party, wo sie einen Kerl traf, den sie seit ungefähr sieben Jahren nicht mehr gesehen hatte. Er war einer dieser Typen, hinter denen vor sieben Jahren jede Frau in der Upper East Side hergewesen war. Er sah gut aus, stammte aus einer wohlhabenden und einflußreichen Familie, ging mit Models aus. Jetzt, so sagte er, suche er nach einer Beziehung.

Auf der Party ließ Sam sich von ihm in eine Ecke abdrängen. Er hatte schon einige Drinks intus. »Ich fand immer, du bist so schön«, sagte er. »Aber ich hatte Angst vor dir.«

»Angst? Vor mir?« Sam lachte.

»Du warst so klug. Und cool. Ich dachte, du würdest mich in der Luft zerreißen.«

»Du sagst also, du dachtest, ich wäre ein Biest.«

»Nein, kein Biest. Ich dachte nur, daß ich nicht mithalten könnte.«

»Und jetzt?«

»Ich weiß nicht.«

»Ich mag es, wenn Männer mich für klüger halten als sich selbst«, sagte Sam. »Weil es meistens stimmt.«

Sie gingen zum Abendessen. Mehr Drinks. »O Gott, Sam«, sagte er. »Ich kann nicht glauben, daß ich hier mit dir sitze.«

»Warum nicht?« fragte Sam und hob ihr Cocktailglas.

»Ich hab immer wieder von dir in der Zeitung gelesen. Ich wollte immer wieder bei dir anrufen. Aber ich dachte, jetzt ist sie berühmt.«

»Ich bin nicht berühmt«, sagte Sam. »Ich will es auch nicht sein.« Und sie fingen an, rumzuknutschen.

Sam berührte sein Ding, und es war groß. Ziemlich groß sogar. »An diesen ziemlich großen Dingern ist echt was dran«, sagte sie später zu Carrie. »Sie machen dich ganz wild aufs Vögeln.«

»Und habt ihr?« fragte Carrie.

»Nein«, sagte Sam. »Er sagte, er wolle nach Hause. Dann rief er am nächsten Tag an. Er will eine *Beziehung.* Kannst du dir das vorstellen? Das ist einfach *lächerlich.*«

Der sprechende Wellensittich

Carrie und Mr. Big fuhren übers Wochenende zu Carries Eltern. Bei ihr zu Hause kochten alle gemeinsam. Mr. Big bemühte sich rührend, mitzuhalten. »Ich mach die Soße«, sagte er.

»Versau das nicht«, flüsterte Carrie ihm zu, als sie vorbeiging.

»Was hast du an meiner Soße auszusetzen? Ich mache tolle Soße«, sagte Mr. Big.

»Das letzte Mal, als du welche gemacht hast, hast du Whiskey oder so was reingetan, und sie schmeckte fürchterlich.«

»Das war ich«, sagte ihr Vater.

»Oh. 'Tschuldigung«, sagte Carrie gehässig. »Das hatte ich vergessen.«

Mr. Big sagte gar nichts. Am nächsten Tag fuhren sie in die Stadt zurück und aßen mit ein paar Freunden von ihm zu Abend. Alles Pärchen, die schon seit Jahren verheiratet waren. Irgend jemand fing an, von Papageien zu erzählen. Daß sie einen Papagei hätten, der sprechen kann.

»Ich bin mal zu Woolworth gegangen und hab für zehn Dollar einen Wellensittich gekauft und ihm das Sprechen beigebracht«, sagte Mr. Big.

»Wellensittiche können nicht sprechen«, sagte Carrie.

»Er hat aber gesprochen«, sagte Mr. Big. »Er sagte: ›Hallo, Snippy.‹ So hieß mein Hund.«

Im Auto, auf dem Nachhauseweg, sagte Carrie: »Das kann kein Wellensittich gewesen sein. Es war bestimmt ein Hirtenstar.«

»Wenn ich sage, es war ein Wellensittich, dann war es ein Wellensittich.«

Carrie schnaubte. »Das ist albern. Jeder weiß, daß Wellensittiche nicht sprechen können.«

»Er hat gesprochen«, sagte Mr. Big. Er zündete sich eine Zigarre an. Den restlichen Weg über schwiegen sie.

Tu's nicht

Carrie und Mr. Big fuhren übers Wochenende in die Hamptons. Es war noch nicht ganz Frühling und deprimierend. Sie machten Feuer im Kamin. Sie lasen Bücher. Sie liehen sich Videos aus. Mr. Big wollte nur Actionfilme sehen. Carrie hatte sich die früher mit ihm zusammen angeguckt, aber jetzt hatte sie keine Lust mehr. »Für mich ist das Zeitverschwendung«, sagte sie.

»Dann lies«, sagte Mr. Big.

»Lesen langweilt mich. Ich werde spazierengehen.«

»Ich komme mit«, sagte Mr. Big. »Nach dem Film.«

Also setzte sie sich neben ihn und sah den Film mit an und schmollte.

Abends gingen sie zum Essen ins *Palm.* Sie sagte etwas, und er sagte: »Das ist aber dumm.«

»Ach wirklich? Wie interessant. Daß du mich dumm nennst. Vor allem, wo ich klüger bin als du«, sagte Carrie.

Mr. Big lachte. »Wenn du das glaubst, dann bist du wirklich dumm.«

»Verarsch mich nicht«, sagte Carrie. Sie lehnte sich über den Tisch und war plötzlich so wütend, daß sie nicht mehr wußte, wer sie war. »Wenn du mich verarschst, wird es mein besonderes Anliegen sein, dich fertigzumachen. Und ich bin noch dazu überzeugt, daß mir das riesigen Spaß machen wird.«

»So früh kannst du gar nicht aufstehen, um mich zu verarschen«, sagte Mr. Big.

»Das brauch ich auch nicht. Hast du das immer noch nicht kapiert?« Sie wischte sich mit der Serviette den Mundwinkel ab. *Tu's nicht,* dachte sie. *Tu das bloß nicht.* Laut sagte sie: »Tut mir leid. Ich bin nur ein bißchen angespannt.«

Am nächsten Morgen, als sie wieder in der Stadt waren, sagte Mr. Big: »Also – ich ruf dich später an.«

»Du rufst mich an?« wiederholte Carrie. »Du meinst, wir sehen uns heute abend nicht?«

»Ich weiß nicht«, sagte Mr. Big. »Vielleicht sollten wir eine kleine Pause machen und ein paar Tage allein verbringen, bis deine Laune wieder besser ist.«

»Aber sie ist besser«, sagte Carrie.

Sie rief ihn in der Arbeit an. Er sagte: »Ich weiß nicht recht«, und sie lachte und sagte: »Ach, komm schon, Dummerchen. Darf man nicht mal schlechte Laune haben? Das ist doch kein Weltuntergang. So ist das nun mal in Beziehungen. Ich hab gesagt, daß es mir leid tut.«

»Ich will keinen Krach.«

»Ich verspreche dir, daß ich lieb bin. Bin ich jetzt nicht lieb? Siehst du? Keine schlechte Laune mehr.«

»Hm«, sagte er.

Während Big weg ist

Die Zeit verging. Mr. Big fuhr für ein paar Wochen auf Geschäftsreise, und Carrie wohnte in seiner Wohnung. Stanford Blatch besuchte sie manchmal, und dann führten sie sich auf wie zwei Oberschüler, deren Eltern verreist sind: Sie rauchten Haschisch, tranken Whiskey Sours, buken Schokoladenplätzchen und guckten blöde Filme. Sie verwüsteten die Wohnung, und am Morgen kam die Putzfrau und räumte alles wieder auf und mußte dabei auf allen vieren kriechen, um die Saftränder aus dem weißen Teppich zu schrubben.

Ein paarmal rief Samantha Jones an. Sie fing an, Carrie von all diesen interessanten, berühmten Männern zu erzählen, die sie kennenlernte, und von all diesen tollen Partys und Abendessen, zu denen sie ging. »Und was machst du so?« fragte sie Carrie dann immer, und Carrie antwortete: »Arbeiten, einfach nur arbeiten.«

»Wir sollten mal ausgehen. Während Big weg ist ...«, sagte Sam. Aber sie schlug nie etwas Konkretes vor, und nach ein paarmal hatte Carie keine Lust mehr, mit ihr zu reden. Dann fühlte sie sich mies, also rief sie Samantha an und ging mit ihr zum Mittagessen. Zuerst war es gut. Dann fing Sam an, von all diesen Filmprojekten zu reden und all diesen Schwergewichten, mit denen sie zusammenarbeitete. Carrie hatte auch ein Projekt laufen, und Sam sagte: »Das ist ganz süß, weißt du. Eine süße Idee.«

Carrie sagte: »Was ist daran so süß?«

»Es ist süß. Es ist ... was Leichtverdauliches. Du weißt schon. Es ist nicht Tolstoi.«

»Ich versuche ja auch nicht, Tolstoi zu sein«, sagte Carrie. Aber natürlich tat sie das.

»Na, da hast du's«, sagte Sam. »Hey, ich kenne dich schon ewig. Ich sollte dir sagen können, was ich wirklich denke, ohne daß du gleich sauer bist. Das hat doch nichts mit dir zu tun.«

»Tatsächlich?« sagte Carrie. »Na, ich weiß nicht recht.«

»Außerdem«, sagte Sam, »wirst du Mr. Big wahrscheinlich heiraten und Kinder kriegen. Na, komm schon. Das will doch jeder.«

»Bin ich nicht ein Glückspilz?« sagte Carrie und nahm die Rechnung.

»Ich will die Wahrheit«

Mr. Big kam von seiner Geschäftsreise zurück, und er und Carrie fuhren für ein verlängertes Wochenende nach St. Barts.

In der ersten Nacht träumte sie, daß Mr. Big eine Affäre mit einem dunkelhaarigen Mädchen hatte. Carrie ging in ein Restaurant, und Mr. Big war da mit dem Mädchen, und das Mädchen saß auf Carries Stuhl und küßte Mr. Big. »Was ist hier los?« wollte Carrie wissen.

»Nichts«, sagte Mr. Big.

»Ich will die Wahrheit.«

»Ich bin in sie verliebt. Wir sind zusammen«, sagte Mr. Big.

Carrie hatte dieses altbekannte Gefühl von Schmerz und Fassungslosigkeit. »Okay«, sagte sie.

Sie ging nach draußen auf eine Wiese. Riesige Pferde mit goldenem Zaumzeug kamen aus dem Himmel und den Berg herunter. Als sie die Pferde sah, erkannte sie, daß Mr. Big und seine Gefühle ihr gegenüber nicht wichtig waren.

Sie wachte auf.

»Hast du schlecht geträumt?« fragte Mr. Big. »Komm her zu mir.«

Er streckte seine Hand nach ihr aus. »Faß mich nicht an!« sagte sie. »Mir ist schlecht.«

Der Traum hing noch ein paar Tage in der Luft.

»Was soll ich machen?« fragte Mr. Big. »Mit einem Traum kann ich es nicht aufnehmen.« Sie saßen am großen Pool und baumelten mit den Füßen im Wasser. Das Licht der Sonne war fast weiß.

»Glaubst du, daß wir genug reden?« fragte Carrie.

»Nein«, sagte Mr. Big. »Nein, vermutlich tun wir das nicht.«

Sie fuhren herum und gingen an den Strand und zum Mittagessen und redeten darüber, wie schön es war und wie entspannt sie sich fühlten. Sie waren gerührt über eine Henne, die mit zwei frisch geschlüpften Küken über die Straße lief, über einen winzigen Aal, der in einem versiegenden Wasserarm gefangen war und vor sich hin schwamm, und über die toten Ratten, die zermatscht am Straßenrand lagen.

»Sind wir Freunde?« fragte Carrie.

»Es gab eine Zeit, wo wir wirklich Freunde waren. Als ich dachte, daß du meine Seele verstehst«, sagte Mr. Big. Sie fuhren über schmale, kurvenreiche Straßen.

»Ein Mensch kann sich nur soundso lange anstrengen, bis er müde wird oder das Interesse verliert«, sagte Carrie.

Eine Weile sagte keiner mehr etwas, dann Carrie: »Wie kommt es, daß du nie ›ich liebe dich‹ sagst?«

»Weil ich Angst habe«, antwortete Mr. Big. »Ich habe Angst, wenn ich ›ich liebe dich‹ sage, daß du dann denkst, wir würden heiraten.« Mr. Big fuhr langsamer. Sie holperten über einen schlafenden Polizisten und kamen an einem Friedhof mit grellbunten Plastikblumen vorbei. Eine Gruppe Männer mit nackten Oberkörpern stand am Straßenrand und rauchte. »Ich weiß nicht«, sagte Mr. Big. »Was ist daran auszusetzen, wie es jetzt ist?«

Später, als sie für die Heimreise packten, sagte Mr. Big: »Hast du meine Schuhe gesehen? Und packst du bitte mein Shampoo ein?«

»Nein und ja, natürlich, Darling«, sagte Carrie leichthin. Sie ging ins Badezimmer. Im Spiegel sah sie gut aus. Braun und schlank und blond. Sie fing an, ihre Kosmetika einzupacken. Zahnbürste. Gesichtscreme. Sein Shampoo stand immer noch in der Dusche, und sie beschloß, es zu ignorieren. Was wäre, wenn ich schwanger werde? dachte sie. Sie würde es ihm nicht sagen, heimlich eine Abtreibung machen lassen und nie mehr mit ihm sprechen. Oder sie würde das Kind bekommen und es allein großziehen, aber das konnte schwierig werden. Was wäre, wenn sie ihn so sehr haßte, weil er nicht mit ihr zusammen sein wollte, daß sie am Ende das Kind dafür haßte?

Sie ging ins Schlafzimmer, zog ihre hochhackigen Schuhe an und setzte den Strohhut auf. Er war handgefertigt und hatte über fünfhundert Dollar gekostet. »Oh, Darling ...«, sagte sie.

»Ja?« fragte er. Er stand mit dem Rücken zu ihr und packte Sachen in seinen Koffer.

Sie wollte sagen: »Das war's, Liebling. Es ist vorbei. Wir hatten eine tolle Zeit zusammen. Aber ich hab schon immer gedacht, daß es besser ist, dann aufzuhören, wenn's am schönsten ist. Das verstehst du doch sicher ...?«

Mr. Big sah auf. »Was ist?« fragte er. »Wolltest du etwas, Baby?«

»Ach, nichts«, sagte Carrie. »Ich hab nur dein Shampoo vergessen, das ist alles.«

»Er ist ein Arschloch«

Carrie trank im Flugzeug fünf Bloody Marys, und sie stritten sich den ganzen Heimweg über. Auf dem Flughafen. In der Limousine. Carrie hörte nicht auf, bis er sagte: »Willst du, daß ich dich bei dir absetze? Ist es das, was du willst?« Als sie in seine Wohnung kamen, rief sie ihre Eltern an. »Wir haben einen Riesenkrach«, sagte sie. »Er ist einfach ein Arschloch. Wie alle Männer.«

»Geht's dir gut?« wollte ihr Vater wissen.

»O ja, mir geht's prima.«

Dann war Mr. Big ganz lieb. Er ließ sie ihren Schlafanzug anziehen und setzte sich mit ihr auf die Couch. »Als ich dich kennenlernte, da mochte ich dich«, sagte er. »Dann mochte ich dich sehr. Und jetzt ... liebe ich dich.«

»Bring mich nicht zum Kotzen«, sagte Carrie.

»Warum ich, Baby?« fragte er. »Bei all den Typen, mit denen du schon zusammen warst – warum suchst du dir da mich aus?«

»Wer hat gesagt, daß ich das tue?«

»Was soll das jetzt?« fragte Mr. Big. »Jetzt, wo ich tiefer drin hänge, willst du kneifen. Du willst weglaufen. Nun, ich kann dich nicht davon abhalten.«

»Doch, das kannst du«, sagte Carrie. »Darum geht es ja.«

»Das versteh ich nicht«, sagte Mr. Big. »Worin unterscheidet sich unsere Beziehung von all deinen anderen?«

»Das tut sie nicht. Sie ist genauso«, sagte Carrie. »Soweit ist sie gerade *ausreichend*.«

Am nächsten Morgen war Mr. Big wieder so fröhlich wie immer, und Carrie war genervt. »Hilf mir, eine Krawatte auszusuchen«, sagte er, so wie er es immer tat. Er schleppte fünf Krawatten an, während Carrie versuchte, noch ein bißchen zu schlafen, machte Licht und gab ihr die Brille. Er hielt die Krawatten an seinen Anzug.

Carrie sah sie kurz an. »Die da«, sagte sie. Sie nahm die Brille ab, sank zurück in die Kissen und schloß die Augen.

»Aber du hast sie kaum angesehen«, sagte Mr. Big.

»Das ist mein letztes Wort«, sagte sie. »Außerdem – ist letztendlich nicht eine wie die andere?«

»Ach so. Du bist immer noch sauer«, sagte Mr. Big. »Ich versteh das nicht. Du solltest glücklich sein. Nach letzter Nacht finde ich, daß alles viel besser ist.«

Eig'ner Herd …

»Das Kind ist am Verhungern, das Kindermädchen ist weg, und ich bin pleite«, sagte Amalita am Telefon. »Bring doch bitte Pizza mit, ja, Zuckerspätzchen? Nur ein oder zwei Stückchen mit Pepperoni, ich zahl's dir später zurück.«

Amalita wohnte in der Wohnung der Freundin einer Freundin in der Upper East Side, in einer der Seitenstraßen, die Carrie nur allzu gut kannte: schmutzige Backsteinhäuser mit schmalen Hauseingängen, wo die Pappkartons vom chinesischen Heimservice herumliegen. Wo auf den Straßen schmuddelige Leute mit bärbeißigen Hunden Gassi gehen und im Sommer dickwanstige Frauen auf den Eingangsstufen sitzen. Lange Zeit hatte Carrie gedacht, daß sie nie von da wegkommen würde. Sie kaufte die Pizza im selben Laden, wo sie früher immer ihre Pizza gekauft hatte: in der Nähe der Wohnung, wo sie vier Jahre lang gewohnt und kein Geld gehabt hatte. Es war immer noch derselbe Typ mit den dreckigen Fingern, der die Pizza machte, und seine kleine Frau, die nie etwas sagte, stand immer noch an der Kasse.

Amalitas Wohnung befand sich ganz oben am Ende der vier klapprigen Etagentreppen, nach hinten raus. Es war eine dieser Wohnungen, wo jemand versucht hatte, das beste aus den unverputzten Ziegelwänden zu machen, und gescheitert war. »Na ja«, sagte Amalita, »es ist ja nur vorübergehend. Die Miete ist billig. Fünfhundert pro Monat.«

Ihre Tochter, ein hübsches kleines Mädchen mit dunklem Haar und großen blauen Augen, saß auf dem Fußboden vor einem Stapel alter Zeitungen und Zeitschriften und blätterte darin herum.

»Tja!« sagte Amalita. »Von Righty hab ich nie mehr was gehört. Nachdem er wollte, daß ich ihn auf der Tournee begleite, und nachdem ich ihm ein Buch geschickt hatte, das er haben wollte. Diese Typen wollen keine Frau, die toll im Bett ist. Oder auch nur gut im Bett ist. Sie wollen eine Frau, die schlecht im Bett ist.«

»Ich weiß«, sagte Carrie.

»Schau mal! Mama!« rief die Kleine stolz. Sie zeigte auf ein Foto von Amalita in Ascot, wo sie einen traumhaften Hut trug und neben Lord Sowieso stand.

»Ein japanischer Geschäftsmann wollte mich in einer Wohnung unterbringen«, sagte Amalita. »Du weißt schon, ich hasse solche Sachen, aber Tatsache ist, daß ich vorübergehend pleite bin. Der einzige Grund, warum ich es überhaupt in Erwägung gezogen hatte, war das Kind. Ich versuche, sie in eine Vorschule zu kriegen, und ich brauche Geld, um das zu bezahlen. Also sagte ich ja. Seit zwei Wochen hab ich nichts mehr von ihm gehört. Keinen Ton. Das ist mal wieder typisch.«

Amalita saß in ihrer Jogginghose auf der Couch und riß die Pizza auseinander. Carrie saß auf einem schmalen Holzstuhl. Sie trug Jeans und ein T-Shirt mit gelben Flecken unter den Achselhöhlen. Beide Frauen hatten fettige Haare. »Wenn ich zurückblicke«, sagte Amalita, »dann glaube ich, daß ich mit diesem Typen nicht hätte schlafen sollen. Vielleicht hätte ich überhaupt alles anders machen sollen.«

Sie hielt einen Moment inne. »Ich weiß, daß du darüber nachdenkst, Mr. Big zu verlassen. Tu's nicht. Halt ihn fest. Natürlich, du bist schön, und du solltest eine Million Typen haben, die dich anrufen und mit dir zusammen sein wollen. Aber du und ich, wir wissen, was Sache ist. Wir wissen etwas über das richtige Leben, oder?«

»Mama!« rief die Kleine. Sie hielt eine Zeitschrift hoch und zeigte auf ein Foto von Amalita: Sie stand an einer Skipiste von St. Moritz und trug einen weißen Chanel-Skianzug, und daneben war ein Bild, wo sie, diskret lächelnd und im schwarzen Kostüm mit Perlenkette, bei einem Rolling Stones-Konzert aus einer Limousine stieg. Neben ihr ein Senator.

»Carrington! Nicht jetzt«, sagte Amalita mit gespielter Strenge. Das Mädchen sah sie an und kicherte. Sie warf die Zeitschrift in die Luft.

Es war ein sonniger Tag. Das Licht strömte durch die schmutzigen Fenster. »Komm her, Zuckerspätzchen«, sagte Amalita. »Komm her und nimm dir ein Stück Pizza.«

»Hallo, ich bin wieder zu Hause«, sagte Mr. Big.

»Hallo, mein Schatz«, sagte Carrie. Sie ging zur Tür und gab ihm einen Kuß. »Wie war die Cocktailparty?«

»Ganz nett.«

»Ich koche was.«

»Gut. Ich bin so froh, daß wir nicht ausgehen müssen.«

»Ich auch«, sagte sie.

»Willst du einen Drink?« fragte er.

»Nein, danke«, sagte sie. »Aber vielleicht ein Glas Wein zum Abendessen.«

Sie zündete Kerzen an, und sie setzten sich ins Eßzimmer. Carrie saß ganz gerade in ihrem Stuhl. Mr. Big redete und redete von einem Geschäft, das er gerade abschließen wollte, und Carrie starrte ihn an und nickte und gab aufmunternde Geräusche von sich. Aber in Wirklichkeit hörte sie gar nicht richtig zu.

Als er fertig war, sagte sie: »Ich bin so aufgeregt. Die Amaryllis blüht jetzt endlich. Sie hat vier Blüten.«

»Vier Blüten«, sagte Mr. Big. Und dann: »Ich bin so glücklich, daß du dich jetzt für Pflanzen interessierst.«

»Ja, ist das nicht schön?« sagte Carrie. »Es ist erstaunlich, wie sie gedeihen, wenn du dich nur ein bißchen um sie kümmerst.«

EPILOG

Stanford Blatchs Film *Laufsteg-Opfer* spielte weltweit über 200 Millionen Dollar ein. Vor kurzem kaufte er einen Challenger-Jet und ließ ihn einrichten wie Elizabeth Taylors Schlafgemach in *Kleopatra.*

River Wilde arbeitet noch immer an seinem Roman. Darin grillt Mr. Big ein Kind und frißt es auf. Stanford Blatch taucht überall auf, aber nie als Hauptfigur.

Samantha Jones beschloß, New York zu verlassen. Sie flog nach L. A. zur Oscar-Verleihung und traf Tyler Kydd auf einer Party, wo sie beide nackt im Pool herumschwammen. Sie wohnen jetzt zusammen, aber er hat geschworen, daß er sie niemals heiraten würde, denn als er nicht den Oscar als bester Schauspieler bekam, sagte Samantha zu ihm: »Na ja, das kommt daher, weil der Film einfach nur süß war.« Nichtsdestotrotz produziert Sam seinen nächsten Film, der eher in Richtung Kunstfilm geht.

Amalita Amalfis Tochter kam auf die renommierte New Yorker Vorschule ›Kitford‹. Amalita gründete ihre eigene Anlageberatungsfirma. Jetzt hat sie drei Mitarbeiter und drei Hausangestellte: einen Chauffeur, ein Kindermädchen und ein Hausmädchen. Vor kurzem kaufte sie ihrer Tochter das erste Designerkostüm.

Der Bock ist immer noch Model.

Magda, die Schriftstellerin, ging auf eine Party, um die Veröffentlichung eines Kalenders über New Yorker Feuerwehrmänner zu feiern. Mr. September, 33, machte sie an, und seither sind sie unzertrennlich.

Packard und Amanda Deale haben ein zweites Kind, ein Mädchen. Sie erziehen ihre Kinder zu Genies. Das letzte Mal, als Carrie bei ihnen zum Abendessen war, sagte Packard zu seinem

Filius: »Chester, ist dir klar, daß honiggeröstete Erdnüsse ein Phänomen unserer Zeit sind?« Chester nickte.

Brigid Chalmers verließ ihren Mann. Sie wurde zuletzt im *Tunnel* gesehen, wo sie um vier Uhr morgens wild mit Barkley tanzte.

Alle ewigen Junggesellen sind immer noch zu haben.

Belle und Newbert gingen zu einer gemischten Babyparty in der Fifth Avenue. Newbert bestand darauf, einen komischen gestreiften Partyhut zu tragen, und dann brachte er alle dazu, Tequila zu trinken, während er auf der Geschirrvitrine tanzte. Die Stereoanlage schmorte in dem Moment durch, als Newbert im vierten Stock aus dem Fenster fiel – zum Glück landete er auf der Markise. Während der zwei Monate, die er im Streckverband lag, wurde Belle zur Bankdirektorin ernannt. Sie ist immer noch nicht schwanger.

Nach einer Nacht mit Ray kehrte Skipper Johnson nach New York zurück und ward nicht mehr gesehen. Nach zwei Monaten tauchte er wieder auf und erzählte allen, er sei »total verliebt«.

Mr. Marvelous wurde als der Vater eines unehelichen Kindes angegeben. Er ließ die Mutter einen Gentest machen, und es stellte sich heraus, daß das Kind nicht von ihm war.

Carrie und Mr. Big sind immer noch zusammen.